KB265617

정치의 상상 상상의 정치

정치의 상상 상상의 정치

보편인(普遍人) 야노 류케이의 세계

표 세 만 지음

혜안

책 머리에 |

근간의 대학 전공 및 교양과목의 개설 강좌에는 문화 관련 수업이 꾸준히 증가하고 있다. 이러한 현상은 문화에 대한 학생들의 적극적인 관심과 참여가 연동하고 있음은 말할 나위가 없을 것이다.

일본 문화란 과연 무엇을 지칭하는 것이고, 이를 이해한다는 것은 어떠한 의미를 지니는가. 인문학 연구자들에게 '문화'는 더 이상 낯선 용어가 아니다. 비단 연구자만이 아니라 일반 대중에게도 이미 친숙한 용어임에도 그 내실을 제대로 파악한다는 것은 대단히 난해한 일이다.

특히 문학과 문화의 관계에 관해, 이들 영역을 각각 개별 영역으로 봐야 할지 또는 동일한 영역으로 다루어야 할지에 관해서는 아직 논의의 여지가 많다.

그러나 적어도 문화와 관계없이 성립하는 문학이 존재하지 않는 것처럼, 유사 이래 문학이 부재한 문화란 존재하지 않는다. 문화가 언어표현을 통해 구현되었을 때 그것은 문학이 되고, 이러한 문학은 문화를 토대로 하면서, 그 자체가 한 사회의 문화 현상이 된다. 이를 달리 표현한다면, 문학을 통해 문화를 이해할 수 있으며, 동시대적 문화현상으로 문학을 향유할 수 있다는 것이다.

　탈영역화된 다층구조로서의 문화, 특히 일본문화를 이해하는 데 야노 류케이와 같은 메이지 시대 지식인들과 그들의 문학 및 언어표현은 대단히 유효한 단서를 제공해 준다.

　마루야마 마사오는 류케이를 보편인(普遍人)이라고 명명하였다. 메이지 시대 대부분의 지식인이 그러하였듯이 류케이 또한 다양한 영역에서 활약했다. 그의 이름 앞에는 정치가를 필두로 소설가, 언론인, 교육가, 실업가와 같은 다양한 수식어가 붙는다. 이러한 수식어는 류케이만이 아니라, 메이지의 지식인이라면 누구나 붙일 수 있는 일반적인 현상이라 해야 할 것이다.

　수많은 수식어가 붙는 메이지 지식인들은 말 그대로 탈영역화된 다층구조의 문화를 체현한 존재인 셈이다.

　그러므로 류케이의 '문학'은 문학영역에 국한된 개별적 문제가 아니라 메이지의 문화 전체와 유기적 관련 속에 위치한다. 즉 메이지의 '문화'를 표상하고, 메이지의 '문화'가 류케이의 '문학' 세계 속에서 구현된다는 것이다.

이는 또한 류케이 개인이나 메이지 시대에만 한정되는 것이 아니다. 그가 지향하였던 '보편'이란, 적어도 국민국가적 가치체계를 넘어선 코스모폴리타니즘적인 보편성이고, 그러한 의미에서 그의 문학과 언어표현은 일본문학을 넘어선 '문학' 일반과 '문화' 일반에 관한 제 문제들과 맞닿아 있다.

이 책의 제목인 『정치의 상상 상상의 정치』에도 말하고 있듯이, 류케이는 이상적인 정치를 상상하여 '문학'으로 만들었고, 그렇게 상상으로 만들어 낸 각종 담론들은 사회 전반에 걸쳐 정치적·사회적 영향을 끼친다. 정치를 상상하고, 상상된 정치가 실제 사회에 영향을 끼친 것이다. 그리고 그러한 영향은 곧 일본 현대 '문화'의 기층을 형성한다. 메이지 유신 이후 오늘날에 이르기까지 '문화'와 '문학'의 상호작용은 일본 사회와 일본인들의 의식세계를 끊임없이 자극했다. 이 책은 그러한 '문학'과

‘문화’의 상호작용, 특히 언어표현과 사회사상의 구체적 관련성을 규명하고자 노력하였다.

이 책을 출판하기까지 많은 분들의 도움을 받았다. 특히 학문의 길을 열어주신 고려대학교 김채수 교수님과 정치소설과 메이지의 세계로 이끌어 주신 일본 고베(神戶) 대학의 린바라 스미오(林原純生) 교수님께 이 자리를 빌려 깊이 감사드린다. 그 밖에도 한일 양국의 많은 선생님들과 선배, 동료, 후배들은 나의 학문 형성에 크고 작은 도움을 주셨다. 그분들께도 고마움을 전하고 싶다. 아울러 이 책이 나오기까지 후배인 하헌석 군을 비롯해 많은 지인들의 도움을 받았다. 또한 시간적으로 많은 어려움이 있었음에도 기꺼이 출판을 허락해 주신 도서출판 혜안의 오일주 사장님과 이 책의 출판을 처음부터 끝까지 꼼꼼하게 맡아주신 김현숙 편집장님께도 깊이 감사드린다.

2005년 10월 표세만

목차 |

| 일러두기 |

1. 일본어 표기는 외래어표기법(문교부 고시 제85-11호. 1986.)을 원칙으로 하였다. 단 中江兆民의 兆民과 高山樗牛의 樗牛는 각각 '초민'과 '초규'로 표기하였다.
2. 작품명에서 한국에서 통용되는 한자어는 굳이 일본어 원음을 취하지 않고 한자 음독을 원칙으로 하였다. 단, 작품 『浮城物語』(うきしろものがたり)는 『우키시로』로 줄여서 부르기로 한다.
3. 본문 가운데 인용문의 번역은 가급적 메이지 시대 문장의 분위기를 최대한 살리고자 하였다. 따라서 인용문의 한자어는 가능한 한 풀어쓰지 않고 음독을 원칙으로 하였으나, 의미가 분명하지 않을 경우 인용자의 주를 달아 설명을 첨가하였다.

들어가는 말 : 정치의 상상과 상상의 정치

야노 류케이(矢野龍溪)의 『우키시로 모노가타리』(浮城物語, 1890. 4., 이하 『우키시로』)에 등장하는 사람들은 '투표'라는 행위를 통해 향후의 모험 여부를 결정한다. 아직 국회가 개설되지 않았던 당시 사람들에게 이러한 투표행위는 생소한 것이었을지 모른다. 스스로가 자신의 의지를 권력기구에 반영시키는 투표행위는 근대적 시민사회의 상징으로 많은 독자들에게 낙관적인 미래상을 상상하도록 만들었다.

평범한 사람들이 직접적인 정치행위에 참여하는 것은 『우키시로』에만 등장하는 장면이 아니다. 국정(國政)이나 정치적 문제에 적극적으로 발언하는 사람들은 류케이의 다른 작품인 『경국미담』(経國美談, 1883. 3.~ 1884. 2.)이나 『신사회』(新社會, 1902. 7.)에서도 찾아볼 수 있다.

정치적으로 독자적인 지위와 권리를 지닌 사회적 존재로서의 개인이야말로 근대적 의미에서의 '시민'에 다름 아니다. 그리고 그러한 시민들에 의해 형성된 커뮤니티가 바로 근대적 시민사회다. 근대적 시민, 그리고 그들의 자유의지에 의해 운영되는 이상적 사회의 건설은 류케이가 제시한 여러 언설과 문학작품의 주요한 모티프다.

일본의 근대는 메이지 유신 이후 파행적인 정치 운영을 통해 제국주의 열강의 탐욕적인 식민지 쟁탈전에 참여해 가는 과정이었다. 그러한 일본 사회와 거기서 살아가는 사람들을 바라보면서 류케이는 그의 모든 작품에서 근대적 시민과 시민사회의 부흥을 열심히 호소한 것이었다.

류케이는 스스로의 이상세계를 문학작품 속에 구현시킨다. 그와 동시에 그러한 류케이의 문학적 언어표현은 곧 이상적 정치를 실현하기 위한 방법이었다. 류케이가 상상한 정치는 문학 속에 그대로 드러났고, 그가 상상으로 만들어낸 정치세계는 직접적인 정치 행위로서 메이지 사회에 영향을 끼친다.

이 점이 동시대적 문학 언어표현과 구별되는 류케이의 특징이다. 류케이가 펼쳐 보여준 상상의 세계는 메이지 통치 이데올로기나 국가권력의 막강한 권위 앞에 좌절한 수많은 개개인이 자신의 내면세계로 침잠해 갔던 다른 작품세계와는 구별된다. 그의 작품세계는 정치적, 사회적 낙관주의와 사회적 실천의지로 가득차 있다.

류케이의 문학은 메이지 유신 이후의 근대문학에서는 이채를 띠지만, 메이지 '일본'이라는 특수 환경에서 벗어나 이를 바라보면 그다지 특별하지는 않다. 그의 작품세계는 근대화의 도정에서 당연히 생길 수밖에 없었던 표현 양식이었다.

마루야마 마사오(丸山眞男)는 『야노 류케이 자료집』[1]에 기고한 「서문」에서 다음과 같은 에피소드를 소개하고 있다.

---

[1] 大分縣立先哲史料館 編, 『大分縣先哲叢書 · 矢野龍溪資料集』, 大分縣教育委員會, 1996. 3.

나의 오래된 독일 친구 중에 볼프강 샤모니라는 사람이 있다(현재 하이델베르크 대학, 일본학 연구주임교수). 그가 아직 뮌헨에 살면서 대학 조교로 근무하던 시절, 그의 박사논문에 대해 물어 보았는데 그것은 메이지 초기의 이른바 정치소설을 테마로 한 것이었다. '이른바'라 말한 것은 정치소설이라는 일본문학사상의 통칭(通稱)이 샤모니에 의하면 부적절한 것이기 때문이다. 샤모니는 일본의 근대문학이라 칭하기에 어울리는 작품이 쓰보우치 쇼요(坪內逍遙)나 후타바테이(二葉亭) 이후, 즉 거의 메이지 20년대에서 시작한다는 통설, 따라서 그 이전의 작품은 말하자면 근대문학의 '전사(前史)'로만 취급하는 경향에 대해 날카롭게 비판하였다. 특히 이른바 '정치소설'을 이데올로기론 이상으로 평가하지 않는 전통적인 문학관―특히 미국의 일본문학 연구자에게 현저하게 나타나는 통설에 대해 『경국미담』을 필두로 하는 '정치소설'이야말로 일본 근대문학의 창시(創始)라는 입장을 자신의 박사논문에서 강력하게 주장하였다. 샤모니에 의하면, 만일 겐유샤(硯友社) → 자연주의 문학 → 사소설(私小說)이란 흐름을 일본 근대문학의 정통으로 삼는 관점을 취한다면 유럽의 근대문학은 오히려 그 대부분을 '정치소설'의 카테고리에 넣어야 한다는 것이다.

마루야마의 에피소드는 쇼요의 『소설신수』(小說神髓, 1885. 9.~1886. 4.)가 내걸었던 탈정치적인 문학 담론에서 겐유샤의 문학, 일본 자연주의 문학, 그리고 사소설까지의 사실(寫實) 문학만으로 일본 근대의 문학을 규정했을 때, 그것이 얼마나 빈약한 근대를 만들어내는지 잘 설명해 주고 있다.

그런데 사실 유럽의 근대문학처럼 일본의 경우도 '겐유샤 → 자연주의 문학 → 사소설'이라는 도식에서 벗어난 작품들이 셀 수 없이 많다. 이 작품들은 위의 사실주의 문학이 외면하였던 정치적 문제나 사회사상적 문제와 깊이 관련을 맺고 있다. 이는 야나기다 이즈미(柳田泉)가 규정한 것[2]처럼 1880년부터 1890년까지 유행했던 정치소설에 한정되는 것이 아니라 메이지 기간 동안 내내, 더 나아가서는 일본의 근대문학, 또는 문학 일반에 내재하는 문학 본질의 문제다. 그리고 그러한 대표적 작가로 우선 들 수 있는 사람이 바로 야노 류케이다.

메이지 10년대 서구화의 계몽사상, 메이지 20년대 국권확장의 내셔널리즘, 메이지 30년대의 자본주의 심화에 따른 제국주의처럼 메이지 일본의 사상적 흐름은 일본사회 전반에 걸쳐 심대하고 절대적인 영향을 끼쳤다.

실제로 이와 같은 사상적 흐름은 일본 사회를 움직이는 동인(動因)으로 작용하였다. 또한 각 시기에 나타나는 사실주의 문학은 이러한 사회사상과 밀접한 관련을 지닌다. 쇼요의 '문학개량', 겐유샤의 '복고적 창작태도', 자연주의와 사소설의 '개인'으로의 몰입은 각각 그 시기의 사상적 흐름과 밀접한 관련을 맺고 있었던 것이다.

다시 말해, 사실주의 문학은 동시대의 사상적 편린을 사실적으로 그려 냈고, 또한 동시에 사회 전체의 공통된 정서 형성에 주요한 역할을 수행한다. 그리고 이들 문학은 기성의 정치 이데올로기와 충돌하거나 체제로부터 견제 당하는 일 없이 그 문학적 전통을 이어올 수 있었다. 메이지 사회의 지배적인 사회사상과 밀접하게 부합할 수 있었기 때문에 쇼요의 『소설신수』에서 출발한 '겐유샤 → 자연주의 문학 → 사소설'의 문학은 '사실'적일 수 있었던 것이다.

---

2) 柳田泉, 『政治小說研究(上)』, 春秋社, 1967. 8.

여기서 류케이의 문학은 그 문학상의 독특함 이상으로 정치적·사회적 의미를 지닌다.

류케이가 메이지 10년대의 계몽적인 정치소설에서 출발하여 메이지 30년대 유토피아적 사회주의 문학으로 살아남을 수 있었던 것은 사실주의 문학과 마찬가지로 동시대적 사회사상과 부합되었기 때문이다. 그러나 류케이의 문학은 현상의 묘사에 머물지 않고 거기서 한 발 더 나아가 미래적 비전을 제공한다. 동시대의 정치적·사회적 요구에 호응하면서 류케이 나름의 사상적 지침을 적확하게 제시한 것이다. 그의 문학은 근대 일본 문학이 걸어왔던 정치적·사상적 행보와 조응하면서도, 한편으로는 시대의 첨단에 서서 동시대의 문학세계를 대상화(對象化)했던 것이다.

류케이는 과작(寡作)이기는 하지만 출판할 때마다 선풍적인 인기를 얻었는데, 그럼에도 불구하고 현재 그의 작품에 관해서는 연구가 거의 이루어지지 않고 있다. 게다가 위에서 언급한 류케이의 대표적인 3부작은 각각 '사실'을 중심으로 하는 문학사의 흐름에 무리하게 끼워넣듯이 다뤄지고 있다.

『경국미담』은 전근대적 게사쿠(戲作) 문학과 쇼요의 『소설신수』를 이어주는 다리 역할을 한 작품으로, 또 『우키시로』는 오자키 고요(尾崎紅葉)나 고다 로한(幸田露伴)과 같은 겐유샤 세력의 등장으로 몰락해 가는 정치소설의 흔적, 또는 시가 시게타카(志賀重昂)에서 시작하는 침략적 남진론(南進論)의 대표적 작품으로 이해되고 있다. 그리고 『신사회』는 아예 문학으로 취급하지 않는 경우가 많고, 설령 문학적으로 언급된다 하더라도 메이지 30년대 사회주의 발흥에 수반한 의사적(擬似的) 국가사회주의의 이상을 그린 소설로 평가될 뿐이다.

류케이 문학에 대한 이 같은 평가는 일본 사실주의 문학을 기본 축으로 삼는 문학사관에 의거하기 때문에 지극히 단락적(短絡的)이다. 그뿐만이 아니라 류케이 3부작의 유기적 연관성에 관한 고찰은 거의 이루어지지 않고 있다.

그가 상상으로 꿈꿨던 이상적 정치세계가 어떻게 작품 속에서 구현되었으며, 그렇게 상상으로 만들어진 작품세계가 현실정치 속에서 어떠한 의미를 지니면서 실제 문학 사회나 독자 대중들의 삶과 연동하는지 살펴보고자 한다. 이를 위해서『경국미담』에서부터『신사회』에 이르기까지 개별 작품에 대한 치밀한 연구, 그리고 그 개별 작품들에 대한 연구를 총괄하는 연구가 선행되어야 할 것이다.

이 책에서는 메이지의 다양한 사상적 흐름과 밀접한 관련을 유지했던 류케이의 개별 작품들을 구체적으로 살펴보고자 한다. 특히 류케이 특유의 이상주의적 낙천성과 거기서 파생된 언어표현의 관련성, 그리고 그와 같은 언어표현의 사회문화적 의의에 대해 고찰해 보고자 한다. 이 과정에서 류케이의 문학은 그의 정치적 상상을 어떻게 구현했으며, 그러한 상상의 세계가 어떠한 정치적 의미를 지니는지 구체화될 것이다.

Ⅰ. 메이지 10년대 계몽주의

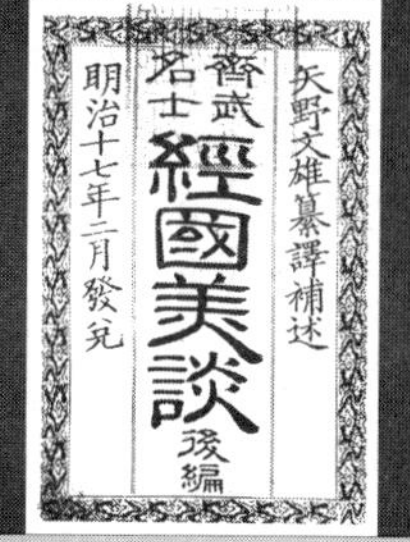

사회 전체가 서구화라는 이상을 구현하기 위해 격렬하게 요동치던 메이지 초기, 문명개화와 계몽주의적 사회개량에 열광하였던 당시 독자들은 이 작품을 보고 감동했다. 정치 정세와는 별개로 당시 독자들의 감수성 형성에 지대한 영향을 끼쳤던 사회적·문화적 외연에 대한 이해를 기반으로 하여 『경국미담』을 새롭게 고찰해야 한다.

1. 정치문학의 탄생과 문학개량

1) 문학개량의 출발

1882년(메이지 15) 창당한 입헌개진당(立憲改進党)에서 오쿠마 시게노부(大隈重信)의 브레인으로 크게 활약하던 류케이는 1883년과 다음해인 1884년『경국미담』의 전편과 후편을 각각 출판한다. 당시 이미 정치가로서 크게 명성을 날리던 류케이가 쓴 소설이기에『경국미담』은 커다란 주목을 받았다. 그러나 그의 정치적 명성 이상으로 이 작품은 기존 문학에서는 다루지 않았던 '정치'를 소재로 다루었다는 점과 그리스라는 생경하면서도 참신한 배경을 설정한 점은 세인의 이목을 끌기에 충분하였다.

실제로 그 인기는 당시 신문에서 "낙양의 종이 값을 등귀시켰다."3)고 할 정도로 엄청나, 류케이는 이 작품의 인세로 1884년(메이지 17) 4월부터 1886년(메이지 19) 8월까지 유럽과 미국을 유학(遊學)하였다.

또 그 독자들 중에는 이후 일본 근대 사상계와 문학계를 이끌어 나갈 인재들이 적지 않게 포함되어 있었다. 메이지 정치소설 연구의 일인자인 야나기다 이즈미(柳田泉)는 이러한 독자들 가운데, 특히 문학가가 된 도쿠토미 로카(德富芦花), 가타야마 센(片山潛), 다카야스 겟코(高安月郊), 기타무라 도코쿠(北村透谷), 이와모토 젠치(巖本善治), 구니키다 돗포(國木田獨步), 다야마 가타이(田山花袋) 등의 이름을 거론하였다.4)

덧붙여 야나기다는 "작정하고 문학계에 뛰어든 이유 중 하나는 류케이

---

3)「稀世の操觚者」,『繪入自由新聞』1884. 9. 13.~14.
4) 柳田泉,「『経國美談』とその政治理想」,『政治小説研究(上)』, 春秋社, 1967. 8.

나 그 밖의 사람들에 의한 문단혁신의 기운을 보고 결심한 것"이라는 쇼요의 말을 녹취한 기록도 전하고 있다. 그리고 이른바 '우키시로 논쟁'에서 류케이의 '비사실적' 문학에 대해 격렬히 비판한 우치다 로안(內田魯庵)조차도 「40년 전」[5]에서 다음과 같이 말하였다.

> 문예상의 혁명도 또한 때때로 아마추어가 봉화를 올리기도 한다. 교덴(京伝), 바킨(馬琴) 이후 낙막(落寞)하고 기름까지 다 떨어진 등불처럼 명멸(明滅)하던 당시의 소설계에 류케이, 뎃초(鐵腸)와 같은 아마추어가 새롭게 기름을 부었다. …… 일개 청년인 나 자신이 문학에 흥미를 갖게 된 것도 직접적으로는 류케이, 뎃쵸 등의 소설과 간접적으로는 이들 신경향(新傾向)을 배태한 영국의 정치가적 문인의 전형(典型)이 그 원인이었다.

그토록 비난을 주저하지 않던 로안도 자신의 문학적 출발이 류케이의 문학개량에 의해 촉발되었음을 확실히 밝히고 있다. 동시대 독자들이 느꼈던 『경국미담』의 참신함, 나아가 작품 자체가 보여주었던 새로운 문학양식의 신선한 충격의 의미는 완전히 퇴색해 버렸지만, 적어도 쇼요나 로안은 『경국미담』이 출판될 당시 이 작품을 일종의 '문단혁신'이자 '문예상의 혁명'으로 받아들였던 것이다.

그러나 현재, 쇼요나 로안이 말하는 『경국미담』의 혁신성, 즉 류케이가 지향했던 문학개량의 내실에 관해서는 거의 알려져 있지 않다. 야나기다 이즈미를 비롯한 많은 선행 연구자들은 입헌개진당의 정치가 야노 류케이가 자당(自黨)의 이데올로기를 선전하기 위해 『경국미담』을 창작한 것이

---

5) 內田魯庵, 「四十年前」, 『きのふけふ』, 博文館, 1916. 3.

라고 설명한다.

이러한 정치적 요소가 『경국미담』 창작의 중요한 모티프였던 것은 분명하다. 그러나 아직 정치의식이나 정치조직이 미숙한 단계에 머물러 있던 당시의 정치 상황에서, 애매한 입헌개진당의 정당 이데올로기만으로 『경국미담』의 전체상을 해석해 낼 수는 없다.

사회 전체가 서구화라는 이상을 구현하기 위해 격렬하게 요동치던 메이지 초기, 문명개화와 계몽주의적 사회개량에 열광하였던 당시 독자들은 이 작품을 보고 감동했다. 정치 정세와는 별개로 당시 독자들의 감수성 형성에 지대한 영향을 끼쳤던 사회적·문화적 외연에 대한 이해를 기반으로 하여 『경국미담』을 새롭게 고찰해야 한다.

본 장에서는 특히 당시의 소설이 대부분 긍정하고 수용했던 계몽주의적 실용성에 주의를 기울이고자 한다. 또 한편으로 당시 정치소설가들과 달리 류케이가 작품 구성에 적극적으로 도입했던 상상력을 계몽주의적 실용성과 관련시켜 살펴보고자 한다. 그리고 문학개량의 선구자 쇼요와의 유사성 및 그 차이점을 명확히 함으로써 류케이가 지향하였던 계몽주의적 혁신성을 구체화할 것이다. 나아가 그의 문학개량의 의지가 『경국미담』에 어떻게 반영되었으며, 구현되었는지 구체적으로 살펴보고자 한다.

2) 불선(不善)하지 않은 즐거움

류케이의 『경국미담』에 관한 연구논문 속에서 종종 인용되는 것 중 하나가 도쿠토미 로카의 『추억의 기록』(思い出の記, 民友社, 1902)이다. "자유 평등의 이상이 활활 불타오르는" 고마이(駒井) 선생님, "압제 정부를 받들고 있어" 키가 크지 않는 아사이(淺井), 작가 자신을 그린 기쿠치

신타로(菊池愼太郎)가 등장 인물이다. 여기에서 로카는 『경국미담』을 읽으며 "몇날 며칠 밤을 철야하면서, 이파미논다스, 페로피다스와 테베 경영"을 꿈꾸었던 정치소설의 시대에 대해 회상한다.

이렇게 고향 구마모토(熊本)에서 피끓는 젊은 시절을 보내던 로카는 도쿄에서 저널리스트로서 크게 활약하던 형 도쿠토미 소호(德富蘇峰)를 뒤쫓아 상경한다. 소호는 이미 1888년(메이지 21) 9월부터 아사히나 치센(朝比奈知泉)이나 모리타 시켄(森田思軒) 등과 함께 일종의 문학살롱이랄 수 있는 문학회(文學會)[6]를 조직하였고 여기에는 류케이도 참여했다. 후일 로카는 자전적 소설 『후지』(富士, 福永書店, 1925∼28)의 제3권 「제7장 사회주의」에서 『신사회』를 발표한 "『경국미담』의 Y 선생님과 만난 것은 아주 먼 옛날"이라며, 1889년(메이지 22) 6월 8일[7] 문학회에서 류케이와 만난 경험을 다음과 같이 회상한다.

구마지(로카 자신 | 인용자)가 구마모토(熊本)에서 도쿄로 오자, 형이 간사로 있던 문학회의 예회(例會)가 만세교(萬世橋)의 만대헌(萬代軒) 2층에서 개최되었고, 구마지는 나중에 K신문사 사원이 된 시카마(飾磨)

---

6) 高野靜子, 『蘇峰とその時代』(中央公論社, 1988. 8.)에 따르면 문학회는 "소수 정예의 문필가들이 술 없이 저녁을 함께하면서, 식후에 한 사람이나 두 사람이 구연(口演)하고, 그 후 잡담하는 모임"이었다고 설명한다. 메이지 초기의 문학적 회합으로 당대의 유명한 문필가들이 대거 참여했는데, 1881년 4월까지 약 20회가량 열렸다고 하나 그 실제에 관해서는 아직 밝혀지지 않은 것이 많다.

7) 문학회에서의 만남에 관해 로카는 "메이지 22년 5월"로 기록하고 있지만, 이 문학회에 누구보다도 열심히 참가했던 요다 갓카이(依田學海)는 1889년(메이지 22) 6월 8일 『갓카이 일록』(學海日錄)에 "…… 만대헌(萬代軒)에서 예의 문학회 있었음. 야노, 도쿠토미, 야마다(山田), 아에바(饗庭), 쓰보우치 등의 사람들 및 도쿠토미의 동생 모(某)도 역시 참여했다. 나이 스물 한두 살의 소년이었다"고 하며 로카가 문학회에 처음 등장했을 때를 기록했다.

군과 함께 곤가스리(紺絣)에 헤코오비(兵兒帶)를 한 모습으로 그 말석에 앉아 있었다. 쇼요, 비묘(美妙), 갓카이(學海), 고손(篁村), 로쿠도(碌堂) 기타 찬란한 문성(文星)들의 집회 중에 창밑 의자에 문양이 들어간 하오리(羽織)와 하카마(袴)를 풍성하게 걸치고 수염은 검고 얼굴은 창백하여 나중에 시카마 군이 주재하는 『시무평론』(時務評論)에 썼던 것처럼 "만장의 문학자를 어린아이 보듯 하면서 영주처럼" 앉아 있던 사람이 Y 선생님이었다. …… 구마지는 남쪽, Y 선생님은 북쪽, 같은 하라주쿠(原宿)에 있으면서 그 거리는 5정(丁)도 떨어지지 않았다. 그러나 구마지는 한 번도 방문하지 않았다. 『신사회』가 나오자마자 읽었다. Y 선생님은 늙지 않았다. 여전히 선각자였다. Y 선생님의 백일몽에 나타난 『신사회』, 그것은 막연하게나마 구마지의 가슴 속에 싹트고 있는 것과 닮아 있었다.

로카는 쇼요나 야마다 비묘(山田美妙), 요다 갓카이(依田學海), 아에바 고손(饗庭篁村), 아사히나 치센과 같이 당대의 기라성 같은 문호들을 내려다보는 류케이를 반드시 좋은 이미지로 포착한 것만은 아니다. 그러나 『경국미담』에서 『우키시로』를 거쳐 『신사회』에 이르기까지 류케이의 이력을 꼼꼼하게 기술할 수 있는 로카에게 류케이는 틀림없이 관심의 대상이었다.

나아가 류케이는 변함없이 시대의 '선각자'로 인식되었다. 또 로카가 당대의 대문학자들을 '어린아이'로 바라보았다고 기록한 것이라던가, 그를 선각자로 지칭하였을 때, 오늘날 흔히 회자되는 것처럼 류케이를 단순히 정치가로 인식한 것만은 아니다.

사실 류케이 자신도 문학에 관해서는 나름대로 자신감을 가지고 있었다. 그럼에도 불구하고, 당시부터 류케이의 『경국미담』을 정치와 관련시

커 정치적으로 이해하는 경우가 많았다.

『소설신수』(小說神髓)가 9책 분책본(分冊本, 松月堂發兒, 1885. 9.~1886. 4.)으로 발간되었을 때, 쇼요는『경국미담』을 "뒤로 당의(党意)를 펼치는" 정치선전물로 간주하였다. 또 로안은「우키시로를 읽는다」[8]에서 "결단코 말할 수 있는 것은『우키시로』는 문학상 반푼어치의 가치도 없다"고 단호하게 비난하였다.

이러한 비판에 대해 류케이는「우키시로 입안(立案)의 시말(始末)」[9]이라는 글에서 다음과 같이 자신의 소설관, 문학관을 피력하였다.

시(詩), 가(歌), 역사, 소설, 만필(漫筆), 논문 등 일체의 문자를 가지고 문학계로 삼는다. 광활한 문학계의 논을 놔두고 단순히 그 일부인 소설에 대해 고찰해 보건대 …… 소설의 종류는 천만이라, 그 맛을 달리하는 것 또한 천만 종이라. 사람들 이에 대해 그 취향(好み)을 동일하게 갖지 않는 것 또한 더욱이 천백(千百)의 음식 맛에 대해 그 취향을 달리하는 것과 같다.

류케이의 이 같은 문학관은 오늘날에도 통용될 수 있는 소설 범위의 방대한 영역과 그 다양성을 전제로 한 발언이다. 이는 또한 쇼요를 필두로 하여, 당시 새롭게 등장한 신진 작가들이 주창하는 문학관의 협소함에 대한 비판이기도 하다.

모리타 시켄(森田思軒)은 류케이를 누구보다도 잘 이해했고, 적지 않은 영향을 받은 사람이다. 시켄은 류케이에게서『우키시로』의「서문」을 의

---

8) 內田魯庵,「浮城物語を讀む」,『國民之友』1890. 5. 23.
9) 矢野龍溪,「浮城物語立案の始末」,『郵便報知新聞』1890. 6. 28.~7. 1.

뢰받고 처음에는 "그 국면, 취향 너무나도 쥘 베른(Jules Verne)과 닮았다." 고 적었다. 그러나 그 후 작품에 대한 감상을 겸한 「남창삽필」(南窓澁筆, 『國民之友』1890. 3. 13.~6. 13.)에서는 다음과 같이 그 「서문」에 대해 부연 설명을 하였다.

그 국면 너무나도 쥘 베른과 닮았다고 말함으로써 간략하게 이에 대답했다. 그러나 나의 뜻으로 이것을 살펴보건대, 누구누구와 닮았다고 평가 받는 것은 원래 선생님의 본뜻이 아닐 것이다. 선생님은 무슨 일에서 나 스스로 새롭게 개척하는 견식이 있어, 타인의 족적을 뒤따라 밟는 사람이 아니기 때문이다. …… 선생님이 평소에 대(大)를 즐겨하시고, 정(精)을 즐겨하시며, 이과(理科) 학문을 즐기셔서 일종의 모험 같은 것을 즐겨하시는 기질과 상응하여 이것이 흘러나왔을 뿐이다.

시켄은 프랑스의 인기작가 쥘 베른의 모험소설과 닮았다고 한 『우키시로』의 「서문」에서의 발언을 번복하면서까지 류케이의 문학적 독자성을 강조하고 있다. 비록 류케이의 문학관이 시대적 한계를 초월할 수는 없었지만, 시켄의 인식 속에서 류케이의 문학은 당시 여타 문학과 비교하였을 때 시대의 최첨단에 서서 새로운 경지를 열었다고 본 것이다.

이러한 평가는 『우키시로』에 그친 것이 아니다. 『경국미담』에도 해당된다. 『경국미담』과 『우키시로』에 공통된 특징으로서 우선 들 수 있는 것은 각각의 「서문」에 기록된 소설의 오락성에 관한 언급이다. 『경국미담』서문에서 "별천지를 만들어 책을 펼쳐든 사람으로 하여금 고락(苦樂)의 몽경(夢境)에서 놀게 하는 것, 이것이 바로 패사소설(稗史小說)의 본색(本色)"이라고 주장한다. 또 『우키시로』에서도 "야사(野史) 소설의 핵심은 사람을 즐겁게 하는 것에 있어, 근심하는 자 이를 즐겁게 만들고, 궁한 자 이를 이루도록 만들며, 근심을 없애고, 울분을 풀게 만드니 독자들 곧 즐거워한다."며 대중적 감수성에 대한 소설의 부합 여부를 창작의 중심 테제로 삼았다.

『경국미담』이나 『우키시로』 나아가 1902년 『신사회』의 유토피아적 성향에 이르기까지 류케이의 모든 작품에 일관되게 나타나는 소설관, 즉 소설의 본질을 '즐거움'으로 보는 소설관은 적어도 메이지 10년대에는 일반적인 생각 중 하나였다.

그 예로 문학의 독자성을 주장했다고 하는 쇼요의 『소설신수』를 들 수 있다. 『소설신수』에서 페놀로사(Ernest Francisco Fenollosa)나 오치 세이란(大內靑巒)의 미술론을 인용하면서 다음과 같이 미술, 즉 '예술'에 대해 설명한다.

> 그 미술이란 것은 원래부터 실용의 기술이 아니라 오직 사람의 심목(心目)을 즐겁게 하여 그 묘신(妙神)에 들어가게 함을 '목적'으로 삼아야 할 것이다. …… 그렇다면 미술의 본의(本義) 같은 것도 목적이란 두 글자를 빼고, 미술은 사람의 심목을 즐겁게 하고 동시에 그 기상(氣格)을 고상하게 하는 것이라 말하면 그것으로 가(可)하다. (「소설총론」, 『소설신수』)

여기서 쇼요는 예술을 '실용의 기술'로 보는 견해에 대해 문제를 제기하지만, 기본적으로 쇼요도 미술의 본의를 '사람의 심목을 즐겁게' 하는 것으로 이해하고 있다. 나아가 이러한 사고방식은 쇼요만이 아니라 그가 인용했던 페놀로사나 오치 세이란에게도 마찬가지다. 예술을 즐거움의 대상으로 여기는 생각은 류케이나 쇼요에 국한된 것이 아니라, 당시 가장 지배적인 예술관이었던 것이다.

문제는 '패사'로 폄하되던 소설을 어떻게 하면 고상한 묘상(妙想)을 즐기도록 하는가에 있었다.

소설의 고상화는 그 당시 문학개량의 중요한 계기로 작용한다. 그것은 류케이에게도 커다란 영향을 끼쳤다.

로안은 사람들이 『우키시로』를 과도하게 칭찬한다고 비판하면서, "특히 우스운 것은, 그들은 류케이 거사(居士)의 『경국미담』을 『웨이버리』(*Waverley*, 1814)로 받들어 숭상한 나머지, 『우키시로』를 종래의 여러 작품을 압도하는 걸작으로 여기는 것으로, 그 구성이 웅대하다고 말하는 점이다. 그들은 『웨이버리』의 진가를 과연 알고나 있는 것인가."[10]라며 조소한다.

여기서 로안은 『우키시로』를 과대평가하는 세인들을 비판한다. 그런데 그 대조적인 예로 드는 작품이 바로 『경국미담』이다. 사람들은 영국의 월터 스콧(Walter Scott)의 대표적인 역사소설 『웨이버리』처럼 『경국미담』을 떠받들었다. 로안도 『경국미담』이 『웨이버리』처럼 재미있는 것은 사실이지만, 류케이의 소설이 모두 훌륭한 것은 아니라고 비판한 것이다. 『우키시로』를 소설로 여기지도 않았던 로안이 비슷한 취향을 가진 『경국미담』에 대해 비판을 하지 않는 것은 오히려 이상하다.

또 로안은 이미 인용했던 "야사 소설의 핵심은 사람을 즐겁게 하는 것"이라는 류케이의 문학관에 대해 소설은 "가쿠베에지시(角兵衛獅子)[11]

---

10) 內田魯庵, 「『浮城物語』を讀む」, 『國民新聞』 1890. 5. 8.・16.・23.

11) 니가타 현(新潟縣)을 본거지로 하는 아이들의 사자무곡예(獅子舞曲芸)로 각지를 돌면서 그 기예를 피로했다. 길거리에서 공연된 이 기예는 막말 때까지 성행하다

나 마메조(豆藏)[12]의 예능(芸)"이 아니라고 비판한다. 이 문장에서 류케이의 문학관에 대한 로안의 오해를 확인할 수 있다. 즉 로안은 류케이 문학의 오락적 성격 주장이 문학을 잡기와 같은 예능으로 폄하했다고 인식한 것이다.

그러나 로안과는 달리 오가이는 류케이의 『우키시로』를 적극적으로 평가하였다. 그는 시켄의 「남창삽필」 문장을 인용하면서 『우키시로』의 「서문」에서 다음과 같이 말하였다.

류케이 거사는 미치지 않았다, 나 이미 그 누각에 주렁주렁 매달아 놓은 무담(武談)을 배울 일 없다는 것을 안다. 류케이 거사는 궁하지 않다. 무엇이 괴로워서 쥘 베른을 뒤쫓아 다작(多作)의 비난을 받고자 하겠는가. 류케이 거사는 늙지 않았다. 아마도 아동들을 위하여 책을 쓸 만큼 그렇게 한가하지 않을 것이다.

오가이는 류케이 소설의 '시로서의 가치'를 인정하였다. 한 마디로 "사람을 즐겁게 하는" '즐거움'을 목적으로 삼는다 해도, 류케이의 소설은 이전 시대의 게사쿠 문학에서 보여주던 황당무계한 '무담'도 아니고, 흔히 얘기하는 바와 같이 파한(破閑)을 위한 여기(余技)로서의 예능(芸)도 아니었다.

오가이가 정확하게 지적한 것처럼 류케이가 말하는 '즐거움'이란 단순

메이지 말경에는 쇠퇴한다.

12) 길거리에서 우스꽝스러운 말투나 흉내로 곡예를 보여주던 곡예사의 통칭. 원래는 겐로쿠(元祿) 시대 마메조(豆藏)라는 사람이 길거리에서 곡예로 인기를 얻자 다른 예능인들이 같은 이름을 쓰게 되었다고 한다. 보통 칼 삼키기나 콩, 술병으로 손재주를 부리는 곡예를 보였다고 한다.

한 기예보다는 훨씬 더 적극적인 의미를 지닌다. 『경국미담』 출판 직후에 쓴 『역서독법』(譯書讀法, 1883. 10.)에서 류케이는 소설에 관해 설명하면서, 소설은 "사람으로 하여금 고락의 몽경(苦樂の夢境)에서 놀게 하여 사람 마음을 위로"하는 것으로 "사람의 심지(心志)를 고상"하게 만드는 것이라 주장하였다.

또 1895년 1월 1일, 『제국문학』(帝國文學)에 발표한 글에서 류케이는 보다 구체적으로 소설의 '즐거움'을 설명한다. 사람들은 류케이가 "소설의 핵심은 사람들에게 쾌감을 주는 것"이라고 정의한 것에 대해 종종 오해를 한다고 전제하면서, 가부키의 "기다유부시(義太夫節)에 감동하여 우는 것은 쾌(快)가 그 안에 있기 때문으로, 우는 자, 목메어하는 자 모두 쾌감"을 느낀다고 설명하였다.

쾌감 또는 '쾌'라 하면, 즐겁고, 흥겨운 것을 쉽게 떠올리겠지만, 류케이가 소설의 '즐거움'이라 표현할 때의 '쾌'는 희로애락과 같은 인간의 모든 감성이 충분히 만족되었을 때의 상태를 지칭한다. 그렇기 때문에 희극만이 아니라 슬픈 기다유부시의 가락에서도 쾌락을 느낄 수 있는 것이다. 다시 말해, 류케이가 말한 '쾌'라는 것은 오늘날 이른바 카타르시스에 다름 아닌 것이다.

이처럼 류케이가 소설에서 '쾌' 또는 '즐거움'을 추구한 것은 이후의 작품 속에서도 일관되는 그의 문학적 신념이기도 했다. 『경국미담』 「자서」(自序)에서 소설을 '유희의 도구'라고 했을 때, 이를 액면 그대로 받아들여 놀이기구 정도로 이해해서는 안 된다. 이는 자기 작품에 대한 겸양의 의미인 동시에, 당시 한창 유행하던 공리적(功利的) 문학관에 대한 비판으로 류케이 나름의 문학적 본질에 대한 확고한 신념을 주장한 것이었다.

류케이가 말하는 '즐거움'이 문학의 본질에 관한 개념 규정이라고 한다면, 그 수식어인 '불선하지 않은'이란 말은 독자와의 감성적 교감을 위한 최소한의 범위를 표현한 것이라고 볼 수 있다. 즉 '불선하지 않은'이라는 에두른 표현은 독자 대중의 감수성에서 유리된 문학을 경계한 언설이다. 특히 류케이의 불선이란 용어를 선(善)-불악(不惡)-불선-악이라는 윤리적 카테고리 속에서 파악했을 때, 이 '불선'이란 용어는 사회적으로 용납할 수 있는 최대한의 경계선을 제시한다. 굳이 권선(勸善)을 주장할 필요는 없으나, '악'을 조장하지 않는다는 한도를 설정한 것이다. 문학작품의 내용이 윤리적으로 '불선'이라는 범주 내에 있을 때 비로소 독자 대중에게 감성적 만족을 제공할 수 있으며 그것을 실제로 실현한 것이 『경국미담』인 셈이다.

3) 문학의 정치적 실용성

소설의 오락성과 함께 당시 가장 일반적으로 알려진 문학관 중 하나가 소설의 실용적 효용에 대한 중시였다. 특히 정치소설 등에서 스스로의 사회적 입지를 확보하기 위하여 제일 많이 강조한 주장이기도 하다. 이는 에도 게사쿠의 유교적 윤리의식 강조나 메이지 시대 「3조의 교헌」(三條の教憲, 1872)이 공표된 이후 가나가키 로분(仮名垣魯文) 등이 충군애국(忠君愛國)의 실학 중시의 창작에 매진하겠다고 한 자기 선언과도 그 맥을 함께한다.

정치가들에게 소설은 자신의 정치적 주장을 대중에게 선전하기 위한 매체로서 유효한 수단이었다. 그래서 많은 정치가들은 소설을 통해 정치 주장을 했으며, 동시에 대중들의 정치의식 고양을 위한 계몽 수단으로 이를 종종 이용하곤 하였다.

정치소설의 정치 선전적 역할에 대해서는 야나기다 이즈미를 비롯한 많은 논자들이 지적해 왔다. 예를 들면, 사쿠라다 모모에(櫻田百衛)는 자유당 기관지『자유신문』(自由新聞)에 1882년(메이지 15) 6월부터 연재한『프랑스 혁명 기원·서양 피바람의 폭풍』(仏國革命起源·西の洋血潮の暴風)「자서」에서 다음과 같이 말한다.

> 그 개략(概略)을 나타낸바, 우리나라 오늘날의 시세에 비추어 분명히 유익하다 여겨지기 때문이다. 독자들도 그러한 마음으로 문자의 무루(無陋 : 거칠고 남루함 | 인용자)를 탓하지 말고, 신고(辛苦) 속에서 용감하게 혁명을 이룬 외국 사람의 모습을 거울삼아 스스로의 권리를 회복한다면, 역자의 기쁨 더할 나위 없을 것이다.

여기서도 야나기다가 정치소설에 관해 주장하였던 '실학적 공리주의 사상'의 입장에서, 사쿠라다 모모에가 근대화된 사회적 규범으로 '외국 사람의 모습'을 일본 독자들에게 제공하고 있음을 확인할 수 있다.

사회적 규범, 또는 추구해야 할 이상으로서 제시된 이들 외국의 모습에 대해 독자를 납득시키는 결정적인 요소가 작품세계의 사실성이다. 이야기 안에서 거울처럼 구체적이고 명명백백하게 드러나는 외국인의 모습을 진짜처럼 묘사하는 것은 물론이거니와, 프랑스 대혁명이라는 역사적인 사실(史實)도『서양 피바람의 폭풍』을 군건하게 뒷받침하고 있다.

이렇게 작품 세계에서의 리얼리티는 소설의 실용적 효과를 향상시키는 과정에서 확립된 것으로 새로운 시대의 주요한 화두가 된다.

작품 내 사실성의 확립은 쇼요에게도 주요한 과제였다. 쇼요는『소설신수』의 「소설의 비익(裨益)」에서 다른 종류의 소설은 일단 차치하더라도, 가장 미술적이라는 '세와(世話) 소설'에서조차 동시대적 실용적 효용을 강조하였다. 쇼요의 핵심 개념인 인정(人情)과 세태(世態)를 주로 하는 이들 '세와 소설'도 "후세 사람들에게는 과거 소설임에 틀림 없을 것"이기 때문에 "정사(正史)에서 빠진 사적(事跡)을 보강"하는 "일부의 풍속사(風俗史)"적 가치가 있다고 설명한다. 다시 말해 후대 사람들은 과거의 소설을 통해 과거의 역사를 읽어낼 것이라는 지적이다.

위의 인용문 바로 다음에 "소설의 작가 된 자는 힘껏 인정을 꿰뚫어 보는 한편으로 또 풍속에도 주의를 기울임으로써, 적어도 망탄무계(妄誕無稽)와 같은 시대착오적인 형용(形容) 같은 것을 그려서는 안 되는 것"이라며, 게사쿠 문학을 비롯하여 쇼요 이전에 나온 소설 속의 망탄무계를 철저하게 비판한다. 그리고 그 대안으로 제시한 것이 작가적 안목으로 포착한 '인정'이나 실질적인 '세태풍속'의 모양을 사실적으로 그려내는 것이었다.

즉 쇼요가 말하는 미술로서의 인정세태(人情世態) 소설은 일반적으로 알려진 것처럼 반드시 실용적인 가치와 대립되는 개념이 아니다. 독자들에게 설득력을 가질 수 있을 만큼의 사실성을 확보하기 때문에 소설은 풍속사로서 남을 수 있으며, 또한 지식의 한 방편으로 이용될 수 있다. 이와 같이 실용적 효용성을 수반할 정도의 사실성이 갖춰져야만 소설은 진정한 미술로 성립할 수 있다고 쇼요는 생각했던 것이다.

나아가 쇼요는 인정세태를 묘사할 때 일본 근대문학의 역사에서 대단히 중요한 제안을 한다.

패관자(稗官者)들은 심리학자처럼 심리학의 기초에 근거하여 그 인물을 잘 만들어야 한다. 적어도 나의 의장(意匠)을 가지고 억지로 인정에 어긋나는, 아니 심리학의 이치에 거스르는 인물 같은 것을 만들면 그 인물은 이미 인간세계의 것이 아니고 작자가 만든 상상의 인물이기 때문에 그 각색이 탁월하더라도, 그 이야기 기묘하더라도 이를 소설이라고는 말할 수 없다. (「소설의 주안」)

쇼요는 인물묘사에서 심리학으로 대표되는 과학적 사실성을 확보할 것을 소설가에게 촉구한다. 심리학은 당시로서는 가장 객관성을 가지고 인간을 이해할 수 있는 학문으로 간주되었기에 인용된 것이다.

특히 『소설신수』에서 말하는 심리학은 쇼요가 대학 시절 수업에서 배운 것을 기반으로 했다고 한다. 대표적인 것으로는 『헤븐 심리학』(奚般心理學)13)이나 『베인씨 심리신설』(倍因氏心理新說)14)을 들 수 있다.15) 실제로 메이지 10년대 초반, 이 두 책은 지식인들 사이에서 널리 읽혀졌던 것 같다.16) 만일 쇼요가 헤븐이나 베인의 학문을 섭취하여 그것을 『소설신

---

13) Joseph Haven, 西周 譯, 『心理學』, 文部省, 1878. 2.~1879. 2.

14) Alexander Bain, 井上哲次郎 譯, 『倍因氏心理新說』, 同盟舍, 1882. 9.~1882. 11.

15) 『헤븐 심리학』에 관해서는 關良一, 「『小說神髓』考」, 『逍遙·鷗外－考証と試論』 (1971. 3.)이나 柳田泉, 『若き坪內逍遙』(春秋社, 1961. 9.) 및 「(四)美學說の移入·(その二) 西周 譯 ヘーヴン『心理學』の美論」, 『明治初期の文學思想(下卷)』(春秋社, 1965. 7.)에서 언급하고 있다. 그리고 후자는 「(四)美學說の移入·(その五) ベイン『心理新說』の想像論」(『明治初期の文學思想(下)』)이나 오치 하루오(越智治雄)의 「『小說神髓』の母体」(『國語と國文學』, 1956. 2.)에서 설명하고 있다.

16) 三宅雪嶺는 「自分の思想の由來」(『我觀』, 1924. 9.)에서 메이지 12년(1879)경을 "일본에서 철학이라 하면 헤븐의 심리학, 스펜서의 제1원리 정도로 생각할 시기"라고 회상한다. 또 「橫山又吉(橫木山樵)翁談話要旨」(『植木枝盛撰集』, 1974. 7.에 수록)의 "헤븐의 『심리학』은 종종 읽혀졌다. 이타가키가 이것을 해야 한다고

수』에 반영했다고 한다면, 류케이와의 공통 기반은 훨씬 더 분명해진다.

1871년(메이지 4)부터 후쿠자와 유키치(福澤諭吉)의 게이오 의숙(慶應義塾)에 다니던 류케이는 1873년(메이지 6) 졸업 후 오사카 분교장으로 부임한다. 거기서 본격적으로 「선진 여러 나라에 전형적인 문헌의 연구」(『龍溪矢野文雄君伝』, 1930. 3.)에 매진한다. 류케이가 무수하게 쏟아지는 서구 번역물을 요령 있게 읽어내기 위한 일종의 독서법을 "동향인 쓰루야(鶴谷)의 여러 친구"에게 설명하기 위해 쓴 책이 『역서독법』(譯書讀法, 報知社, 1883. 11.)이다.

그 책의 「전기(前記)의 순서에 따라 읽어야만 하는 서목(書目)」 속에서 류케이는 『헤븐 심리학』과 『베인씨 심리신설』을 들면서 "이 책들은 내가 그 원서를 읽었거나 아니면 역서를 한 번 봐서 유익할 것으로 여겨지는 것을 모은 것"이라고 설명한다. 실제로 동시대를 살았던 류케이와 쇼요 사이에 신지식의 섭취 정도는 그다지 차이가 나지 않는다. 왜냐하면, 쇼요의 기성 문학에 대한 비판의식이나 그 속에 담긴 문학개량 의식은 류케이의 그것과 중첩되는 바가 많기 때문이다.

류케이도 『경국미담』 「자서」에서 "즉 일본과 중국의 소설을 구해 이를 읽어 보았다. 여러 책들 각색이 진부하고 어기(語氣)가 비하(卑下)하여 사람들의 뜻을 만족시키지 못함"이 너무 아쉽다고 하였다.

세상 사람들 걸핏하면 말하길, 패사소설도 또한 세도(世道)에 도움이 된다고 한다. 그러나 이는 과언(過言)일 뿐이다. 진리 정도(眞理正道)를

해서 이타가키 씨에게 배우러 갔다. 각 결사(各社)의 학문 있는 녀석들이 배우러 가서는 밑에 사람들에게 전하는 것"이라는 지적을 보아서도 알 수 있듯이 당시 젊은 지식계층 사이에서는 널리 읽혀진 듯하다.

주장하는 글 세상에 그 자체의 서적이 있다. 무엇 때문에 패사소설을 빌려 쓰겠는가.

소설은 '세도'를 보충하기 위한 것이 아니라며, 류케이는 정치 소설가나 게사쿠 작가들이 주장하는 소설의 실용적 의의에 대해 정면으로 대치한다. '일본과 중국의 소설'과 같은 기성 문학에 대해 문제를 느끼는 한편, 실용성을 지나치게 강조하는 현재의 문학관에 대해서도 비판을 하고 있는 것이다.

그러나 류케이가 이러한 실용적인 문학관에서 완전히 독립해 있었던 것은 아니다. 「우키시로 입안의 시말」에서 말하고 있는 것처럼 소설의 실용성은 쇼요의 '비익'과 마찬가지로 '부산물(副産物)'로 인정한다. 실용성은 소설의 '정산물(正産物)'이 아니라 어디까지나 부수적인 요소로 무엇보다 중요한 것은 "사람의 마음을 만족시킬지" 아닐지의 문제고, 독자에게 '즐거움'이 될 수 있을지의 여부인 것이다.

류케이의 선행 소설에 대한 비판의식이 보다 구체적으로 나타난 것은 「소설론·소설론 보유(補遺)」[17]다. 소설 개량의 일환으로 류케이는 우선 '음란한 취향'을 피할 것, 그리고 '비하하고 천박한 언어'를 피할 것, 마지막으로 '잔혹, 각박한 취향'을 줄여나갈 것을 요구한다. 음란과 천박함으로 독자들의 말초적 감정만을 자극하는 소설을 강력히 거부한 것이다.

진귀(珍奇)의 취향을 경쟁한 나머지 신변(神変) 불가사의한, 악하고

---

17) 「小說論·小說論補遺」, 『郵便報知新聞』 1887. 9. 27.~10. 6.

잔혹한 범죄를 만들어 내거나, 또 너무 인정(人情)의 미묘함을 그려내고자 하여 정사선악(正邪善惡)의 구별 없이 다만 쾌(快)만을 주로 하고 장엄(莊嚴)함만을 주로 하여 다른 것을 돌아보지 않기에 이르렀다.

대부분의 선행 작품이 대중추수적인 편향된 취향만을 고집한 나머지 작품 성향이 극단적인 표현으로 치달았고, 이로 말미암아 작품 전체의 균형을 파괴해 버렸다는 것이다. 이 「소설론·소설론 보유」는 간단하게 말하면, 권선징악으로 귀결한다.

그렇지만, 류케이가 창작주체에게 '쾌'나 '장엄'만의 '취향'에 지나치게 구애받지 않도록 주의를 환기시킨다는 점에 주의해야 한다.

류케이 자신도 문학의 본질을 '즐거움'과 같은 감성적 호소력에 의미를 두었지만, 문학적 '쾌'나 '장엄'과 같은 감성적 측면에만 집착하였을 때 황당무계한 세계에 빠질 위험성이 있다고 말한다. 소설을 읽는 즐거움은 '진기한 취향'이나 '인정의 미묘함'에서 나올 수 있지만, 그것만으로는 부족하다. 중요한 것은 작품세계를 통해 독자가 황당함을 느끼지 않게 만드는 작가적 역량이고, 균형 감각이다.

이러한 문학적 '즐거움'과 '황당무계' 사이의 균형은 창작주체의 창작방법과 밀접하게 관련되어 있다. 앞서 언급한 「소설론·소설론 보유」에서 류케이는 "원래 소설가는 공중에 누각을 잘 세우는 사람"이라 전제한다.

문예사회의 소설가도 또한 이러한 사람(화공 | 인용자)처럼 어떠한 인물이나 어떠한 사건도 그 마음 그대로 이를 제작할 수 있어야 한다. 때문에 세간의 실제에는 있을 수 없는 유쾌한 사항을 모아 이를 가지고 마치

있을 수 있는 것처럼 기재하는 것도 자유다.

소설가 또한 화가와 마찬가지로 대상세계를 그려내기는 하지만, 그것은 있는 그대로를 그려내는 것이 아니라 거기에는 창작주체의 마음이 깊이 관여한다. 그리고 창작주체의 주관에 의해 좌우되는 작품세계는 어디까지나 창작주체의 책임 하에 있는 독자적인 세계다. 이것이 류케이가 자신의 소설관을 피력하면서 주장하고자 했던 것이다.

또한 바로 이것이 동시대적 문학환경 하에 있으면서도 쇼요와 서로 이질적인 문학세계를 구축해야 했던 요인이기도 하다. 즉 류케이가 문학 창작의 기본으로 창작주체의 적극적 개입을 전제로 한 반면, 쇼요는 "작가가 상상으로 만든 인물이라면 그 각색이 절묘하고 그 이야기가 기가 막히더라도 이것을 소설이라고 말할 수 없다."며, 작가의 주관이 개입되는 것을 부정한다.

쇼요는 작품 속에 등장하는 인물이란 '만드는' 것임에는 틀림 없지만, 작가의 상상, 즉 주관적 가치판단이 포함된 인물은 사실(寫實)이 아니기에 인정할 수 없다고 말한다. 작가적 의장(意匠)이 투영된 인물 조형을 황당무계한 '상상의 인물'로 간주하여 부정한 것이다. 상상력과 문학예술의 창조적 활동이 얼마나 밀접한 관련을 갖고 형성되는가에 관한 쇼요의 인식상의 한계를 여기서 확인할 수 있다.

류케이와 쇼요의 문학관에 적지 않은 영향을 끼친 『헤븐 심리학』에도 상상력에 관한 설명이 있다. 특히 상상력과 '아취(雅趣)와의 관계'에 대해 다음과 같이 적고 있다.

상상력과 아취는 결코 동일한 것이 아니다. 상상력은 아취가 철저하게 결여된 곳에서도 대단히 강하게 남아 있는 것이다. 이와 같은 때에는 상상에 대한 이해가 대단히 절절하여 개연(蓋然)의 한계를 넘어서는 경우가 있다. 또 이러한 때에는 청결미묘(淸潔美妙)의 의지(意志)를 없애고, 정미(精微)한 뜻을 해하는 경우가 있다. 또는 그 형질(形質) 특히 누열(陋劣)하여 학식 있는 자로 하여금 염기(厭棄)하게 만드는 경우가 있다.

'누열'함의 반대 개념인 아취(雅趣)[18]에 대해 설명하는 부분이다. 이때의 아취란 미적 가치판단 능력을 의미하는 것으로서, 상상력과 별도의 범주로 설정할 수 있다. 다시 말해 아취란 상상력과 밀접한 관련을 맺고 있는데, 창작주체는 아취에 의해 제어되지 않는 상상력으로 '개연의 한계'를 넘어서는 작품을 만들어서는 안 된다. 이는 결과적으로 '학식 있는 자'의 혐오감을 산다는 것이다.

물론 헤븐의 문제제기와 마찬가지로 '개연의 한계'를 넘어선 전근대적 작품에 대해 류케이와 쇼요는 동일한 비판의식과 문학개량의 의지를 공유한다. 그런데 문제는 이러한 문제의식을 해결하는 방법에서 두 사람은 차이를 나타낸다는 점이다.

특히 두 사람의 차이는『소설신수』의「주인공의 설정」에서『경국미담』을 비판한 부분에서 여실히 드러난다. 쇼요는 주인공을 "조작하는데 두 유파(流派)가 있다"고 하면서, 그것을 현실파(現實派)와 이상파(理想派)로

---

18) 위의 야나기다 이즈미의 논문「(四)美學說の移入・(その二) 西周譯 ヘーヴン『心理學』の美論」에서는 "진(眞)을 인식하는 능력은 이성(理性), 선(善)을 인식하는 능력은 양심(良心=獨知)이지만, 미(美)를 인식하는 능력은 아취(taste)"라고 설명하고 있다.

나눈다. 그 이상파의 인물조형 방법을 또 선천법(先天法 : 演繹法)과 후천법(後天法 : 歸納法)으로 분류한다.

> 선천법을 결코 비(非)라 함은 아니기 때문에, 다만 이 방법으로 [시대소설(時代小說)을 엮는 데 있어서] 역사상 이미 그 이름이 알려진 인물을 만드는 것은 불가(不可)한 일이다. …… 최근 야노 후미오(矢野文雄) 대인(大人)이 찬역(纂譯)하신『경국미담』이라는 책은 지(智)와 덕성(德性)과 정서(情緒)를 세 명의 준걸(俊傑)에게 의탁한 것이라고 어떤 박식(博識)한 자가 평하였다. 이것이 과연 사실이라면 그다지 재미있는 일은 아니라고 여겨진다. 왜냐하면, 그 이파미논다스, 페로피다스와 같은 사람들은 실제 정사(正史) 속의 인물로 가설의 인물이 아니기 때문이다.

이 때 쇼요는 완전 객관주의적 묘사라고 칭할 정도로 인정세태의 모의(模擬)에 최고 가치를 두었다. 이 모의를 통해 작품세계 내의 사실성을 추구한 쇼요의 소설 이해라는 측면에서 보면, 있는 그대로의 역사적 인물을 그린 것이 아니라 "지(智)와 덕성(德性)과 정서(情緒)를 세 명의 준걸에게 의탁한" 류케이의 소설은 마땅히 비판의 대상이 되어야 한다.

그러나 이 평가는 반드시『경국미담』에 적절한 것은 아니었다. 왜냐하면 그 후『개세사전』(慨世士伝)의「머릿말」(1885. 2.)에서 쇼요 자신이 "이 밖에도 야노 후미오 대인(大人)이 찬역(纂譯)하신『경국미담』이란 책이 있다. 이 또한 극히 신기하여 우리 진부한 소설가들의 망몽(妄夢)을 일깨우기에 아주 좋은 재료가 될 것"이라며, 오히려 모범적인 소설로 추천하고 있기 때문이다.

쇼요나 류케이가 소설의 '즐거움'을 지향했다는 점과 소설의 사실성이 갖는 중요성을 충분히 인식했다는 점에서는 두 사람은 공통점을 지닌다. 그러나 창작주체나 상상력에 관한 인식의 차는 이렇게 서로 다른 창작방법과 인물조형을 가져왔고, 나아가 전혀 상이한 작품세계를 만들어내는 계기가 되었던 것이다.

4) 상상력과 문학적 개량

류케이가 작품 창작에서 상상력을 적극적으로 수용했다고 해서 작품 속의 사실성을 방기한 것은 결코 아니다. 류케이에게 인간의 상상력과 작품의 사실성은 반드시 상반되는 것이 아니었다. 1876년(메이지 9) 11월 14일 류케이는 『호치 신문』(報知新聞)에 「상상력은 기억력의 변체라는 것을 논함」(想像力ハ記憶力ノ変体ナルヲ論ズ)이라는 기사를 게재하였다.

여기서 류케이는 사람들이 "기억력이란 한 번 견문(見聞) 작위(作爲)한 사물을 잊지 않는 힘이다. 상상력이란 눈으로 아직 보지 못하고, 귀로 아직 듣지 못하고, 몸으로 아직 행하지 못했다 하더라도 스스로의 마음 속에서 종종 새로운 모양의 사물을 공중암리(空中暗裏)에서 견문 작위하는 능력"이라고 설명한다. 그래서 사람들은 직접체험을 기반으로 한 기억력에 대해 미체험의 정신세계를 상상력으로 착각하여 둘 사이에는 전혀 관계가 없는 것처럼 이해하고 있다고 말한다.

그러나 실제로 상상력은 "스스로 한계(定度)"가 있는 것으로서 "자신이 한 번 견문, 작위한 사물"이나 "화도(畵図)로 이를 직접 본 것" 등, 직접 또는 간접 체험의 기억에 의거한다. 다시 말해 기억력이 상상력의 원천이 되는 셈이다.

다만 기억력과 상상력은 다음과 같이 구분할 수 있다.

스스로 견문, 작위한 것을 그대로 상기(想起)한다, 이를 기억력이라 말한다. 스스로 견문, 작위한 것에 관해 이를 이합(離合)하거나 단속(斷續)하여 옛 모양으로 새로운 모양을 만드는 것, 이를 상상력이라 말한다. 때문에 둘의 구별은 오직 직접 본 사물의 옛 모양이 남아 있는 것과 이를 이합하는 것에 있다. 스스로 직접 본 사물에 의거하는 것은 둘 다 마찬가지다.19)

류케이가 인식하는 상상력이란 상상하는 주체에 의해 "이합하거나 단속하여 옛 모양으로 새로운 모양을 만드는 것"이다. 그 때문에 상상력은 모든 작품 창작의 기반이 되는 것으로서 작가의 창조력과 연결된다. 쇼요와 달리 류케이는 '스스로 한계'가 있는 상상력에 착안하였고, 그 상상력을 실제 작품의 창작에 적용시켰던 것이다.

류케이의 집에 서생으로 기거한 『세로일기』(世路日記)의 작가 기쿠테이 고스이(菊亭香水)나 속기사 와카바야시 간조(若林玵藏)에게 구술필기(口述筆記)를 시킨 『경국미담』의 창작 과정에서 상상력이 어떻게 활용되었는지, 그 단편을 다음과 같은 기사에서 찾아볼 수 있다.

한 방 안에 정좌하여 눈을 감고 생각건대, 천군만마(千軍万馬) 끝없는 광야에서 접전하는 장관(壯觀)과 여세(餘勢)를 그려내고, 고금(古今)의 영웅 준걸을 상상(想像)하건대, 당당하게 서 있는 훌륭한 인물이 경세안민(經世安民)하는 풍모, 원정약지(遠征略地)의 웅대한 모습, 그 면모, 신체부터 거지동정(居止動靜)에 이르기까지 모두 이를 자기 눈앞에서 보는 듯하다.20)

---

19) 「想像力ハ記憶力ノ変体ナルヲ論ズ」, 『報知新聞』, 1876. 11. 14.

인용 문장 그대로를 『경국미담』의 한 구절로 삼아도 좋을 묘사다. 상상하는 '면모 신체'나 '거지동정'은 류케이 자신이 직접, 또는 간접적으로 경험한 기억에 의거한다. 그리고 이 기사의 '경세안민'의 풍자, '원정약지'의 웅도란 메이지 일본의 사회 속에서 류케이 자신이 지향했던 세계에 다름 아닌 것이다.

『경국미담』은 주지하는 바와 같이 그리스의 패권이 아테네에서 마케도니아로 이행하는 그 중간 시기의 테베를 그리고 있다. 테베 내 간당과의 싸움, 그리고 스파르타와의 싸움이란 역사적 사실(史實)에 기반을 두고 있다. 실제로 류케이는 『경국미담』의 「자서」나 「범례」에서 정사에 기초한다는 점을 몇 차례나 되풀이해서 강조하고 있다.

저자가 이 책을 지음에 원래 정사 중의 실사(實事)만을 찬역하고자 하는 마음이었는데, 책 안의 사항들은 멀리 고대시대의 일로 여러 책을 탐색하더라도 단속(斷續)하여 상세하지 못한 곳이 있더라. 때문에 이를 보술(補述)하여 인정 골계를 가미하여 소설체(小說体)로 만들기에 이르렀다. 그렇지만 원래 정사의 실사를 오직 기재하는 것을 본 뜻으로 삼았기 때문에, 추호도 정사의 실사에 거스르는 것이 없도록 힘썼다.

원래 정사를 편찬하여 번역할 작정으로 만든 『경국미담』은 그 대강의 스토리의 토대를 정사에서 취하였다. 특히 역사서에서 참조한 부분은 하나하나 주(註)를 붙여 그 근거를 집요할 정도로 명시하였다. 이러한 역사적 사실은 작품의 기본 축을 이루는 한편, 작품 내 세계의 사실성을 확보해 준다.

20) 위의 기사.

특히 후편의 「범례」는 『경국미담』의 역사적 사실과 류케이의 작가적 상상력이 구체적으로 어떻게 관련되는지 알 수 있는 유력한 단서를 제공한다.

후편도 전편과 마찬가지로 전체 대요(大要)는 전부 정사에 의거한 것으로 정사를 인용하는 방법에는 두 가지 종류가 있다. 그 첫 번째는 정사를 대강(大綱)으로 삼고 그 세부(細目)를 보술(補述)하는 것이요, 다른 하나는 세부를 정사에서 취하되 그 대강을 보술하는 것이다.

그 대강과 세부에 해당하는 것이 전편 마지막 부분에 첨부된 「정사적절」(正史摘節)이나 후기 형태로 쓰인 후편의 「중요한 사항」(重モナル事柄)일 것이다. 각각의 '대강'이나 '세부'는 정사를 근거로 하지만 그 사항들을 잇는 과정에서 류케이의 의식적인 상상력이 활발하게 작용한다.

앞서 소개한 기사처럼, 정좌한 류케이는 기쿠테이 고스이나 와카바야시 간조 앞에 앉아 두 눈을 감고 역사적 사실로서의 각 사항들 사이의 이야기를 상상력으로 메워나간다. 이 때 묘사된 작품세계는 단순한 번역의 범주를 넘어서 류케이가 스스로 경험하고 체험한 사항들이 적극적으로 투영되어 묘사되었다. 그리고 류케이 자신이 납득할 수 있는 한도 내의 상상력으로 '있을 법한' 이야기를 만들어낸 것이다.

작품 내 정사 이외의 모둔 부분은 류케이가 상상력으로 '보술'하였다. 역사에서 출발한 이야기가 허구적인 소설로 완성되어 간 것이다.

스토리 전개상 클라이맥스는 전편 제 15, 16, 17회 부분이다. 테베의 유지자(有志者)들이 본국에 들어가 주요 간당(奸黨) 멤버들을 처단하는 이 부분은, 류케이가 「범례」 등에서 강조한 '실사'의 중요성에도 불구하고, 그 세부 전개는 거의 류케이의 창작에 의한 것들이다. 그 밖의 전편 제5회에서 뒤를 쫓아오는 간당 병사의 화살에 맞아 페로피다스가 강물에 빠지는 이야기나 이를 어부가 구해주는 이야기, 집사인 레온과 해후하는 제11회의 장면 등 류케이의 상상력에 의거한 일화가 곳곳에 삽입되어 있다.

이러한 스토리상의 디테일뿐 아니라 인물조형 등에도 류케이의 상상력은 활발하게 작용한다. 예를 들어 류케이는 "정사에 보이지 않는 성명(姓名)은 그 인물의 선악에 따라 선인(善人)의 이름은 그리스 역사의 다른 시대 속에서 선인의 이름을 빌려다 썼으며, 악인의 이름 또한 다른 시대 악인의 이름을 빌려 쓴다."(전편 「범례」)고 말한다. 그러나 그것은 성명이나 지명과 같은 고유명사만을 의미하는 것으로, 인물의 성격이나 행동, 지리적인 디테일까지 빌려온 것은 아니다.

특히 후편 제17회의 레우크트라 평야에서의 전투 장면은 류케이의 소설가적 역량이 유감없이 발휘된 부분이라고 할 것이다. 시간 경과의 정확성이나 지형의 구체성 등은 류케이가 「서문」에서 밝힌 바와 같이 "병사들의 수나 사람 수는 늘 이를 몇 배로 늘려 기재"하였다. 그러나 그 숫자는 결코 허황된 것이 아닐 뿐 아니라 스토리상의 정합성을 유지하는 데 주요한 역할을 하였다.

이처럼 마치 그 장소에 있는 듯한 리얼리티를 재현하는 임장성(臨場性)이야말로 전 시대의 황당무계함을 개량하는 유력한 방법이었고, "근세 요미혼(讀本)이나 다른 전통적인 방법에 의한 표현과는 전혀 이질적인 새로운 인식의 세계"21)였던 것이다.

또 등장인물 가운데에도 "행동하는 남자들의 세계에 가공의 여성을 끼워넣어 이를 극히 효과적으로 점멸(点滅)"[22]시킨 아테네의 은인 리시스의 딸 레오나도 류케이가 만들어 낸 인물이다. "완력(腕力) 절륜하고 무예도 또한 발군"인 메르로 역시 가공의 인물이다. 그리고 『경국미담』에서 가장 중요한 인물인 페로피다스나 이파미논다스도 자세히 살펴보면 류케이가 이상적으로 첨삭하여 만들어낸 인물이란 것을 알 수 있다.

페로피다스에 관해서는 『경국미담』 「범례」에서 "회복 후 인민들에 의해 추천을 받아 페로피다스가 총통관(總統官)에 오른 것은 실제 사실이지만, 저자가 약간 의견이 있어 이 커다란 사실을 바꿨다."고 설명한다. 류케이는 사실(史實)을 왜곡하면서까지 민정회복 후 총통관의 자리를 고사하는 페로피다스를 그려낸 것이다. 또한 이파미논다스에 관해서도 마찬가지로, "이 회복에 공로 적었다는 점을 논하며" 모든 공직에서 사퇴하는데, 이 또한 말할 나위도 없이 류케이가 생각하는 이상적인 정치가의 모델을 그리기 위한 조작이었다.

나아가 류케이는 창작주체의 '스스로 한계' 있는 상상력을 조절하면서 다른 부분에서도 사실의 생략을 감행한다.

다만 지나치게 잔인한 부분은 한두 가지 사실을 빼버린 것이 없지 않다. 예를 들면 "민정 회복할 때 유지자로 인하여 살해당한 간인(奸人) 및 옥리(獄吏)의 피를 핥는 부인이 있었다."는 사건 같은 것은 정사에 기재되어 있는 바의 사실로서 간당의 학정을 나타내기 위한 것이지만,

---

21) 林原純生,「『歐州奇事・花柳春話』から『齊武名士・経國美談』へ－近代文學形成期への一視点」,『日本文學』1980. 11.

22) 藪禎子,「『経國美談』論」,『國語國文研究』, 北海道大學國文學會, 1981. 2.

그 행한 바 인정(人情)에 가까운 것이 아니기 때문에 이 책에서는 이를 생략하고 기재하지 않은 것 등이 그것이다. 그 밖에 살육의 사실을 포박에 머물게 한 것 또한 적지 않다.

이것은 『경국미담』 전편에 있는 「범례」인데 여기서 주목하고 싶은 것은 "옥리의 피를 핥는다"는 것이 "인정에 가까운 것"이 아니라서 생략했다는 점이다. 이 인정이란 류케이가 살았던 메이지 시대의 인정에 다름 아니다.

역사적 기술에 대해 소설적 표현의 전제가 된 것이 이 메이지 시대의 인정이고, 류케이 자신의 상식적인 인식의 세계다. 역사적 사실이라는 확고한 지반을 토대로 당대의 인정, 즉 작가 및 독자의 감수성에 호응할 수 있는 표현을 통해 황당무계한 전 시대의 작품과는 다른, '있을 수 있는' 이야기를 만들어 낸 것이다. 그리고 역사로서의 테베 흥륭을 근대국가 창생기의 메이지 일본 소설로 재생시킨 것이다.

류케이는 『경국미담』 「자서」에서 소설을 "고락(苦樂)의 몽경에서 놀게 하는" "음악화도(音樂畵図)의 여러 미술과 마찬가지로 평범한 유희의 구(遊戲ノ具)"라고 제시한다. 이 '유희의 도구'로서의 소설은 황당무계한 세계로 빠지기 쉽다.

그러나 『경국미담』이 단순한 황당무계한 '유희의 도구' 이상의 의미를 지니기 위해서는 작품에서 사실성을 확보해야 했다. 류케이는 그 사실성을 그리스 정사에서, 그리고 창작주체의 '한계 있는 상상력'을 통해 보강하고자 했다. 즉 류케이는 소설의 본질로서 사람을 즐겁게 하는 '정산물'을 고대 그리스 역사가 지니는 실용적인 '부산물'로 보충한 셈이다. 거기에 작가적인 상상력을 가미함으로써 평면적인 인정세태 묘사나 설교조의 계몽기 소설과는 다른 독특한 작품세계를 만들어 낼 수 있었던 것이다.

5) 문학의 오락성

지금까지 『경국미담』은 입헌개진당의 이데올로기를 선전하기 위한 소설로 읽혔고, 현재도 그러한 평가는 작품의 독해에 커다란 영향을 끼치고 있다. 그리고 메이지 문학사에서도 게사쿠 문학과 쇼요를 잇는 과도기적 작품 중 하나로 취급하고 있다. 그러나 인정세태의 사실성이 소설의 예술적 가치의 하나고, 그것이 선행하는 소설 개량 의지의 결과라는 『소설신수』의 주장을 인정한다면, 쇼요에 앞서 작품 내 리얼리티 구축을 통한 문학개량에 성공한 류케이의 『경국미담』과 그 계몽주의적 개량의지도 정당한 평가를 받아야 할 것이다.

특히 창작주체의 활발한 상상력에 기초한 이러한 창작방법은 『우키시로』를 거쳐 『신사회』로까지 계속 이어진다는 점을 고려할 때, 인정세태의 사실성만을 강조한 메이지 소설의 흐름과는 또 다른 근대 소설의 가능성을 가늠해 볼 수 있다.

실제로 류케이는 창작주체의 상상력을 적극적으로 활용함으로써 거기서 생겨나는 '즐거움'을 이들 작품 속에서 훌륭하게 구현했다. 그리고 상상력을 중시한다는 점에서는 『소설신수』에서의 쇼요나 작품의 문학적 완성도 같은 것을 전혀 염두에 두지 않았던 다른 정치 소설가들보다 훨씬 높이 평가할 수 있다.

『경국미담』은 고대 그리스 역사라는 사실을 통하여 시간적·공간적 인식 세계의 경계를 넓혔고, 분명 광활한 소설의 영역을 메이지 일본의 문학계 속에서 구현시켰다. 류케이는 단편적인 역사적 사실을 작가적 창조력으로 재구성하였다. 그리고 메이지 시대 독자들의 감수성은 그 선풍적인 인기에서 알 수 있듯이 『경국미담』의 세계와 잘 부합했던 것이다.

2. 삽화의 상상력과 부감시선

1) 『경국미담』의 초역성(超域性)

류케이는 1907년(메이지 40) 9월 간행된 『정정・경국미담』(訂定・経國美談) 「서문」에서 "근간(根幹)을 정사에서 취하고 지엽(枝葉)을 장식함에 소설체로 하였다."고 하면서, 『경국미담』의 제재를 고대 그리스 도시국가의 역사에서 취했다고 설명하였다.

출판 당시, 서양문물의 근원지인 고대 그리스에 대한 지식이라는 실용적 측면과 당시 평범한 일본인들에게는 생경했던 제재의 참신함이 판을 거듭하는 절대적 인기를 가져왔다. 그런데 애초에 이 작품이 지니고 있던 지식적 실용성, 다시 말해 서구 지식에 대한 메이지 사회의 요구가 상당히 퇴색해 버린 메이지 시대 말기에 『정정・경국미담』이 새롭게 출판되어 읽혀졌다는 점에 주의해야 한다.

또 입헌개진당의 중진으로서 만인의 주목을 받았던 류케이기에 이 작품은 흔히 입헌개진당의 이데올로기 정치선전물로 간주되었지만, 그러한 정치적 이유만으로는 『경국미담』을 충분히 설명해 낼 수 없다.

왜냐하면, 이 작품은 스파르타의 왕정제(王政制)에 대한 테베 공화제의 승리를 주요 내용으로 삼고 있기 때문이다. 그것은 입헌왕정제 중심의 국가구상을 꿈꾼 입헌개진당의 정치논리와는 동떨어져 있었던 것이다.

　　『경국미담』 찬미자 가운데에는 입헌개진당 당원들은 물론, 자유당(自由党)의 청년 지사도 상당수 있었다. 당시 정부의 언론 탄압에 대항하기 위하여 자유강담(自由講談)의 기치를 내걸며 분투한 열혈한(熱血漢) 오쿠노미야 겐시(奧宮健之), 오쿠노미야 겐키치(奧宮健吉), 다쓰노 슈이치로(龍野周一郎), 후쿠이 모헤에(福井茂兵衛) 등은 즐겨 이를 강담화(講談化)하여 대중 앞에서 연기했으며, 큰 갈채를 얻었다. 또한 1884년(메이지 17) 가바산 사건(加波山事件)과 은밀한 관계에 있던 고쿠보 기시치(小久保喜七)는 그 당시 동지들이 모두 이 소설을 애독했던 것을 회상하면서, 페로피다스가 지었다는 「봄의 꽃」(春の花)이란 노래를 암송하면서 지기(志氣)를 서로 고무했다고 말했다.23)

　　야나기다 이즈미가 소개하였듯이 출판 당시부터 이 작품은 일반적으로 알려져 있는 것과는 달리, 당파를 떠나 자유당 내에서도 널리 읽혔다. 최하층 빈민노동자들인 인력거 차부들의 권익을 주장한 샤카이당(車會党)을 주도하면서, 결국 1910년 대역사건으로 살해당한 사회운동가 오쿠노미야 겐시나 가바산 사건의 과격한 자유당 좌파 등도 그 당파성 여부와 관계없이 『경국미담』의 「봄의 꽃」 등을 노래하며 이 작품을 향수했던 것이다.

　　또 하나 주목해야 할 것은 본 작품이 복잡한 정치세계를 다루고 있지만, 일본 국내만이 아니라, 한국이나 중국 등의 인접국에서도 번역되어 읽혔다는 사실이다.

---

23) 柳田泉, 『政治小說硏究(上)』, 春秋社, 1967. 8.

한국에서는 처음에 1904년 10월 4일부터 『한성신보』(漢城新報)에 연재된다. 또 1908년에는 현공렴(玄公廉)이 이를 번역하여 소개하였는데 이 때는 단행본으로 출판되었다.24) 반면 중국에서는 양계초(梁啓超)가 발행한 『청의보』(淸議報)에서 번역 소개된 것 외에도, "『가인의 기우』(佳人之奇遇)·『경국미담』에는 여러 종류의 이판(異版)이 있고, 민국에 들어가서는 별역(別譯)도 나왔다."25)고 한다.

『경국미담』이 일본 국내만이 아니라 국경을 넘어 동아시아 전역에서 자국어로 번역되어 읽혔다는 사실은 일본의 자유민권운동, 나아가 입헌개진당의 정치 논리를 초월하여 각국 독자의 감수성에 호소하는 바가 있었음을 의미한다. 특히 동아시아 근대사회 형성과정에 나타나거나 수입되었다는 점에서, 이 작품은 근대적 시민의식의 형성과 적지 않은 관련을 지닌다고 할 것이다. 정치소설로서 『경국미담』은 동아시아 삼국의 근대화와 근대문학 형성의 방법과 실천에 직접적인 단서를 제공해 주는 중요한 텍스트가 되었던 셈이다.

메이지 시기 내내, 그리고 당파나 국경을 초월하여 수많은 독자들이 읽은 『경국미담』에는 많은 삽화(揷畵)나 지도가 포함되어 있다. 현존하는 근대 문학작품이나 정치소설에 비해, 『경국미담』의 석판화(石版畵 : 당시에는 砂目石版畵라 칭함) 삽화는 비교적 빠른 시기에 사용되었다. 따라서 『경국미담』 석판화 삽화 영상의 새로움은 독자의 관심을 끌어내기에 충분한 것이었다.

이들 삽화는 제작 과정에 작가 류케이가 직접·간접으로 깊이 관여하

---

24) 布袋敏博,「二つの朝鮮語譯『経國美談』について」,『近代朝鮮文學における日本との關連樣相』, 綠蔭書房, 1998. 1.

25) 中村忠行,「月報」,『明治文學全集·明治政治小說集(一)』, 筑摩書房, 1996. 10.

였으며 작품 자체와도 불가분의 관계를 지닌다. 본 장에서는 이들 삽화나 본문 중에 삽입된 지도 등을 통해서 작품의 구조와 그 표현의 관련성에 관해 살펴보고자 한다. 이를 통해서 시간과 공간을 초월해 많은 독자를 끌어들인『경국미담』의 내재적인 질서와 보편적인 구조를 구체화하고자 한다.

2) 삽화의 상상력

그리스 역사를 근간으로 삼은『경국미담』전편은 1883년 3월 15일 출판된다. 전편의「범례」에서 류케이는 다음과 같이 말한다.

> 이 책은 그리스 정사(正史)로서 저명한 실사(實事)를 여러 책에서 찬역(纂譯)하여 조립하였고 대체적인 골자는 전부 정사다. 그렇기 때문에 본편의 정사 대강(大要)을 책 마지막 부분(卷尾)에 넣어, 독자로 하여금 이 책이 가공이 아님을 알게 했다.

작품이 '정사'라는 가장 확실한 '실사'를 기초로 한다는 것은 이「범례」이외에「자서」에서의 언급이나 작품의 본문에 기록해 넣은 사서(史書)의 인용주에서도 찾아볼 수 있다. 류케이는 역사적 사실이라는 객관사실로 허구의 이야기 세계에 사실성을 보강한 것으로 이에 관해서는 Ⅰ의 1에서 언급한 바 있다.

작품의 사실성 강조는 또한 전편「자서」에서 언급한 것처럼, 에도 게사쿠(戯作) 문학을 비롯한 이전 작품에 대한 비판을 근간으로 한다. 게사쿠 등의 "각색이 진부하고 어기가 비하"한 점, 즉 사건의 인과에 관한 정합성의 결여나 말초적 표현에 대한 실질적이고 합리적인 근거의 제시라는 '정사'적 표현을 통해 작품세계의 객관성을 확보하고자 했던 것이다.

'정사'적 사실성에 대한 추구는 작품의 내용에 국한된 것이 아니라, 작품의 삽화와도 깊이 관련된다. 류케이는 양화가(洋畫家) 가메이 시이치(龜井至一)를 기용하여 『경국미담』의 삽화를 그리게 했다. 메이지 10년대, 특히 1882년(메이지 15) 전후의 미술계는 페놀로사를 중심으로 일본화의 부흥이 주창되었던 데 비해, 한때 융성하였던 서양화는 위축되어 가고 있었다. 서양화의 퇴조기에 류케이가 애써 서양화가인 가메이에게 작품의 삽화를 의뢰한 것은 일본화나 동양화로는 충당할 수 없는 서양화적 필요성이 있었기 때문으로, 류케이는 서양화의 박진감 넘치는 실사(實寫) 표현을 높이 평가했다.

류케이는 전편 「자서」에서 다음과 같이 말한다.

온 힘을 이 책에 기울인바, 화공 가메이 시이치 씨에게 책 속의 화도(畫図)는 인물의 복장, 가옥부터 세간 집기에 이르기까지 힘써 그리스 고대의 모양을 그리게 했다. 그렇지만 2000년 전이라는 옛날의 일이어서 모방해야 할 지도를 얻기 어려웠기 때문에 가메이 씨의 어려움은 실로 컸다. 나 또한 가메이 씨에게 하나하나 옛 그림에 근거하기를 원하였기에, 조금이라도 옛 그림 안의 기물이나 복장과 다르면 이를 용서치 않았다. 그 때문에 가메이 씨는 그림 속의 작은 그릇 하나 보잘것없는 물건 하나라도 또한 이를 함부로 하지 않았고, 반드시 옛 그림 속에서 가져오려고 노력했다. 내가 그 필력(筆力)을 자유롭게 했다면, 그 교묘함이 어찌 특히 이와 같은 곳에 머물겠는가.

빈약한 정보만을 가지고, 2000여 년 전 서구의 복장이나 가옥, 그리고 세간 집기와 같은 고대 그리스의 일상을 복원하고자 한 류케이의 의식적인 노력을 이 글에서 확인할 수 있다. 또 "조금이라도 옛 그림 안의 기물이나 복장과 다르면 이를 용서치 않았다."는 기술에서도 알 수 있는 것처럼 류케이는 가메이에게 삽화의 실증적인 고증까지 요구했던 것이다.

쇼요의 『당세 서생기질』(當世書生氣質) 제9회에 친구인 기리야마 벤로쿠(桐山勉六)가 주먹으로 수박을 깨는 삽화가 들어 있다. 주지하는 바와 같이 이 장면은 쇼요의 원화를 양화가(洋畵家)인 나가하라 시스이(長原止水)가 그린 것26)이다. 류케이도 쇼요처럼 가메이에게 『경국미담』의 밑그림을 직접 그려줬을 가능성은 충분히 생각할 수 있지만, 확인할 수는 없다. 다만, 위의 「자서」 내용에서 알 수 있는 것처럼 류케이가 『경국미담』의 삽화에 깊이 관여한 것만은 분명하다.

그리고 『경국미담』을 통해 근대적 문학개량을 기도했던 것처럼, 그 삽화의 사실적 표현을 강화함으로써 당시의 미술계나 문학작품 내 삽화의 개량을 의도하였다고 볼 수 있다. 즉 서구문학에 비하여 문학적 완성도가 뒤떨어지는 기성 작품에 대한 비판의식과 마찬가지로 우키요에(浮世繪)풍으로 과장되었던 황당무계한 게사쿠(戲作) 삽화를 대신하여 동판화(銅版畵)나 석판화(石版畵)의 사실적 표현을 도입하였던 것이다. 이를 통해 실물을 직접 보는 듯한 리얼리티를 소설과 함께 제공해 주고자 하였다.

전편 초판(初版)을 출판할 때, 『경국미담』에는 동판화의 삽화가 들어갔다. 그런데 다음 해인 1884년 2월 『경국미담』 후편을 출판할 때, 그 삽화는

---

26) 橋秀文, 「喜ばしき近代挿繪」(酒井忠康・橋秀文, 『描かれたものがたり』, 岩波書店, 1997. 6.)에서 쇼요가 나가하라의 추천에 의해 서양화풍 삽화를 2회 정도 그려넣었는데, 독자들의 불평으로 중단되었다고 한다.

〈그림 1〉 12명의 부인 연석에 들어가다 (동판화 삽화)

〈그림 2〉 12명의 부인 연석에 들어가다 (석판화 삽화)

석판화로 변경된다. 그리고 1884년 4월 4일에 출판된 전편의 제3판부터는
각 회마다 들어갔던 20장의 삽화를 9장으로 줄이는 한편, 후편의 삽화와

마찬가지로 모두 석판화로 변경한다. 전편 초판의 동판화 삽화에 비해 전편 제3판의 석판화는 그 사실적 표현을 한층 더 심화시켰던 것이다.

그 단적인 예가 전편의 클라이맥스라고 할 수 있는 「제18회 12명의 부인 연석에 들어가다」라는 그림이다. 제3판의 석판화 삽화에는 초판이나 재판의 동판화 삽화에 없었던 와인글라스가 테이블 위에 굴러다닌다. 테베 간당이 술에 취했을 때, 페로피다스 등이 여장을 하고 연회장에 침입해 들어가는 장면이기 때문에 술잔이 없는 것은 부자연스럽다. 화가 가메이 자체의 기량 문제도 있었겠지만 의자나 꽃병, 복장 등 소도구(小道具)부터 등장인물 얼굴들의 음영(陰影)에 이르기까지 석판화 삽화는 동판화 삽화보다 그 표현이 훨씬 더 정밀해졌다.

출판 당사자인 호치(報知) 신문사도 『경국미담』의 석판화 삽화를 통해 독자들의 호응을 얻고자 했다. 후편이 간행된 직후인 2월 20일, 『호치신문』은 광고문을 통해 이 작품이 "정밀한 석판화 및 지도 등을 넣어 근래 무류(無類)의 기서(奇書)"가 되었다고 대대적으로 선전했으며, 같은 해 4월 1일부터는 새롭게 석판화 삽화를 넣은 전편 제3판의 광고문에도 "정밀한 석판화로 다시 고쳤으며 문장의 묘소(妙所)에는 제가(諸家)의 비평(批圈)을 덧붙였기 때문에 초판이나 재판과 비교하여 한층 더 좋은 책(美本)"이 되었다면서 그 정밀함을 강조하였다.

날카로운 직선표현에 적합한 동판화에 비해 석판화는 농담의 조절이나 곡선의 표현이 자유롭다. 「제3회 일전교(一箭橋) 위에서 영웅을 쓰러뜨리는 그림」이나 「제11회 고촌(孤村) 달밤에 레온 옛 주인과 재회하는 그림」처럼 석판화의 세세한 농담의 조정을 통해 밤의 어두움을 효과적으로 연출하고 있다.

이 석판화는 석판용 돌 위에 그려진 밑그림을 그대로 원화(原畵)로 사용하기 때문에 "있을 법한 진짜다움을 석판, 특히 사목(砂目)의 사진조(寫眞調)는 훌륭하게 그려낸다."27)는 특징을 지닌다. 전편의 초판이나 재판에 쓰인 동판화 삽화 그 자체도 충분히 새로운 것으로서 류케이가 추구하였던 사실적 표현에 적절한 것이었지만, 사목석판화(砂目石版畵)의 풍부한 표현력과 입체감은 마치 사진을 보는 듯한 '진짜다움'을 독자에게 전할 수 있었던 것이다.

이미 언급한 것처럼 『경국미담』은 '정사'를 기반으로 하고 있지만, 그러한 사실을 제외하면 전부 류케이가 직접 창작한 가공의 이야기들이다. 『경국미담』 삽화도 대부분 역사적인 사실을 그려내기보다는 류케이가 상상으로 만들어낸 지엽적 일화를 재제로 하였다. 환언하면, 이들 삽화는 허구의 이야기 공간을 사목석판화의 '진짜다움'으로 보충하면서, '정사'적 근거와 함께 작품의 '사실성'을 보강시켰던 것이다.

류케이는 후편 「범례」에서 "그렇지만 편자가 이파미논다스의 고전기(古伝記)를 얻을 수 없었던 것은 실로 유감스러운 일이다. 만일 충분한 시간을 들여 이들 옛 서적들을 찾아볼 여유가 있었다면, 이파미논다스의 행장(行狀)을 기술하는 데 더 한층 정밀함을 가할 수 있었을 것"이라면서 이파미논다스 관련 자료의 부족과 그 인물 조형의 난해함을 호소하였다.

전편의 테베 간당 퇴치에서 이파미논다스는 페로피다스와 비교하여 거의 활약을 하지 않는다. 역사적으로도 이파미논다스는 페로피다스의 쿠데타에 반대하지만, 간당에게 체포되거나 감옥에 수감된 일은 없었던

---

27) 小野忠重, 『日本の石版畵』, 美術出版社, 1967. 6.

〈그림 3〉 이파미논다스 씨 옥중에 있으면서 이학을 공부하는 그림

듯하다.[28]

역사적 사실을 왜곡하면서까지 류케이는 제13회에 「이파미논다스 씨 옥중에 있으면서 이학(理學 : 철학을 의미한다 | 인용자)을 공부하는 그림」과 같은 <그림 3>의 삽화를 포함시킨 것이다. 어두운 옥중에서 고뇌하는 이파미논다스라는 가공의 상(像)을 만들어 냄으로써 테베의 대혼란기에 이파미논다스도 아테네로 망명하였던 페로피다스 등과 마찬가지로 대단한 고통을 받은 듯한 이미지를 제공한다.

실제로 이야기 구성상 이러한 이파미논다스의 투옥은 중대한 의미를 지닌다. 이 점에 관해서는 나중에 다시 한 번 언급하겠지만, '옥중의 이파미논다스'라는 구체적인 모습을 영상으로 독자의 눈앞에 직접 제시

28) 『シンポジウム 日本文學・近代文學の成立期』(學生社, 1977. 11.)에서의 마에다 아이(前田愛)의 발언 및 小川武敏의 「『経國美談』の構造－想實論の前段階として」(『文芸研究』, 明治大學文學部紀要, 1979. 3.) 참조.

함으로써 이파미논다스의 고뇌가 얼마나 '진짜다움'을 지니는지 보충해준다. 삽화 자체의 '진짜다움'이 정사로서의 사실적 명시(明示)와 함께 『경국미담』의 기본적인 틀을 형성하면서 작품 세계의 '진짜다움', 즉 작품의 개연성을 지탱했던 것이다.

3) 지도의 상상력

역사적 사실의 인용과 삽화의 사실적 표현이 작품세계의 '진짜다움'을 보강하지만, 작품 자체는 어디까지나 류케이의 상상력의 소산이다. 이파미논다스가 옥중에서 사색하는 그림처럼 석판화 삽화는 가공의 세계를 리얼하게 구상화(具象化)하는 유효한 방법이었다.

특히 후편 제16회의 「황구(荒邱)의 달밤 장군 원귀(冤鬼)를 보다」(<그림 4>)는 사목석판화의 특징을 가장 잘 살린 삽화다. 여기에는 레우크트라 평야에서 억울하게 죽은 영혼들의 윤곽선을 모래가루 같은 점묘의 농담 조절로 희미하게 처리한다. 이렇게 함으로써 사람과 달리 영혼을 영혼답게 표현했다. 허구적 존재인 영혼도 마치 사진을 보듯이 그릴 수 있었던 것이다.

『경국미담』의 삽화는 피사체를 직접 보고 그린 것이 아니라 허구의 이야기에 맞추어 대상을 재현한다. 즉 고대 그리스 세계를 다루는 『경국미담』의 삽화는 그 사실적 표현에도 불구하고 대부분 상상력에 의거할 수밖에 없었던 것이다.

또 하나 작품의 '진짜다움'을 보강시켜준 것이 작품 안에 게재된 두 장의 지도다. 이 지도들은 익숙하지 못한 여러 도시국가의 이름이 등장하는 『경국미담』을 이해하는 데 반드시 필요한 것이었다. 류케이도 "지리를 안다는 것은 즉 연극의 무대를 아는 것과 같다. 서양의 여러 역사, 정치,

〈그림 4〉 황구(荒邱)의 달밤 장군 원귀(寃鬼)를 보다

법률, 경제, 수신(修身) 그 밖에 백반(百般)의 사항은 모두 이 무대 안에서 일어나는 것"(『역서독법』)[29]이라며 '백반의 사항'의 배경으로 지리적 지식의 중요성을 강조했다.

작품 안에 지도를 사용한 것은 류케이 소설의 한 특징으로서 『우키시로』[30]에서도 많이 쓰인다. 이들 지도는 연극무대와 같이 대상 세계의 범주를 규정하고, 무분별한 사고의 확산을 억제하는 역할을 한다. 『경국미담』의 지도 도입은 작품세계의 전체상을 객관적으로 제시하면서 작품에

---

29) 矢野龍溪, 『譯書讀法』, 報知社, 1883. 11.

30) 『우키시로』는 「호치 이문」(報知異聞)이란 제목으로 1890년 1월 16일부터 『호치 신문』에 연재된다. 그 때 「제7회 신판도(新版図)」의 세계지도, 「제56회 동인도(東印度) 제도(諸島)와 일본과의 위치(位地) 대소(大小) 등을 나타냄」의 지도, 「제57회 진대(鎭台), 세 길로 대병을 보내다」의 동남아시아 일대의 확대지도 등 석 장의 지도가 게재된다.

등장하는 모든 관계를 연극무대 안으로 정리한다. 따라서 독자는 무대 밖에서 연극을 바라보듯이 작품세계를 객관적으로 파악하게 된다.

그런데,『경국미담』의 '정사'나 삽화의 사실성이 소설의 기본 골격으로 전체적인 허구의 가상세계 속에 녹아들어간 것처럼 지도 역시 작품과 관계를 맺음으로써 소설의 일부가 된다.

> 세상 사람들 걸핏하면 말하길, 패사소설도 또한 세도(世道)에 도움이 된다고 한다. 그러나 과언(過言)일 뿐이다. 진리 정도(眞理正道)를 주장하는 글 세상에 그 자체의 서적이 있다. 무엇 때문에 패사소설을 빌려 쓰겠는가.
>
> 다만 그 몸 스스로 만나기 힘든 별천지(別天地)를 만들어 책을 펼쳐든 사람으로 하여금 고락(苦樂)의 몽경(夢境)에서 놀게 하는 것, 이것이 바로 폐사소설의 본색(本色)일 뿐이다. (전편 「자서」)

류케이는 폐사소설인『경국미담』과 '진리정도' 같은 실용적 지식의 서적들을 분명하게 나누고 있다. 그러나 작품 속에 삽입되어 있는 고대 그리스의 지도는 '진리정도' 같은 역사적 사실인 동시에 "그 몸 스스로 만나기 힘든 별천지"라는 소설세계 내의 객관조건으로 설정된 것이다.

실제로『경국미담』에서 그 지도에 나타나는 지리적 표현은 이야기에 맞추어 가공된다.

> 예를 들면 테베와 아테네 사이에 있는 유비아(幽美)의 바다로 들어가는 강(즉 책 안에서 페로피다스가 빠진 강)과 같은 것은 여러 종류의 지도를 구하였지만, 그 이름을 기록한 것이 없었다. 따라서 어쩔 수

없이 그 근방인 파르네스산(波寧山)의 이름을 빌려와 이를 파르네스(波寧)라고 명명하기에 이르렀다. 그 밖에도 가능한 한 진짜 지리에 의거하려고 노력했지만, 실은 산천의 모양도 고금(古今)이 조금씩 그 취향을 달리하는 경우가 있다. …… 그렇다면, 설령 저자가 오늘날의 정밀한 지도를 마련하여 이를 사실에 맞춰보더라도 또한 다소 상이함이 생기는 것은 피할 수 없다. 그러나 힘닿는 한도 내에서는 지도와 서로 다르지 않도록 노력하였다. (전편 「범례」)

객관적 사실로 쉽게 인식될 수 있는 지리적 기술이나 표현도 『경국미담』 안에서는 반드시 정확한 것이 아니었고, 인위적인 수정이 가능한 가공성을 지닌 것이었다.

둥근 모양의 지구는 세계지도에 그려 있는 것처럼 전체 국가를 한눈에 다 볼 수 있는 것이 아니다. 실제 육안으로는 국경을 볼 수 없는 것과 마찬가지로 지도에 그려진 세계는 상상의 시선에 의해서만 구현된다. 이러한 가공의 표현이 가능한 것은 지도 그 자체가 지니는 고유한 구도(構図), 즉 위에서 밑을 내려다보는 구도에 기인한다.

어떤 하나의 장(場)을 전체적으로 표현하기 위해서는 위에서 아래를 내려다보는 부감(俯瞰)의 시선이 필요하다. 우주 밖에 나가 지구의 앞면을 내려다보고, 또 뒷면을 동시에 내려다보았을 때만 세계지도는 만들어질 수 있다. 이처럼 일상 속에서 흔히 보는 세계지도는 상상에 의해 만들어지는 것이다. 다시 말해 상상의 가공 시선으로 구축된 지도는 육안으로는 파악할 수 없는 추상적인 개연(蓋然)의 세계일 수밖에 없다.

부감구도(俯瞰構図)는 『경국미담』의 삽화에도 많이 쓰이고 있다.[31]

---

31) 전편 제6회 「比留港及ビ阿善國都ノ遠景」, 제16회 「齊武國都繁昌ノ図」(동판 삽

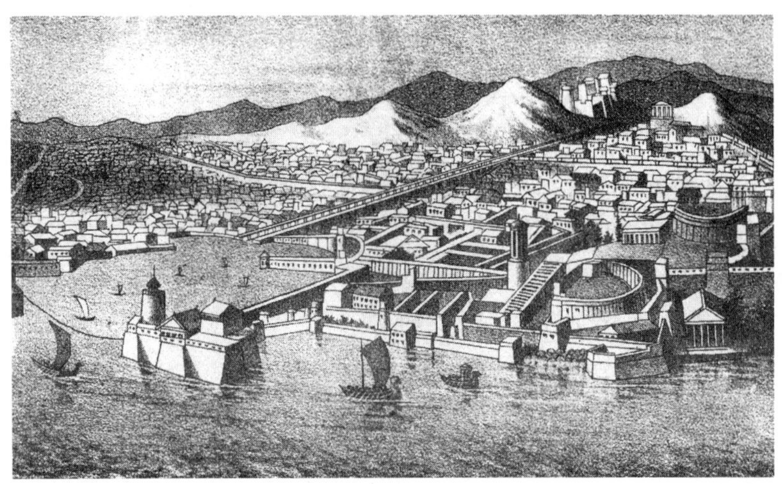

〈그림 5〉 피리우 항구 및 아테네 국도의 원경

〈그림 6〉 아테네 전경

화로 제3판 이후 생략), 후편 「第二図涇比河畔二牧童角ヲ吹ク」, 「第四図少年地峽二白馬ノ將ヲ射ル」, 「第八図奇才ヲ嘆シテ老王兵ヲ施ス」와 같은 그림은 모두 부감시선의 삽화다.

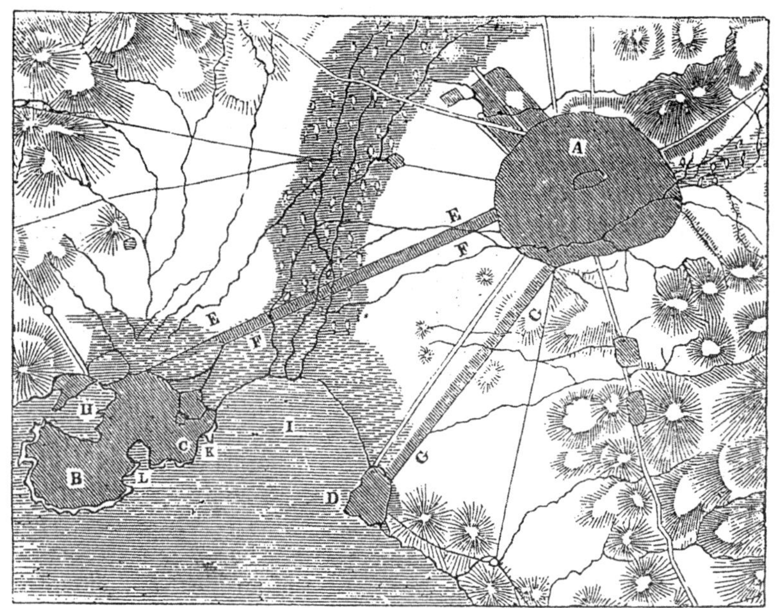

〈그림 7〉 피리우 항구와 아테네 부감도

전편 제6회의 「피리우(比留) 항구 및 아테네 국도(國都)의 원경(遠景)」이
나 제3판이 간행될 때 생략된 제16회의 「테베 국도 번창의 그림」 등과
같은 삽화가 그것이다.

　높은 곳에서 내려다보는 구도로 그려진 피리우 항구나 아테네, 또는
테베의 삽화는 서양문명 발상지로서의 웅장한 모습을 자세하게 보여준
다. 특히 제6회 「피리우 항구 및 아테네 국도의 원경」(<그림 5>)은 삽화
중에서 그 전거(典據)가 명기된 유일한 것으로 이는 윌리엄 스미스의
『그리스사』(希臘史)32)에서 전사(轉寫)했다고 한다. 그러나 아테네나 그

---

32) William Smith, *A history of Greece : from the earlist times to the Roman conquest*,
　　New York : Harper & Brothers, 1870.

주변의 전경(全景)을 나타내는 그림은 해당 서적에는 <그림 6>이나 <그림 7>밖에 없다.

<그림 6>은 바다를 향하여 아테네를 묘사한 것으로 피리우 항구나 장벽 같은 것은 화면 상단에 조그맣게 보일 뿐이다. <그림 7>은 피리우 항구와 아테네를 부감한 그림이다. <그림 6>의 아테네 전경과 <그림 7>의 조감도를 조합해서 새롭게 <그림 5>를 제작했다고 추측할 수 있는 것이다.

새롭게 류케이에 의해 형상화된 <그림 5>는 <그림 6>처럼 아테네의 장려함을 나타내기 위해서가 아니고 <그림 7>처럼 추상적이지도 않다. <그림 5>에서 무엇보다 강조된 것은 스파르타와 같은 외적의 침입을 막기 위해 축조된 장벽이다. 이 장벽은 과거 스파르타에 의해 파괴되었는데, 아테네의 집정관으로서 애국 열심가(愛國の熱心家)인 캐논에 의해 수복되었다.

그리고 이 장벽은 민주정치의 상징으로 "그리스 문명의 중심이라 일컬어지고 그 문물제도는 여러 나라의 모범"(제5회)인 아테네의 상징이기도 하다.

　　열심히 국가를 사랑하는 회민(會民) 제군에게 묻는다. 이 나라의 영웅 세미스트크레스가 경영한 이 아테네의 견고한 장벽 및 아테네와 피리우를 연결하는 장벽을 파괴하고 이를 수복하는 것을 금지시킨 자는 과연 어느 나라인가. (회민 절규하며 외치길 스파르타다, 스파르타다) 또 민정(民政)으로 여러 나라의 모범이 되는 이 나라 아테네의 내정에 간섭하여 그 헌법을 자유롭게 제정·개정하는 것을 금지시킨 자는 과연 어느 나라인가. (회민 절규하며 외치길 스파르타다, 스파르타다) (전편 「제6 회」)

이는 아테네로 망명한 페로피다스가 그 시민을 향해 민정 회복의 원조를 호소하는 장면이다. 이 때 페로피다스는 테베와 아테네가 전제정(專制政)인 스파르타에 대해 민정(民政)이라는 같은 정체임을 강조하면서, 테베나 그리스 여러 나라의 불행은 전제국가인 스파르타 때문이라고 주장한다. 그리고 아테네의 장벽은 스파르타의 전제에 대한 민정의 대표적 상징이고, 나아가 민정 연대의 계기로서 페로피다스가 아테네 시민에게 호소한 것이다. 그렇기 때문에 삽화에서 이 장면이 무엇보다도 강조되어야만 했던 것이다.

이 장벽을 강조하기 위하여 삽화 제작자인 화가 가메이는 원근법이나 부감도법을 구사하면서 <그림 5>를 그렸다. 부감도법은 원래 동양화나 일본화에서 거리감을 표시하기 위해 종종 사용된 전통적인 화법이기는 하지만, 서구의 원근법이 동시에 쓰였다는 점에서 전통적인 화법과의 차이를 찾아볼 수 있다.

이 삽화에서 주목하고 싶은 것은 원근법의 소점(消点) 대극에 위치한 창작주체의 시점이다. 그 시선은 해상, 또는 가상 공간에 위치한다. 가메이는 그 스승 요코야마 마쓰사부로(橫山松三郎)가 육군사관학교 사관으로 1878년(메이지 11) 기구를 타고 사진을 찍었을 때 동행했다고 한다.[33] 가메이는 요코야마의 사진을 보고 이러한 구도에 생각이 미쳤을지도 모른다.

그 내실은 일단 차치하더라도 <그림 5>는 직접적으로 볼 수 없는 가상의 풍경으로, 서구의 서적이나 삽화 등을 참고하여 상상력으로 재구

---

33) 吉田漱, 「近代日本版畵史稿(1)－龜井至一」, 『硏究集錄』, 岡山大學敎育學部, 1979. 7.

축한 것이다. 즉, 상상에 의한 부감시선이 『경국미담』의 삽화나 지도의 특징이고 '정사'나 석판화의 사실성이란 틀 내에서 류케이가 견지하고자 했던 시선인 것이다.

4) 부감시선과 언어표현

(1) 부감적 가상시선

류케이는 어렸을 무렵부터 지도에 친숙했다고 한다.[34] 이미 어렸을 때부터 지도에 접할 정도로 혜택 받은 집안에서 자라났기 때문에 류케이는 지구 전체를 한 시야에 넣어 사고할 수 있었는지도 모르겠다.

이와 같은 지도는 세계 전체를 복수의 가상 시선으로 파악한 세계다. 지도는 편재(遍在)해 있는 무수한 시선이 축적(蓄積)되어 면(面)으로 인식된 것이기 때문에 그것을 바라보는 시선은 특정한 한 사람만의 시선일 수는 없다. 바꿔 말하면, 지도와 같은 가공의 부감시선은 누구나 가질 수 있는 시선인 것이다. 지도의 시선은 "사회 내부의 특정한 성원의 시점[국소적(局所的) 공간을 보는 시점]을 초월하였고, 그 초월성 때문에 보편적인 시점[전역적(全域的) 공간을 보는 시점]일 수 있다"는 것이다.

특정한 사회에 구속당하는 국소적 공간 인식은 결국, 어떤 특정의 편향적 성격을 지닐 수밖에 없다. 임의로 수정하는 것이 가능한 지도의 경우도, 그 시선의 가공성 때문에 지도 제작자의 의도에 따라서는 특정한 편향성을 지닐 수 있다. 그런데 『경국미담』에 게재된 고대 그리스의 지도는 단순히 생경한 도시명이나 지역명밖에 표시되지 않았다. 지도 위에 류케이가 현재 소속되어 있는 '일본'이란 나라나 '메이지'란 시대는 그다

---

34) 小栗又一, 『龍溪矢野文雄君伝』, 春陽堂, 1930. 4.

지 결정적인 의미를 지니는 것이 아니었다. 또 테베나 아테네의 '민주'나 스파르타의 '전제'도 지도상에서는 아무런 의미도 없는 것이었다.

이처럼 특정한 편향성이 없는 부감시선은 『경국미담』 기술 속에서 종종 찾아낼 수 있다. 그 한 예로서 후편 「제17회 레우크트라 전투 장면」을 들 수 있다.

이 때 테베 군이 진을 치고 있는 트로포리유스 봉(吐朗峯)을 바라보니 각 군단 엄숙하게 산을 내려오는데, 혹은 오른쪽으로 향하고 혹은 왼쪽으로 향한다. 때때로 나팔 소리가 들릴 뿐으로 여러 부대의 깃발은 조용히 약한 바람에 휘날리고 만마(万馬)의 울음소리조차 들리지 않으니, 군용(軍容) 실로 정연하다. 또 산 아래에 정렬한 여러 부대에서 조금 떨어진 산기슭에 수백 명의 한 무리가 있었다. 이는 즉 총독(總督)의 친위병과 참모 무리들로 그 중앙에는 총독 이파미논다스가 지도를 바라보며 명령을 여러 부대에 전하였고, 그 옆에는 여러 명의 서기(書記), 10여 명의 장교, 20여 명의 전령(伝令), 사관(士官)이 둘러싸고 서 있었다. 이 동안 보이는 것이라곤 산상(山上)의 참모부 무리와 산 아래에 있는 각 군단 사이를 끊임없이 수십 명의 전령 사관이 말을 타고 빈번하게 왕복하는 모습이다. 또 크고 작은 척후병들이 멀리 참모단에 와서 모인다. 이러한 모습으로 한 시간 남짓을 보낸 후, 산 아래의 각 군단에서 불어대는 나팔 소리와 함께 전군이 서서히 움직이기 시작하면서 레우쿠트라의 들판 앞에 16만 전체 군대가 일대 전대(戰隊)를 형성하였다.

스파르타와의 본격적인 일전을 위해 레우크트라 평야에 집결한 테베 군이 경사전열(傾斜戰列)로 포진해 나가는 정황을 그린 부분이다. 여기에

"산상의 참모부 무리와 산 아래에 있는 각 군단 사이를 끊임없이 수십 명의 전령 사관이 말을 타고 빈번하게 왕복하는 모습"이 묘사되고 있는데, 이러한 모습을 그리기 위해서는 아주 높은 곳에서 전장(戰場)을 내려다봐야 한다. 그뿐만이 아니다. 위의 기술에서 류케이의 시선은 산 위에서 산 아래로, 군대의 전체 전열에서 이파미논다스가 지시를 내리는 손끝까지 아무런 제약 없이 움직이고 있다.

전통적인 언어 표현과는 전혀 다른 주밀문체(周密文体)에 의한 레우크트라 전쟁 묘사35)에 관해 모리타 시켄(森田思軒)은 후편 제17회의 오두평(鼇頭評)에서 "주객(主客)의 군정(軍情)과 전형(戰形)을 서술함에 모두 방관(傍觀) 말투를 쓴다"(敍主客軍情戰形皆用傍觀口吻)면서 "이러한 방법은 옛 동양인 아직 모르는 바"(是等手法古東洋人所未知)라고 높이 평가한다. 이러한 방관 말투(傍觀口吻)는, 즉 부감시선에 의한 것으로 등장인물이나 작품세계에 대한 류케이의 거리감을 나타낸다.

류케이는 일반적인 정치소설이 특정한 인물이나 입장에 서서 자기를 주장하는 것과는 달리, 각각의 등장인물이나 작품세계에서 일정한 거리를 유지한다. 이러한 거리감의 유지로 말미암아 전체 스토리의 구성을 깨뜨리는 일 없이 인물의 움직임을 자유롭게 그려낼 수 있었던 것이다.

야나기다 이즈미는 『경국미담』의 플롯을 서브플롯 / 대(大)플롯으로 나누어 설명하는데, 이 두 플롯 사이의 긴밀한 정합성에 크게 의미를 부여하면서 그 건축미(建築美)를 높게 평가한다.

『경국미담』은 전편 마지막에 붙은 「정사적절」이나 후기의 후편 안의

---

35) 林原純牛, 「『歐州奇事・花柳春話』から『齊武名士・経國美談』へ―近代文學形成期への一視点」, 『日本文學』 1980. 11.

「중요한 사항」(重モナル事柄)이라는 역사적 사실을 이어가면서 테베의 민권 회복이나 그리스 전역의 패권 장악이라는 대플롯을 형성한다. 그리고 이들 역사적 사실에 의해 형성된 대플롯을 거시적 관점에서 부감하여 상대화한다. 이 때 사실과 사실 사이에 빈 공간이 생겨나는데, 이러한 대플롯 사이에 생겨난 공간은 이른바 서브플롯, 즉 여러 가지 에피소드를 끼워넣음으로써 채워나간다.

그 비근한 예가 민정 회복 과정에 등장하는 이파미논다스다. 민정 회복이라는 대플롯에 이파미논다스의 투옥과 탈출, 그리고 이러한 이파미논다스를 둘러싼 여러 인간 군상의 활약이라는 가상의 이야기를 서브플롯으로 활용함으로써 전편은 성립된다. 그리고 이러한 일화(逸話)적 요소가 바로 소설로서의 재미를 배가시켜 간다.

테베를 정찰하기 위해 파견된 안티혼은 간당에게 발각되어 이파미논다스와 함께 수감된다. 그들은 페로피다스를 구했던 어부의 아들 안디우스의 도움으로 탈옥하는데, 안디우스는 페로피다스가 아테네에 들어가기 직전에 헤어졌기 때문에 페로피다스가 현재 아테네의 어디에 있는지 모르는 상태다. 여기서 아테네에서 파견된 안티혼을 등장시켜, 이미 점조직화해 있는 아테네의 망명 민당파와 이파미논다스를 연결시키는 것이다. 그리고 이들 조직을 통해 이파미논다스는 페로피다스와 연락을 취하게 된다.

이상에서의 이야기들은 모두 류케이의 창작이다. 페로피다스의 테베 탈출 과정 때부터 이미 고안된 사항이고 페로피다스와 이파미논다스의 대립을 위해 마련된 것들이다. 즉 페로피다스가 탈출하던 중에 생명을 잃을 위기를 겪는 과정, 그러한 페로피다스를 구해주는 어부, 그 어부의 아들 안디우스의 등장 등, 여러 에피소드는 바로 이파미논다스와 페로피다스의 대립이라는 종착 지점에 이르기 위한 과정인 셈이다.

플롯에서의 정합성은 『경국미담』의 커다란 매력 중 하나다. 단순한 역사 기술과 본 작품이 구별되는 특징이다. 영웅이나 사건 중심의 역사적 사실을 가지고는 간과하기 쉬운 부주인공들, 또는 엑스트라들을 이야기 속으로 끌어들여 소설적 재미를 확장시켜 나간 것이다. 『경국미담』은 이파미논다스나 페로피다스와 같은 영웅만이 아니라 '정사'의 이면에 있는 한 명의 어부나 안디우스 같은 일반 백성들까지 이야기 안에 흡수한다. 이야기 속에서 이렇게 평범한 백성을 적극적으로 활약시키는 부분이 민권운동가 류케이의 정치의식이 나타난다고 할 것이다.

류케이는 이야기의 진행과 함께 다양한 인물을 유기적으로 관련시킨다. 단순하게 이야기 안의 시간적 흐름이나 영웅을 중심으로 하면서 등장인물을 움직이는 것이 아니라, 거시적인 시점에서 전체 틀을 들여다보고 있다. 그리고 각각의 인물을 개별적으로 활약시킨다. 모든 등장인물들의 활약을 페로피다스와 이파미논다스의 정치적 대립이라는 대단원으로 결집시키는 것이다. 이처럼 내레이터로서의 류케이는 레우크트라 전장의 묘사와 함께 각 등장인물의 배치나 그 움직임을 멀리 떨어진 시점에서 내려다보고 있었던 것이다.

(2) '부감'이란 인식방법

류케이가 『경국미담』에서 이파미논다스의 투옥이나 탈옥을 설정한 것은 결국, 이파미논다스를 통하여 페로피다스를 비판하기 위해서다. 이파미논다스는 페로피다스의 쿠데타 계획에 반대한다.

당당한 거병과 공전(公戰)의 개혁은 그 이익 크고 그 해로움 적다. 그런데 암살 저격을 행하는 위계(詭計)의 개혁은 그 해로움 크지만, 그 이익은 적다. 대개 공적으로 개혁을 이루고자 할 때는 국인(國人) 대다수의 세력을 합해야만 한다. 즉 중인(衆人)들이 지향하는 정당(正党) 만이 오직 대다수 사람들의 세력을 합할 수 있고, 중인들이 지향하지 않는 사당(邪党)은 대다수 사람들의 세력을 합할 수 없는 것이다. 그 때문에 공전으로 승리를 얻고자 하는 자는 국인들이 좋아하는 바를 좇는 자들이요, 공전으로 패배를 얻는 자들은 국인들이 좋아하지 않는 바를 행한 자들이다. 이로써 공전의 개혁은 정리(正理)를 취하며, 민심을 좇는 자만이 이를 잘 할 수 있다. 만일 민심을 거스르면서 사로(邪路)에 있는 자는 공전의 개혁을 행할 수 없다. 따라서 공전의 개혁은 그 국인에게 불리함이 적다. 그렇기 때문에 또한 공전의 개혁이 실로 당시의 인민들이 좋아하는 바였다는 것을 공표, 명시할 수 있는 것이다.

한 사람의 영웅에 의한 개혁이 아니라 민심에 기초한 '거병과 공전의 개혁'이야말로 진정한 민정 회복이라고 이파미논다스는 주장한다. 이 주장에 대해 페로피다스는 제반 조건은 이미 다 갖춰져 있고, 지금이야말 로 간당을 타도할 절호의 시기며 인심도 이미 민정 회복을 갈망한다고 주장한다. 그리고 "설령 천하 후세로부터 어떠한 비평을 받더라도 이 대업을 어찌 이루지 않을 수 있겠는가. 제군 어찌 되었건 나 한 사람만은 결단코 나의 뜻을 행하리라."(제15회)고 선언하면서 '위계의 개혁'인 간당 주요 인사들에 대한 저격, 암살을 결행한다. 민심의 불만이 충분히 무르익 었을 때 '민'의 자발적인 행동을 끌어낼 수 있고, 이로써 '거병, 공전'을 수행하고자 하는 이파미논다스의 주장에서 페로피다스의 행동에 대한 류케이의 부정적 평가를 읽어낼 수 있다.

당연히 이러한 페로피다스와 이파미논다스의 논의 내용은 류케이의 창작이다. 그리고 페로피다스 등의 '위계'가 수반할 수밖에 없었던 공명성의 결여는 소설의 마지막까지 영향을 끼친다.

류케이는 민정 회복 후 역사적 사실을 왜곡하면서 총통관으로 추천받은 페로피다스를 사임시킨다. 여기서도 류케이가 페로피다스란 영웅을 무조건적으로 수용하여 묘사하지 않는다는 점을 확인할 수 있다. 즉 류케이는 페로피다스와 거리를 유지하면서, 이파미논다스를 통해 그를 상대화시키고 있는 것이다. 그리고 역사적 사실로서의 테베 민당의 '위계의 개혁'이 그 공명성에서 문제가 있다는 점을 분명히 밝힌 것이다.

이렇게 대상세계에서 떨어진 지점에 서서, 그 대상을 객관화시켜 바라보는 상대적 세계인식의 태도는 아테네의 헤지어스(平邪)에 관한 언설과도 통한다. 권선징악적 도식 안에서는 악당이 되어 버리는 헤지어스지만, 류케이는 헤지어스에 대해 "다만 스스로의 흉중에 아름다운 사회의 모형을 상상해서 만들고, 그것이 한 번에 이루어지기 어려움에도 불구하고 이 아름다운 모형처럼 현재의 사회를 개조, 변혁하고자 원하는 바"가 문제라고 비판한다. 이 문장에서 알 수 있는 것처럼 그가 이상으로 생각하는 사회 자체를 부정하기보다는 그의 방법적 성급함에 대해 문제를 제기한 것이다.

그런데 이제 스파르타의 왕 아제시라우스(亞世剌)는 비밀리에 이 당파를 이용하여 아테네의 정당을 괴롭혔고, 이로써 테베와 아테네 사이를 이간시키려고 기도했다. 그렇지만 헤지어스는 원래 극단적인 민정가(民

政家)로 스파르타 같은 전제정치 국가를 좋아할 리 없었고, 또 아제시라우스 왕의 조치를 늘 비난할 정도였기 때문에 아제시라우스 왕은 당연히 이 사람을 좌우할 수 없었다. (후편 「제2회」)

아테네의 정치를 혼란시킨 헤지어스지만, 그는 스파르타의 전제정치를 절대적인 악으로 인식한다. 그 때문에 스파르타의 아제시라우스와 헤지어스의 연계는 차단된다. 또 아테네 정당(正党)의 입장에서 보면, 정적으로 악당에 해당하는 전제당(專制党)이나 애매당(曖昧党)은 헤지어스의 등장으로 동일하게 박해를 받는 입장이 된다.

헤지어스는 아테네 여러 당파에 대해 악의 위치에 서게 되는데, 그러한 헤지어스가 스파르타의 전제주의를 앞에 놓았을 때는 또 반드시 악이 되는 것은 아니다. 『경국미담』에서 헤지어스는 극히 상대적 의미를 지니는 존재인 것이다. 아테네 정당에 대한 전제당이나 애매당의 악(惡)이 헤지어스 앞에서 상대적인 차악(次惡) 또는 선(善)이 되는 것처럼, 헤지어스는 절대 악인 스파르타 앞에서 그 악함이 희석되는 것이다.

여러 가지 정치세력이 갈등하는 메이지라는 시대 안에서 『경국미담』은 민권과 전제의 대립구조나 민권파 내부의 여러 파벌을 드러냄으로써 동시대적인 의미를 지닌다. 스파르타의 전제에 대한 테베나 아테네의 민주주의라는 대립구조는 메이지 번벌(藩閥) 전제정부와 재야 민권운동가의 대립이라는 메이지의 정치 상황을 연상시키고, 아테네 민당과 헤지어스의 대립은 입헌개진당 또는 온건 자유당 세력과 급진 자유당 좌파를 떠올리게 만들었다. 이처럼 『경국미담』은 현실적인 정치와 중첩되어 이해할 수 있었던 것이다.

또 전제 대 민주의 대립구조는 국권 신장 소설로 읽혀졌던 후편에도 이어진다.

> 레우크트라 대전은 스파르타와 테베 두 나라의 강약을 여러 나라 앞에 보여줬을 뿐 아니라, 그리스 전 국토의 민주정치와 전제정치로 하여금 이후 그 성쇠를 뒤엎는 일대 경계선이 되었다. 앞서 종종 기재한 것처럼 스파르타 사람이 여태껏 여러 나라를 제압하는 익숙한 수단으로 그 동맹국에게는 반드시 자기 나라와 마찬가지로 과인전제(寡人專制)의 정치체제를 건설하면서, 그 나라 사람들 중에서 깊이 스파르타와 마음이 맞는 인물에게 정권을 장악케 하였으니, 이렇게 내정에 간섭함으로써 이를 결속시켰다. 또 그 지역에 무병을 두어 불평 있는 인민을 진압하였다. 382년에 스파르타 사람들이 테베의 정체(政體)를 뒤엎고 무병을 설치한 것도 이들 스파르타 사람들의 익숙한 수법으로 테베 한 나라에만 이 정책을 시행한 것이 아니었다. (후편 「제19회」)

그리스 패권을 좌우했던 레우크트라 전쟁도 스파르타의 전제에 대한 테베나 아테네 민주주의라는 대립구조 안에서 해석되고 있다. 이처럼 『경국미담』 후편에서 주장하고 있다는 국권 신장이란 반드시 민권 또는 민주주의와 서로 대립되는 개념이 아니다.

또 『경국미담』에서의 테베와 스파르타의 대립은 '전제'나 '민주'라는 이데올로기 상의 대립으로 국가 자체가 문제가 되는 것도 아니다. 레우크트라 전쟁은 테베라는 한 국가의 승리이기도 하지만 전제에 대한 민주의 승리다. 또 이 전쟁에서 테베가 거둔 승리가 "이후 그 성쇠를 뒤엎는 일대 경계선"이 되기 때문에, 『경국미담』은 그리스 여러 나라 중에서도 최고의 문명을 향유했던 아테네나 최강의 힘을 자랑했던 스파르타가 아닌, 테베를 중심으로 이야기를 전개한 것이다. 이러한 관점에서 보면 『경국미담』 후편에서의 테베의 국권 신장은 민권의 신장이라는 의미에 다름 아닌 것이다.

부감적 세계 인식은 그 시선이 한 지점에 속박당하는 일이 없기 때문에 자유자재로 신축할 수 있다. 후편 가장 마지막에 그리스 여러 나라에 대해 페르시아라는 거대 국가가 등장한다. 테베나 아테네, 그리고 스파르타는 페르시아에 각각 사신을 파견하여 그 협력을 요청한다. 이 때 페르시아의 대왕은 다음과 같이 말한다.

페로피다스의 말을 받아들여, 여러 나라 사신에 대해 그리스 열국과 함께 평화를 지키고, 스파르타에게는 멧세나(米世)의 독립을 인정하게 하였고, 아테네는 텟사리(鐵鎖)의 해안, 안후이 폴리스의 분쟁지역을 버리고, 그리스 여러 나라의 수도는 테베로 정해야 한다는 취지를 선포했으며, 이 평화를 얻기 위한 페르시아 왕의 선포를 거스르는 자 있으면, 결코 어떠한 도움도 주지 않을 뿐 아니라 영원히 교제를 끊는다고 대답했다. (후편 「제25회」)

여러 나라에 대해 페르시아 대왕이 페로피다스의 주장을 받아들임으로써 결국 테베의 승리를 선포해 준다. 페르시아라는 갑작스럽고 절대적인 존재의 등장과 그에 의한 테베 인정에 의해 테베는 명실상부하게 그리스 지역의 패권을 쥐게 된 것이다.

여기서 문제가 되는 것은 테베나 아테네, 스파르타를 각각 하나의 국가로 인식해 온 독자들 앞에 다른 차원에서의 국가인 페르시아를 제시한다는 점이다. 이 페르시아에 의해 테베는 그리스 여러 나라의 수도가 되어 그리스 전역을 대표하게 된다. 그리고 페르시아에 대한 '그리스 여러 나라'라는 하나의 새로운 단위가 형성되면서, 그리스 전역은 통합된다. 페르시아라는 외부의 시선에 의해 테베와 스파르타의 갈등은 더 이상 국가간의 대립이란 의미보다는 국내 정치세력간의 대립으로 인식되는 것이다.

『경국미담』은 신축하는 거시적 시선을 제공함으로써 고대 그리스의 역사를 제재로 하는 역사 이야기에서 민권 대 전제라는 동시대적 의미를 부여하는 현재적 소설로 전화(轉化)한다. 그리고 이러한 동시대적인 의미부여가 당파의 경계를 넘어 자유당 민권가의 호응을 불러일으켰던 것이다.

5) 상상의 보편성

류케이는 1886년(메이지 19) 12월 12일부터 21일까지『호치 신문』에「시가 하이카이론」(詩歌俳諧論)이라는 글을 싣는다. 시가나 하이카이에 관한 논문인데 그 안에서 그는 다음과 같이 말한다.

다만 사람들이 말하기 어려운 경계(境界)를 그려내고 또한 있는 그대로 실제의 경계를 그려낸다 하더라도 이를 결코 명음가십(名吟佳什 : 뛰어난 시가나 하이쿠 또는 시문 | 인용자)이라 말할 수 있는 것은 아니다. …… 사람들의 경우든, 사물의 정경이든 이를 그대로 묘사하여 사람들을 즐겁게 하고, 사람들을 느끼게 하고, 사람들을 울게 하고, 사람들을 웃게 하기에 충분한 부분, 그 어떤 부분이 있는 것이다. 이 모양을 상상하여

그 실제를 묘사하였을 때 비로소 이를 명음가십이라 칭한다.

최고로 훌륭한 명작인 '명음가십'으로 일컬어지는 것은 있는 그대로를 잘 묘사하는 것이 아니라 "이 모양을 상상하여 그 실제를 묘사하였을 때 비로소 명음가십"인 것이다.

쇼요의 『소설신수』가 출판되어 각광을 받던 시기의 언설이기 때문에 류케이의 발언은 눈에 보이는 것밖에 쓰지 못하는 사실주의에 대한 비판적 대안으로서의 의미를 지닌다.

완전한 사실의 세계란 타자가 개입할 여지가 없다. 모든 면에서 창작주체와 동일한 입지에 서지 않는 한, 창작주체가 인식한 세계를 타자가 그대로 복원한다는 것은 불가능하기 때문이다. 결국 창작 작품은 창작주체나 독자의 상상력을 매개로 해서 이어질 수밖에 없고, 그러한 상상력을 유효하게 구사하면서 진짜다움, 즉 개연성을 확보한 것이 류케이의 『경국미담』인 것이다.

또 다른 정치소설의 대표작인 『가인의 기우』(佳人之奇遇)는 아이즈번(會津藩) 출신의 시바 시로(柴四朗)가 쓴 작품이다. 그의 분신인 도카이산시(東海散士)가 주인공이자 내레이터로 등장하는 『가인의 기우』는 '패망의 백성'이라는 시선에 의거한다. 작품 속에서 시바 시로의 패망 체험이 약소민족이나 '패망의 백성'끼리의 연대를 초래한 것이다.

그러나 그 시선을 공유할 수 없는 사람들에게는 '패망의 백성'이라는 고정된 시좌(視座)가 독자들의 작품 감상에 일정한 제한을 부여하게 된다.

『가인의 기우』도 국경을 넘어 읽히고 번역되었다. 『가인의 기우』는 『경국미담』과는 달리 양계초(梁啓超)가 직접 중국어로 번역하여 『청의

보』에 실었는데, 이 번역본에서는 김옥균의 독립운동 내용이 삭제된다. 양계초는 조선을 중국의 속국으로 인식하였고, 그 때문에 김옥균의 개혁운동을 '패망의 백성'의 범주에서 배제시켰던 것이다. 즉 도카이 산시나 양계초의 한 시점에 고정된『가인의 기우』는 그 시선의 편협성 때문에 동아시아 삼국의 독자들로부터 보편적인 호응을 얻어내지 못했던 것이다.

이에 비해『경국미담』이 지니는 부감시선은 당파나 계층, 또는 국경을 초월할 수 있는 시선을 제공한다. '정사'나 삽화의 사실성에 기반한 개연성이나 다층적인 시좌를 제공하는 부감시선이 정당이나 국가와 같은 경계를 초월하여 독자들에게 설득력을 발휘한 것이다. 즉 류케이의『경국미담』은 세계를 인식시키고자 하는 것이 아니라 세계 인식을 위한 다양한 시선을 제공함으로써 향수자 스스로가 작품세계를 재창출해 낼 수 있는 계기를 부여한 것이다.

Ⅱ. 메이지 20년대 내셔널리즘

『우키시로』는 용감한 다치바나의 '무'나 그것을 제어할 수 있는 사쿠라의 '문', 그리고 그들을 열심히 지원해주고 활약하는 '상정'의 가미이와 같은 인물이 없으면 성립할 수 없는 이야기다. 이렇게 우키시로마루는 '문무'가 통일되어 균형을 유지한 집단이다. 그리고 '문무'가 조화롭게 균형을 잡고 있기 때문에, 우키시로마루는 실질적인 영향력이 전혀 없는 만국공법의 세계 속에서도 굴하지 않으면서 동시에 포악한 해적과 같은 절대적 '불선'의 영역으로 전락하지 않을 수 있었던 것이다.

1. 근대 일본의 국풍(國風)

1) 1889년의 조약개정

류케이는 1888년(메이지 21) 2월, 오쿠마 시게노부(大隈重信)의 외상 취임에 즈음하여, 그간 몇 차례에 걸쳐 요청했던 정계 및 호치 신문사(報知新聞社) 은퇴를 선언[36]한다. 그러나 류케이가 사퇴한 후 호치 신문사의 경영은 크게 악화된다. 류케이는 결국 1년간이라는 한시적 조건을 붙여 신문사로 돌아오는데, 이 때 류케이는 오쿠마의 불평등조약 개정에 깊이 관여하게 된다.

류케이의 복귀는 호치 신문사의 경영 악화 때문이기도 했으나, 오쿠마의 불평등조약 개정 추진에 대한 측면 지원이라는 의도가 있었다. 류케이는 오쿠마의 조약 개정안에 찬성하는 입장에서 『호치 신문』을 거점으로, 세이쿄샤(政敎社) 잡지인 『일본인』(日本人)의 시가 시게타카(志賀重昂)나 신문 『일본』의 구가 가쓰난(陸羯南)과 같은 조약 개정 반대파를 상대로 논전을 펼친다.

그런데 서구 열강과의 조약 개정을 강력하게 밀어붙이던 오쿠마는 같은 해 10월 겐요샤(玄洋社)의 구루시마 쓰네키(來島恒喜)에게 습격을 받아 한쪽 다리를 잃는 중상을 입게 된다. 구루시마 쓰네키의 오쿠마

---

36) 류케이는 「社務を辭して保養を爲し度き意見」(『郵便報知新聞』 1888. 2. 28.)에서 "오쿠마 백작이 뜻을 얻는 날이 있다면 그 때는 소생은 우선 제일 먼저 물러나 양생(養生)을 취하겠다는 것은 최근 몇 년 동안 몇 번이고 말해 둔 바"라 하면서 오쿠마의 정계 복귀와 함께 정계 및 신문사를 은퇴하겠다는 선언을 하고 있다.

테러사건은 조약 개정의 노력을 무산시켰으며, 구로다 기요타카(黑田淸
隆) 내각의 붕괴를 초래한다. 또한 결과론적으로 그 다음 해에 있었던
의회 개설에 커다란 영향을 끼쳤으며, 입헌개진당 같은 당시 야당세력의
의회진출에 커다란 장애를 초래한다. 사회 전체의 보수화 경향을 여실하
게 보여준 이 사건은 입헌개진당의 이론적 지도자로서 오쿠마 시게노부를
초지일관 지원해 온 류케이에게 적지 않은 충격을 주었다.

혼란한 정국 속에서 류케이는 1890년 1월 다시 정계 은퇴를 선언한다.
그러나 이번 은퇴선언에는 호치 신문사 은퇴는 포함되지 않았다.

이 때부터 류케이는『우키시로』라는 모험소설을 연재하기 시작한다.
그 자신이 선언한 것처럼 본격적으로 문학계에 진출[37]하기 위해 시작한
작품이라서 그런지 이『우키시로』는『경국미담』을 뛰어넘는 인기를 얻는
다.

그러나 일반 독자의 반응과는 달리, 쇼요의『소설신수』에서 출발한
인정세태 소설의 사실주의 이론이 심화, 발전되면서 등장한 전문적인
문학자 집단, 특히 비평계 일부로부터는 강력한 비난을 받는다.

이시바시 닌게쓰(石橋忍月)는 이 작품을 전쟁, 모험과 같이 유치한
무담(武談)을 다룬 '연기소설'[38](煙小說)이라고 평가하였다. 그리고 우치

---

37) 위의 기사에도 문학에 종사할 뜻을 내비치고 있는데, 그 밖에도 류케이는『호치
   신문』의「歲首書懷」(1890. 1. 1.)에서 시마다 사부로(島田三郎)나 후지타 시게키
   치(藤田茂吉), 오자키 유키오(尾崎行雄)의 정계 복귀 이야기를 꺼내면서 "정우(政
   友)들 사이의 일은 이미 스스로 맡는 사람들이 있으니, 이제 나는 자유롭게
   문학기예(文學技藝) 속에서 놀면서, 오직 신문사업에만 전념할 것"이라고 말하고
   있다. 또 1890년 6월 13일『호치 신문』의「詩作」에서도 "최근에는 이미 정치세계
   의 인물이라는 적(籍)을 떠나, 하다 못해 문학가들의 말석(末席)에라도 앉을
   수 있기를 희망한다."면서 문학계에 대한 참여를 간절하게 희망하고 있다.
38) 石橋忍月,「報知異聞」,『國民之友』1890. 4. 3.

다 로안(內田魯庵)은 "만일 류케이 거사의 가슴 속 울적한 불평이 새어나온 것에 불과하다면, 이는 정치가의 현관 지킴이가 만들어 낸 가인재자(佳人才子)의 정치소설과 마찬가지로 심미학(審美學)상 평가할 가치가 전혀 없는 작품"이라고 비판하였다.[39]

『우키시로』 이전의 정치가, 혹은 사회계몽 활동가로서의 류케이에 대한 이미지가 군사나 해양모험 같은 작품 소재와 함께 닌게쓰나 로안의 부정적 평가에 커다란 영향을 끼쳤다.

그런데 류케이의 정치적 행보와 작품 제재상의 문제 외에 많은 선행 연구에서는 메이지 20년대의 '남진론(南進論)'의 유행을 『우키시로』와 관련시켜 고찰하고 있다.[40] 물론 이들 요소를 무시할 수 없고, 일정 부분 상관관계에 있는 것 또한 사실이다. 그러나 선행연구는 대부분 작품 속에서 명백하게 드러나고 있는 시대적 배경, 즉 1877년(메이지 10)의 서남전쟁(西南戰爭)이나 류케이가 「우키시로 입안의 시말」(浮城物語立案の始末)에서 주인공으로 설정하고, 특별히 상인(常人)으로서 의미를 부여한 가미이 세이타로(上井淸太郎)의 존재에 관해서는 무관심하다.[41]

이에 본 장에서는 1889년(메이지 22)의 제국헌법 발포와 다음 해에

---

39) 內田魯庵, 「浮城物語」, 『國民新聞』 1890. 5. 8.·16.·23. ; 「龍溪居士に質す」, 『國民新聞』 1890. 7. 15.·16.

40) 대표적인 선행 연구로서 독자 제일주의 소설로서의 평가(柳田泉, 「矢野龍溪『浮城物語』について」, 『政治小說研究·上』, 1967. 8.), 해양 해사(海事) 사상을 고취하기 위한 소설로서의 평가(越智治雄, 「『浮城物語』とその周圍」, 『明治文學全集 15·矢野龍溪集』, 1976. 11.), '남진론의 내셔널리즘 아동문학의 효시'로서 자리 매김한 평가(上笙一郎, 「日本兒童文學におけるナショナリズムの系譜－『浮城物語』から中峯太郎へ」, 『日本文學』 1961. 10.) 등이 있다.

41) 다만 林原純生, 「西南戰爭と文學」(『日本近代文學』 1998. 5.)에서는 이 작품이 서남전쟁을 배경으로 하고 있다는 사실에 주목하면서, 메이지 시대에 나타난 일련의 서남전쟁물(西南戰爭物) 흐름을 이은 작품이라고 평가하고 있다.

있었던 국회 개설, 그리고 조약개정과 관련한 새로운 근대국가 시스템의 구축이라는 작품의 외연을 작품의 가장 중요한 모티프인 서남전쟁과 가미이 세이타로라는 주인공과 관련시켜 고찰해 보고자 한다. 여기서 『우키시로』가 지니는 동시대의 사회사상적 의미를 구체화할 수 있을 것이다.

2) 류케이의 민울(悶鬱)과 가미이 세이타로

닌게쓰나 로안이 『우키시로』를 비판하자, 류케이는 1890년(메이지 23) 6월 문학회에서 「우키시로 입안의 시말」을 발표한다. 이 글을 통해 류케이는 소설의 본색(本色)을 독자에게 즐거움(樂しみ)을 제공하는 정산물(正産物)과 작품의 실용적 측면인 부산물로 나눠서 설명한다. 그런데 역사책이나 도덕책과 소설이 본질적으로 다른 가장 큰 특징, 즉 정산물이 소설의 즐거움이라고 역설한 것은 류케이의 문학관과 예술관, 나아가 향후 미래사회에 대해 지극히 낙천적으로 사고하는 세계관에 연결되는 부분으로 주목할 만하다.

이 '즐거움'에 관해 류케이는 『우키시로』「자서」(自序)에서 다음과 같이 설명한다.

야사소설(野史小說)의 요(要)는 사람을 즐겁게 함에 있어서, 걱정하는 자는 이를 즐겁게 하고, 궁한 자는 이를 이루게 하고, 근심을 없애고, 우울함을 내보내면 독자는 곧 즐거워한다. 견고한 전함과 거대한 대포 향하는 곳 기약 없고, 웅대한 전략과 장대한 계획으로 이역(異域)을 횡행하고, 이과 학술로 세상 사람들 아직 해 볼 수 없었던 바를 행하며,

원양항해 무역으로 이익을 해외에서 거둔다. 이것이 이 책이 쓰고자 하는 바다. 우리나라 사람들 만일 이것을 읽고, 크게 기뻐하는 바가 있다면, 그 민울(悶鬱 : 걱정스러움으로 가슴이 답답함 | 인용자)이 있는 바를 또한 알 수 있을 것이다. 그 옛날 나폴레옹 1세 치세 시절, 벨기에의 어느 화공, 나폴레옹이 지옥에 떨어져 여러 귀신에게 괴롭힘을 당하는 그림을 그렸다. 그 나라, 땅 작고 인민 적어— 항상 프랑스 군대에게 농락당한 것에 분노하면서 그 민울을 풀어내는바, 이 그림이 이루어졌다.

벨기에의 화가가 그린 나폴레옹의 그림과 마찬가지로 류케이는 이 작품을 통하여 독자들이 품었던 동시대의 민울함을 풀어내겠다는 당찬 의욕을 가졌다. 그런데 이러한 '즐거움'은 소설을 읽는 독자에게만 한정된 것이 아니었다.

로안이 날카롭게 지적한 것처럼 '울적한 불평'은 작가인 류케이의 가슴 속에도 있었다. 따라서 류케이 자신도 벨기에 화가가 그림을 통해 정신적 만족을 얻었던 것처럼 가공의 소설 창작을 통해 그 스스로의 '민울'함을 해결했다.

모리 오가이(森鷗外)는 류케이의 '민울'함에 관해서 『우키시로』에 보낸 「서문」에서 "류케이 거사(居士)는 일대(一代) 호걸이다. 가슴 속 울발(鬱勃)의 기운, 뭉쳐서 이 한 편의 문장을 이루었다."고 설명한다. 동시대의 로안이나 오가이는 류케이 개인이 마음 속에 가졌던 '민울'한 감정을 『우키시로』를 읽으면서 포착해 낸 것이다.

다만, 여기서 한 가지 주의해야 할 것은 로안이 말하는 것처럼 『우키시로』가 과연 '가인재자'의 정치소설인가의 여부다. 분명 닌게쓰와 함께 로안은 사쿠라 요시부미(作良義文)나 다치바나 가쓰타케(立花勝武)와 같은 '가인재자'에만 초점을 맞추어 작품을 읽었다. 그렇기 때문에 용맹한 이 두 사람이나 그들의 무용담에 대해서만 언급할 뿐 정작 중요한 가미이 세이타로에 대해서는 전혀 주의를 기울이지 않고 있다.

이러한 두 명의 신예 비평가들과는 달리 오가이는 작품 「서문」에서 다음과 같이 의미심장한 이야기를 한다.

혹자는 말한다, 소설은 시(詩)라고, 「호치 이문」(報知異聞)은 과연 시로서 가치 있는 것인가, 라고. 아아, 소설은 실로 시다. 서사시(叙事詩)다. 그렇지만 그 영역 결코 세상 사람들이 말하는 것처럼 협애한 것이 아니다. 일찍이 단패(短稗 : 단편소설 | 인용자)가 유행하자, 희곡적 분자(分子)는 소설에 들어가지 않았다. 일기 리릭(lyrik)과 편지 리릭이 번성하기에 이르러 서정시(抒情詩)적 분자 소설에 들어갔다. 이제 소설은 만반(万般)의 시체(詩体)를 받아들였고, 또한 거부하는 바 없어졌다고 한다. 에드워드 하르트만(Eduard von Hartmann)은 "서사와 서정, 연극의 분자가 융합된 레제포에지(Lesepoesie)는 어느 부분이 가장 힘이 있는지 묻는다면, 모두 심미학상으로 존립의 권리를 지니는 것이다."라고 말했다. 레제포에지는 독체시(讀体詩)란 뜻으로 하르트만은 이 말로 단복(短複)의 패사(稗史)를 총합하여, 이를 폴트라그스포에지(Vortragspoesie)인 음체시(吟体詩)에 대립시켰다. 『호치 이문』은 이제 겨우 초편(初編)이 나왔을 뿐으로 아직 그 전체 국면을 살펴볼 수 없다 하더라도 천지(天地) 간에 있어 하나의 판도(版図)를 연 것은 나 조금도 의심치 않는 바다.

소설문학이 예술적인 자립을 이룩하던 시기지만, 오가이는 메이지 소설계에 새로운 '하나의 판도'를 연 작품으로 『우키시로』를 높이 평가한다. 로안이나 닌게쓰는 물론, 류케이에게 호의적인 반응을 보였던 여러 평론가들도 거의 파악하지 못했던 『우키시로』의 새로운 측면을 오가이가 발견한 것이다. 오가이는 일기나 편지 같은 1인칭 자기기록의 문학이 지니는 서정시적 요소를 이 작품 속에서 읽어냈다.

실제로 이 작품은 그 「서언」(緒言)에 기록되어 있는 것처럼 가미이 세이타로라는 한 서생(書生)이 외국에서 백부(伯父)에게 보낸 편지 한 통으로, 가미이 세이타로 자신의 신상의 경력사(身上の經歷史)다. 그 원서는 일기 종류로, 그것을 기자인 류케이 거사(龍溪居士)가 자서체(自敍体)를 사용하여 고쳐 수식(修飾)한 것이다.

이것이 류케이가 「서언」에서 소개한 작품 출처에 관한 설명이다. 여기에는 오가이가 지적한 편지나 일기와 같은 1인칭 자기기록의 서정성이 명확하게 기술되어 있다. 나아가 류케이는 앞서 언급했던 「우키시로 입안의 시말」에서 다음과 같이 말한다.

앞서 언급한 여러 가지 이유 때문에 『우키시로』는 호탕(豪宕), 척락(拓落 : 자유분방한 모양 | 인용자)을 전체 골자로 삼았고, 한 상정(常情)의 인물을 주인공으로 하여, 위인기사(偉人奇士)의 신채(神采) 태도를 약간씩 보여주면서, 이 상정의 인물과 대조시키려고 노력하였다. 소설의 주인공에는 이상한 인물이 많다(이상한 선인, 이상한 악인과 같은 인물). 그렇지만 『우키시로』의 주인공은 언어와 동작이 일찍이 정상의 범위에서 벗어나지 않는다. 기뻐할 때는 곧 기뻐하고, 무서워할 때는 곧 무서워하며, 도망칠 때는 곧 도망치며, 나아가야 할 때는 곧 나아간다. 다만, 그 한 쪽에는 비범한 기사(奇士)를 그려 항상 이것과 서로 대조시켰다. 이 또한 (여타의 다른 작품에 비해 | 인용자) 다른 점을 추구한 것 중 하나다.

원래부터 『우키시로』는 비범한 가인재자(佳人才子), 즉 사쿠라나 다치바나와 같은 영웅을 그린 소설이 아니다. 류케이는 '정상의 범위'를 벗어나지 않는 상정(常情)의 인물 가미이 세이타로를 주인공으로 하여 그의 신상에 관한 이야기를 하고 싶었던 것이다.

이렇게 류케이에게 중요한 의미를 지니는 가미이의 출신은 오이타현(大分縣) 분고 국(豊後國) 미나미우미베 군(南海部郡), 옛 사에키 령(佐伯領)으로 류케이 자신의 출신지와 같다.

모리타 시켄도 자신과 류케이가 함께 유럽을 여행하면서 있었던 에피소드를 「서문」에서 소개하고 있듯이 이 작품은 작가 류케이의 해외 경험을 근간으로 삼고 있다.42) 그만큼 가미이 세이타로라는 인물은 다른 어떤 작품의 주인공보다 류케이 본인과 직접적인 관련성이 있으며 이는 작품 속에서도 이미 강조하고 있는 바다.

조약개정이나 제국헌법 발포, 제국의회 개설과 같이 숨가쁘게 돌아가는 정치환경 속에서 입헌개진당의 중추적 역할을 수행했던 류케이는 번잡한 정치적 상황에서 결코 자유로울 수 없었을 것이다. 그래서 류케이는 가미이라는 인물에게 스스로를 가탁함으로써 현실의 정치세계에서 자유롭고자 했다.

그러한 자유로운 발상은 현실적으로 인정될 수 있는 한계 지점까지 확대된다. 『우키시로』의 제31회에서 "그렇다, 나는 대일본 문명을 이 나라에 수입시킨 시조(始祖)이기 때문에, 후세에 나를 이름 붙여 문명천황

---

42) 모리타 시켄(森田思軒)은 『우키시로』「서문」에서 "이 책이 유래하는 바는 이미 오래 되었다."고 소개한다. 그리고 "그렇다면 대서양과 태평양 이 두 바다를 잇는 드넓은 바다와 아메리카 대륙에 살고 있는 흑색, 백색, 황색 여러 인종들의 백성들도 이미 선생님이 당시에 머리 속에서 생각했던 것"이라고 주장한다.

(文明天皇)이라 칭하도록 유언을 남겨야겠다.”면서 스스로가 천황을 참칭(僭稱)하는 아슬아슬한 상황까지 연출한다. 또 우키시로마루(浮城丸)가 ‘대사업’으로 설정했던 것처럼 “우리들은 제군들과 함께 앞으로 해상의 대왕이 되고자 한다.”(제7회)는 선언 그 자체도 이와 같은 유연한 발상의 소산에 다름 아니다.

사회 전체가 천황을 중심으로 보수화되어 가는 상황에서 스스로를 천황이라 칭하고, ‘대왕’이 되고자 하는 발상은 순진하다 못해 무모하다.43) 그런데 이렇게 위험한 발언의 불온함은 작품 내 인물의 특이한 캐릭터 조형과 같은 소설적 허구성으로 상쇄되고 있다. 특히 공중에서 떨어지며 나무아미타불을 암송하고, 전쟁 중에는 선실 구석에 숨어 벌벌 떠는 가미이와 같은 인물 조형은 그 캐릭터의 평범함과 코믹스러움으로 그 언설 속에 내재하는 정치성이 희석될 수 있었다. 다른 정치소설 속에 등장하는 ‘위인기사’가 심각하게 정치적 언설을 펼치면서 현실 사회에 직접적으로 관여하는 것과는 달리,『우키시로』의 정치적 언설은 가미이란 인물의 황당한 이야기로 치환되면서 현실적인 위험성은 상대적으로 격감한다.

이렇게 평범함과 코믹함이라는 소설적 허구를 통하여 자유롭게 행동하고 발언하는 가미이의 모습은 이 작품의 주요한 창작 동기였다. 결국 이 작품은 비록 ‘상정’의 범위 내이기는 했지만, 일본의 현실 정치에서 생겨난 류케이와 독자들의 ‘민울’함을 해소하기 위한 유효한 수단이었던

---

43) 실제로 훗켄 거사(復軒居士, 大槻文彦)는 「浮城物語」(『出版月評』1890. 5.)에서 “나는 이 책을 보고 실로 분하고 원통한 마음이 가슴에 가득차 이를 들어 땅에다 내던졌다”고 하면서, 위에서 인용한 부분을 들어 “즉 우리 천황폐하에 충순하는 자가 아니다”라며 격렬하게 비판한다.

것이다.

3) 『우키시로』의 서남전쟁(西南戰爭)

『우키시로』는 근대 일본 최후의 내전인 서남전쟁이 끝난 직후인 1878
년(메이지 11), 일본을 빠져나와 대양을 향해 떠나가는 사람들을 그린
작품이다. 1889년(메이지 22) 2월 제국헌법이 발포될 무렵, 서남전쟁에서
조정의 적으로 경원시되던 사이고 다카모리(西鄕隆盛)는 메이지 유신
정부에게 그 공덕을 인정받아 정3위(正三位)가 증위(贈位)되었고, 이로써
메이지 유신의 원훈(元勳)으로 복권된다. 『우키시로』의 출판 직후에 해당
하는 이 시점에 '사이고 전설'을 다룬 수많은 작품들이 등장[44]하는데,
『우키시로』는 이와 같은 당시의 사이고 붐과도 어느 정도 관련이 있을
것이다.

실제로 작품에 등장하는 인물들은 서남전쟁에 깊이 관여했던 사람들
이다. 예를 들면 앞으로 생길지도 모를 전투를 걱정하는 동료들을 향하여,
경(庚)이라는 등장인물은 "나는 과거 다바루자카(田原坂)에서 경험이 있
다. 전투란 생각하는 것만큼 무서운 것이 아니다. 그냥 흉벽(胸壁)에서
가끔 머리를 내밀어 총을 쏠 뿐"(제8회)이라며 서남전쟁의 최대 격전지인
다바루자카에서의 전투 경험을 이야기한다.

또 경찰로 조직된 별동대를 이끌고 서남전쟁에 참가했던 당시 경시청
경시(警視) 가와지 도시요시(川路利良)가 실명으로 등장하며, 이 가와지
가 보낸 스파이로 야마다 마쓰오(山田松夫)란 인물이 등장한다. 야마다는
사쿠라 요시부미(作良義文)를 비롯한 우키시로마루의 동태를 파악하기

---

44) 越智治雄, 「怪男兒と快男兒」, 『文學の近代』 1986. 3.

위하여 파견된 인물이지만, 나중에는 사쿠라의 웅대한 이상에 감화되어 우키시로마루의 '대사업'에 참여한다. 그런데 그도 또한 "일본 서남전쟁에서 경시대(警視隊)에 참여해 충분한 전쟁 경험이 있는 사람"(제57회)으로 그러한 경력 때문에 네덜란드와의 전투에서 예비 연대장으로 선발된다.

특히 이 서남전쟁에 깊이 관여한 것으로 여겨지는 것이 사쿠라 요시부미와 다치바나 가쓰다케(立花勝武)다. 사쿠라는 동북(東北) 출신이다. 당시 동북인(東北人)이란 용어는 무진전쟁(戊辰戰爭) 때, 막부 타도를 외쳤던 토막파(討幕派)에 대항하여 적군(賊軍)으로 전락, 비참하게 최후를 맞이한 좌막파(佐幕派)의 아이즈 번(會津藩)을 떠올리게 만든다. 그리고 주지하는 바와 같이, 신센구미(新選組)의 멤버나 교토 치안을 담당했던 관군에서 하루아침에 적군으로 전락했던 이들 동북 출신 사족들은 다시금 관군(官軍)으로서 서남전쟁에 참여하여, 사쓰마(薩摩)의 사이고 군(西鄉軍) 공격의 최선봉에 서게 된다.

작중 사쿠라도 서남전쟁에서 '군대, 순사'와 같은 정부 측 군사물자를 공급하여 부를 축적한 재산가다. 물론 정부 측에 전쟁 물자를 공급했다는 이유만으로 그를 메이지 전제정부 쪽 사람이라고 할 수는 없다. 오히려 경시청의 가와지 도시요시 경시가 스파이를 보내 이들을 감시하는 것에서 알 수 있듯이 사쿠라는 반정부적인 인물이다.

그리고 또 한 명의 영웅 다치바나 가쓰타케는 사쓰마 번 출신이다. 제5회에서 의사 기쿠가와 기요시(菊川淸)가 전하는 바에 의하면, 그는 메이지 유신과 대만 출병(1874년)에 참가하여 혁혁한 공로를 세웠으며 해군과 해사(海事)에 관해서는 일본 최고의 기량을 지닌 인물이다.

그러나 그가 해군성(海軍省)에 근무하지 못하고, 이와 같은 모험을 기도하게 된 것은 "그 사람(다치바나 | 인용자) 기가 세서, 걸핏하면 윗사람을 우습게 여기는 버릇이 있다. 이 때문에 유사(有司)에 포함되지 못했다. 스스로가 말하길, 상(賞) 그 노력을 보상하지 못한다."며 분노했기 때문이다.

1878년(메이지 11) 8월 천황의 친위병으로 서남전쟁에서 커다란 전과를 올린 근위병(近衛兵)들이 폭동을 일으킨다. 당시 신문에 의하면, 다케바시 사건(竹橋事件)으로 알려진 이 근위병 폭동사건의 원인을 "7월부터 월급이 줄어든 것을 그 불평의 제일로 하고, 두 번째로는 작년 서남전쟁에서 다른 부대보다 뛰어난 군공(軍功)을 세웠음에도 훈장과 같은 것은 부대에 미치지 못한 이유"[45] 때문이라고 했다.

이 폭동에 참가했던 사람들은 대부분 사족 출신의 하사관이거나 일반 병사들이었다. 그런데 당시 사형에 처해진 53명을 포함하여 처벌을 받은 300여 명은 모두 서남전쟁에서 목숨을 걸고 싸웠지만, 결국 어떠한 훈장도 받지 못한 사족 출신의 일반 병사들이었다. 이미 군 고위층을 형성했던 사쓰마와 조슈(長州) 출신의 유신정부 세력들은 이 반란에 참여하지도 않았고, 그 어떠한 책임도 묻지 않았다.

미야케 세쓰레이(三宅雪嶺)는 『동시대사』(同時代史)에서 다케바시 사건의 근위병에 대해 다음과 같이 적고 있다.

근위병들이 나아가 사쓰마 군의 예봉을 꺾었던 것은 누구의 힘도 아니다. 바로 근위병의 힘이었다는 것은 근위병들 스스로가 굳게 믿는

---

45) 『東京曙新聞』 1878. 8. 26.

바다. …… 근위병도 한결 같지는 않았지만, 기억도 있고, 장교와 병사의 차이도 엄격하지 않아서 비록 병졸이라 하더라도 단번에 큰일을 이룰 수 있다고 생각했다. 전쟁의 승리가 근위병의 힘에 의해 얻은 것이라는 사실은 세상에서 일반적으로 말하는 것으로 근위병 스스로도 공을 세운 것에 대한 중대한 은상(恩賞)을 기대하고 있었다.[46]

미야케 세쓰레이의 설명은 서남전쟁의 편향된 은상에 대한 불만과 유신 이후 잔존하는 사족의식(土族意識)이 이 다케바시 사건의 발단을 이루고 있다는 것을 짐작케 한다.

근위병에게는 '장교와 병사의 차이' 같은 상하 위계질서에 대한 의식은 희박했다. 정부의 권위가 아직 확립되지 못한 시점에서 이들 근위병은 비록 병졸이라 하더라도 장교를 우습게 여겼다. 이러한 근위병의 모습과 "윗사람을 우습게 여기"거나 "상 그 노력을 보상하지 못한다"고 분노하는 다치바나의 이미지는 많은 부분에서 겹쳐진다.

작품 속의 다치바나나 작가 류케이가 이 다케바시 사건과 직접적인 관련이 있는지의 여부는 불분명하다. 그러나 천황의 군대인 근위병이 일으킨 반정부 시위는 1890년대 당시의 독자들에게는 다치바나를 통해 충분히 연상해 낼 수 있는 이미지였을 것이고, 혹 그렇지 않다 하더라도 막말 사족계층의 불만과 다치바나의 그것은 본질적으로 동일한 것이었다.

결과적으로 사쿠라와 다치바나는 서남전쟁 이후 일본사회에서 일탈한 사람들이다. 그들은 서남전쟁의 사이고 군과 일정하게 선을 긋고 있으면서 동시에 정부의 반대편에 서 있던 사람들이다. 사쿠라와 다치바나는

---

46) 三宅雪嶺,「明治十一年(上)」,『同時代史·第二卷』, 岩波書店, 1949. 7.

번벌(藩閥)을 중심으로 형성된 체제 안에서는 살아갈 수 없는 존재들이며, 마찬가지로 전근대적 사족의식을 기반으로 형성된 사이고 군대와도 함께할 수 없는 존재다. 그렇기 때문에 그들은 일본 국적을 포기하고 대양(大洋)을 향해 나아갈 수 있었던 것이다.

일반적으로 무진전쟁 당시 토막파였던 사쓰마 출신의 다치바나와 좌막파로서 무참한 패배를 당한 동북 출신의 사쿠라는 현실 세계 속에서는 좀처럼 타협할 수 없는 사람들이다. 그러나 작품 속에서 동북인 사쿠라와 사쓰마 출신의 다치바나는 신세계 개척을 위해 손을 맞잡는다. 서남전쟁을 전후로 동북인과 사쓰마 출신 인사들 사이에 연합의 움직임이 있었다는 지적도 있지만47), 그러한 연계가 가능했던 것은 두 사람이 관(官)인 메이지 정부에 대해 무진전쟁 및 서남전쟁의 과정에서 적(賊)이라는 입장에 있었기 때문이다.

이처럼 반정부적 입장에서 동북지역과 사쓰마의 연계를 도모하고자 했던 류케이의 의식적인 노력은 1890년 당시의 현실정치 속에서도 찾아볼 수 있다. 예를 들면, 1890년 8월 29일 오쿠마 시게노부에게 보낸 서간 속에서 류케이는 입헌개진당의 당면목표로서 "무엇이든 참아야 하고, 나아가 대정당(大政党) 건설에 진입하도록 호의(好意)를 보여주는 규슈(九州), 동북(東北)의 애국적 여러 파벌과 연결하여 승리를 제압"해야 한다고 오쿠마 시게노부에게 종용했던 것이다.

메이지 유신 그 자체도 그렇지만 무진·서남 전쟁은 메이지 유신 이후 교차하는 입장의 역전과 흔들리는 가치관의 변동이 가장 격렬하게 나타난 전쟁이다. 류케이는 메이지 유신이나 서남전쟁의 종결 후 메이지 전제정

---

47) 林原純生, 앞의 「西南戰爭と文學」.

부의 희생자와 패배자 속에서 새로운 정치집단을 구체화시켜 냈다. 즉 번벌 중심의 메이지 전제정부나 사이고 군이 갖는 지역단위의 협소함을 극복한, 거국적인 '애국적 여러 파벌'을 『우키시로』 속에서 구현하고자 했던 것이다.

류케이가 『경국미담』에서 고대 그리스 역사를 근간으로 했듯이 『우키시로』도 이상에서 살펴본 바와 같이 서남전쟁을 비롯하여 메이지 연간에 있었던 구체적 사실(史實)과 경험을 기초로 한다. 이러한 역사적 사실은 『경국미담』의 그리스 역사가 그러했듯이 작품 내 리얼리티를 강화시키는 한편, 서남전쟁이 끝난 지 얼마 안 되었던 당시 독자들의 감수성에 호소하는 바가 컸을 것이다.

그렇지만 여기서 간과해서 안 되는 것은 주인공 가미이(上井)가 서남전쟁이나 메이지 유신과 직접 관계한 흔적이 전혀 보이지 않는다는 점이다. 그는 어디까지나 제3자의 입장에 서서 냉철하게 사쿠라와 다치바나를 바라볼 뿐이다. 정상적인 정서인 '상정'을 지닌 가미이는 사쿠라나 다치바나가 짊어져야 할 역사적 입장이나 정치성에 관해서는 어떠한 가치평가도, 구체적인 언급도 없다. 가미이가 가장 관심을 가지고 있는 것은 무진전쟁이나 서남전쟁 등의 과거 사실이 아니라 그러한 전시대의 굴레에서 벗어났을 때에야 비로소 볼 수 있는 광대한 세계 전체였다.

4) 해적선 우키시로마루(浮城丸)

제5회에서 의사 기쿠가와 기요시는 가미이에게 우키시로마루의 향후 활동 내용에 관해 아마 해적이 될 것이라고 말한다. 그들은 상대가 비록 해적이라고는 하지만, 여하간 무력으로 우키시로마루를 약탈했다. 게다가 원래의 주인인 중국정부에 대한 반환도 거부한 상태다. 이 때문에 동료인 사사노 시게루(笹野繁)는 네덜란드 진대(鎭台)에 체포되어 감금당한다. 결국 우키시로마루는 네덜란드 군과 치열한 전투를 벌이게 된다. 그 과정에서 사쿠라 등은 중국 광둥(廣東)에 부임하는 네덜란드 영사를 협박하여 이를 납치하고 사사노와의 교환을 요구하기에 이른다.

네덜란드 진대가 사쿠라의 우키시로마루에 대해 "열국(列國)간 해전의 예(例)에 의거할 필요도 없다. 적은 해적이기 때문에 보이는 대로 적절하게 제압하라."(제48회)는 인식을 갖게 되는 것도 당연한 것이라 하겠다. 네덜란드 진대에 대한 협박과 공격만이 아니라, 사쿠라 등은 우키시로마루를 공격해 온 원주민에 대한 공격(제16회), 타이거 족(族)에 대한 공격과 약탈행위(제35회) 등 일견 해적들과 별반 차이가 없는 행동을 보인다.

그런데 해적을 방불케 하는 사쿠라 등의 행위나 사고방식의 이면에는 "만국공법(万國公法)은 논이다. 법이 아니다."(제6회)라는 냉혹한 현실논리가 작용한다는 점에 주의해야 한다. 적어도 작품세계 내에서 사쿠라 등이 행하는 무법행위는 오직 그들에게만 한정된 것이 아니었다.

> 그들 서구인들이 다른 지역에 식민지를 건설하는 수단은 대개 다음과 같아서, 그 본국에 있을 때에는 신의(信義)를 중히 여기고 예절을 존수한다고 칭하면서, 한 번 발을 다른 지역에 내딛었을 때에는 비법무례(非法無礼), 다른 인종 대하길 거의 금수처럼 한다. (제49회)

우키시로마루가 자행한 모든 악행의 배경에는 만국공법이 실질적인 구속력을 지닌 '법'이 아니라 학문적인 논의의 대상인 '논'이라는 인식이 저변에 흐르고 있다. 그리고 이는 서구를 필두로 한 세계 제국주의 전체의 흐름이었다.

범법 행위가 일상다반사인 해적에게서 우키시로마루를 빼앗는다는 설정 그 자체도 그렇지만, 우키시로마루를 습격하거나 피해를 가한 원주민들을 응징한다는 스토리상의 구도도 세계가 기본적으로 법의 테두리 밖에 위치하는 무법지대라는 것을 입증한다. 당연히 범법자인 가미이 세타로의 의식구조도 이러한 현실 논리에서 자유로울 수 없다.

작품 초반부에 그려진 것처럼, 주운 돈 때문에 기뻐하거나 갈등하는 가미이는 말 그대로 평범한 상정을 지닌 사람이다. 그리고 최초로 해적과 본격적인 전투가 벌어졌을 때, 안정제를 구해 선실 속으로 숨어드는 가미이의 행위 역시 상정의 틀 안에서의 행동이다.

그러나 제35회에서 가미이는 자신을 악어 사냥을 위한 먹이로 삼은 타이거 족에 대해 공격할 것을 자기 동료들에게 주장한다. 그러한 공격 주장은 가미이의 복수심에서 나온 상정에 틀림없는 것으로 그의 언동은 급기야 "여러분 만일 더불어서 그 부락을 습격한다면 반드시 다소간의 소득물"이 있을 것이라며 선동 수준으로까지 수위가 상승한다. 이는 명백한 해적의 약탈행위로 류케이가 하한선으로 설정하였던 '불선'의 영역에 포함될 사항이다.

그러나 그 순간, 가미이의 주장에 대해 전투의 불필요함을 주장하는 고스기 히구마(小杉羆)가 등장한다. 결국 가미이를 비롯하여 하사관이나 요시다(吉田) 등의 요청에 의해 고스기 씨도 "어쩔 수 없이 이를 허락"한다.

이 싸움에서 가미이는 사람을 향해 총을 쏘면서 '멧돼지 사냥'의 재미를 느끼는데, 이 또한 당시의 상정을 그대로 드러내는 것으로 한 개인이 가질 수 있는 세계와 인간에 대한 인식의 저급함이 여과없이 드라나고 있다. 너무나도 무력하여 싸움이 시작되면 여지없이 겁쟁이가 되지만, 원주민을 죽이면서 재미를 느끼는 가미이의 상정이야말로 당시의 상정에 내재하는 세계인식의 한계를 표상한다. 가미이가 가질 수밖에 없는 이러한 한계는 가미이 개인에게 한정된 것이 아니라 상정을 지닌 평범한 사람 일반의 현상으로 시대적인 한계였던 것이다.

이러한 가미이에 비교한다면, 제16회 라브안 섬의 강 입구에서 다치바나를 비롯해 수많은 간부가 원주민에 대한 복수를 요구함에도 불구하고, 그것을 인정치 않았던 사쿠라의 비범함도 류케이는 작품 속에서 그려내고 있다. 그리고 두세 번 거듭되는 다치바나의 공격 요청에 대해 사쿠라는 다음과 같이 말한다.

> 놈들의 머리 위에 몇 개의 벽력탄(霹靂彈) 쏘는 것은 가(可)하다. 쓸데없는 살인을 행하는 것은 불가(不可)하다. 옛날 캡틴 쿠크(James Cook)가 지구를 일주할 때 야만인들에게 위해(危害)를 당할 때마다 혹은 공포(空砲)를 쏘거나 혹은 해수(海水)에 발포해, 그들이 놀라 달아나도록 하는 것 이외에 일찍이 살해를 즐기지 아니하였기에 후세에 그 덕을 칭송하니, 나도 또한 늘 그 행적을 고귀하게 여기고자 했다. 따라서 지금 야만인의 부락을 공격하더라도 대포 발사를 세 발로 한정한다.

이렇게 사쿠라는 쓸데없는 살인을 피하기 위하여 본격적인 공격을 하기 전에 크루프(Krupp) 포 2발을 발사시킨다. 원주민들로 하여금 도주할 여유를 주기 위해서다.

그 밖에도 사쿠라는 공격 장면이 있을 때마다 소극적이기는 하지만 적에 대한 공격의 정도를 제어하고 조정한다. 제63회에서 다치바나나 프랑스 기자 밀로는 사쿠라에게 네덜란드의 속국으로 전락할 위험이 있는 요코카루타(橫カルタ)와 소라카루타(空カルタ)를 중간에서 탈취하자고 주장한다. 그러나 그는 "우리들이 하늘에서 내려온 사람들이라면 이와 같은 일도 있을 수 있을 것이다. 우리들은 이미 왕실을 돕는 것으로 이름을 이루고 일을 이룬 뒤 마지막에 이르러 이것을 빼앗는" 것은 '일본 인종의 명예'를 더럽히는 일이라고 거부한다.

작품 안에서 사쿠라는 가미이나 다치바나를 비롯해 우키시로마루 안의 상정에 내재하는 악(惡)에 대한 제어장치로서, 우키시로마루의 전체적인 윤리상의 균형을 유지케 만드는 역할을 수행한다.

그러나 만국공법은 논리일 뿐 법이 아닌 세계에서 대사업(大事業)을 이루기 위해서는 사쿠라에게도 부족한 부분이 있다. 작중에서 가장 중요한 전쟁 중 하나인 소라카루타를 둘러싼 네덜란드와의 교전 중에 다치바나는 독수(毒樹) 가스에 의해 쓰러진다. 그 후 다치바나가 전쟁에 복귀하자, 가미이는 "사쿠라 선생님은 비범한 인물이긴 하지만, 사람들은 각각의 장점이 있다. 전투에 관한 것 한 가지만은 실로 다치바나 총리에게 의지"(제60회)할 수밖에 없다면서, 다치바나의 회복을 기뻐한다. 그리고 다치바나를 중심으로 사쿠라 등은 네덜란드 공격을 개시함으로써 요코카루타와 소라카루타의 독립을 확보한다.

『우키시로』라는 이야기 안에서 다치바나와 같은 무인(武人), 또는 무(武) 자체는 중요한 위치를 점하고 있고, 그것은 문인(文人) 사쿠라나 상정의 가미이에게는 결여되어 있는 부분이다. 전쟁과 모험을 주요한 제재로 삼고 있는 이 작품에서 '무인'과 '무', 그리고 그를 상징하는 다치바나는 대단히 중요하다.

그렇다고 해도 『우키시로』는 결코 상무(尚武)를 고취하기 위한 작품이 아니다. 사쿠라는 물론, 상정을 지닌 가미이가 마지막 장면까지 호전적이지 않았다는 점은 제22회에 잘 나타난다. 해적과 공방전을 벌인 끝에 승리한 사쿠라 등은 해적선을 순시하는데, 그 때 쓰러진 해적의 시체를 보며 가미이는 다음과 같이 말한다.

여기에는 적병의 시체 대여섯, 이리저리 쓰러져 있고, 그 가장 참혹한 것은 입, 눈, 손, 발 구별 없이 한 덩어리로 변해 조각조각 잘려나가 있는 것도 있고, 또 머리 부분의 살에 머리털이 붙은 채, 옆으로 날라가 뱃전에 붙어 있는 것도 있어 실로 눈으로 보기 힘들더라. 그래서 생각건대, "승자는 전쟁을 아무렇지도 않게 생각하지만, 패자는 이렇게도 무참한 것이구나."라고. 우리들도 앞으로 언제 이런 고깃덩어리로 변할지 모른다는 생각을 하니 불쌍한 마음이 생겼다. 사쿠라 선생님도 얼굴색이 변하는 듯했다.

해적을 단순한 '악'으로 치부하는 것이 아니라, 자신들과 함께 싸웠던 상대로서 그들을 인정한다. 이러한 인식은 단순히 자기중심적인 '악'에 대한 일방적 처벌만을 의미하는 것은 아니다. 해적을 전쟁의 패배자로 인식한다는 것은 가미이 자신이 전쟁의 패배자가 될 수 있다는 것, 그리고 해적들과 마찬가지로 자신들도 살해를 당하는 입장이 될 수 있다는 것을 생각하게 만든다.

대상을 상대화하여 스스로를 반추하는 과정에서 가미이는 이들 해적에게 '불쌍한 마음'을 갖게 된 것이다. 이와 같은 '불쌍한 마음'은 가미이나 사쿠라만이 가질 수 있는 것이었다.

"단지 다치바나 총리, 스기무라(杉村), 하기(萩), 도도로키(轟)와 같은 사람들은 의기양양, 평소보다 훨씬 더 웃는다. 이들에게는 적군의 시체도 분명 고깃가게 앞에 있는 몇 덩어리 고기와 마찬가지로 보일 것이다. 역시 무인(武人)은 무인"이라며, 스스로와 다른 '무인'의 감각을 날카롭게 포착한다. 여기서 류케이는 '무인'인 다치바나에 대해 사쿠라나 가미이와 같은 '문인' 또는 '상정'을 지닌 사람이 가지게 되는 전쟁과 인간에 관한 인식 차이를 명료하게 대비시킨 것이라 하겠다.

전쟁이나 인간, 그 중에서도 적에 관한 인식상의 차이는 전쟁 그 자체에 대한 가치 평가에도 나타난다. '무인'의 눈에는 '고깃가게 앞에 있는 몇 덩어리 고기'에 불과한 해적들의 시체를 두고, 가미이는 "승자는 전쟁을 아무렇지 않게 생각하지만, 패자에게는 이렇게도 무참한 것"이라는 전쟁의 본질을 읽어내는 것이다. 전쟁의 승패에 따라 한쪽은 해적으로서 비참한 죽음을 맞을 수밖에 없었다. 그러나 마찬가지로 해적에 가까운 우키시로마루의 사람들은 "하늘, 우리들의 손을 빌어 악을 징벌"(제35회)한 것이 된다.

가미이는 무진전쟁 및 서남전쟁에서 떨어진 곳에 위치한다. 그러나 그는 해적의 시체에게 '불쌍한 마음'을 느꼈던 것처럼 두 전쟁의 패배자나 희생자인 사쿠라나 다치바나의 불우함에 대해서도 동정을 느꼈겠지만, 그러한 역사적 경험과 무관하게 이 전쟁에 참가했을 것이다.

류케이는 이러한 가미이를 통해서 승자에게는 아무것도 아니지만 패자에게는 너무나도 '무참한 것'이었던 해적과의 전투와 마찬가지로 "이기

면 관군(官軍), 지면 적군(賊軍)”이 되었던 무진·서남 두 전쟁의 상대적
의미를 제시해 준다. 전쟁은 이긴 자들에게는 아무것도 아닌 것이지만,
패자에게는 죽음이 있고, 몰락이 있고, 적군이란 누명이 있었던 것이다.

『우키시로』는 용감한 다치바나의 ‘무’나 그것을 제어할 수 있는 사쿠라
의 ‘문’, 그리고 그들을 열심히 지원해주고 활약하는 ‘상정’의 가미이와
같은 인물이 없으면 성립할 수 없는 이야기다. 이렇게 우키시로마루는
‘문무’가 통일되어 균형을 유지한 집단이다. 그리고 ‘문무’가 조화롭게
균형을 잡고 있기 때문에, 우키시로마루는 실질적인 영향력이 전혀 없는
만국공법의 세계 속에서도 굴하지 않으면서 동시에 포악한 해적과 같은
절대적 ‘불선’의 영역으로 전락하지 않을 수 있었던 것이다.

5) 근대적 국풍(國風)

1884년(메이지 17) 4월부터 1886년(메이지 19) 8월까지 류케이는 약
2년에 걸쳐 서구 여러 나라를 순방하고 귀국하는데, 이미 언급한 것처럼
본 작품에는 이 때의 외국 경험이 투영되고 있다. 특히 류케이는 외유
과정에서 정치상의 요결(要訣)은 좋은 헌법이나 좋은 규칙과 같은 정치상
의 체제나 형식만의 문제가 아니라는 사실을 깨닫는다. 그리고 “내가
이러한 것에 대해 알게 된 것은 여러 나라를 외유하면서 그 국풍, 국속(國
俗)과 그 제도, 헌법을 비교한 후다. 규칙, 헌법 이외에 또 하나 중요한
것이란 무엇인가. 한 집안에서는 그 집의 기풍(氣風), 국가에서는 한 나라
의 기풍”48)이 무엇보다도 중요한 문제라고 주장한다.

---

48) 矢野龍溪, 「日本人が最も不注意なる政事上の要訣」, 『國民之友』 1888. 1. 20.

입헌정체의 시스템은 이를 뼈대에 비교할 수 있고, 침중온후(沈重溫厚)한 국풍은 이를 정혼(精魂)에 비유할 만하다. 그 정혼 없이 뼈대만으로 무엇을 할 수 있겠는가. 침중온후한 국풍 없는 입헌정체가 과연 무슨 행복을 만들어 낼 수 있겠는가. 향후 우리나라에서 수많은 치란(治亂)을 보는 자 있다면 내가 오늘 한 말을 기억하기 바란다. 반드시 뭔가 느낄 때가 있을 것이다.

사회적 시스템, 국가의 통치기구에 대해 국가적 기풍, 즉 '국풍'의 중요성을 강조한 것이다. 침중온후한 국풍이란 다치바나의 '무'에 대한 사쿠라의 '문'의 세계고, 죽은 해적을 바라보면서 스스로를 상대화할 수 있는 가미이의 상정, 즉 냉철하게 현실을 내다볼 수 있는 인식능력을 필요로 한다. 류케이는 메이지의 근대국가 건설에서 가장 필요한 것이 '침중온후한 국풍'에 기초한 국민적 자각의 선행이라고 인식한 것이다.

『우키시로』에는 수많은 전투와 사상자들이 그려진다. 그렇기 때문에 작품 자체는 상정이나 '문'에 비해 '무' 한 쪽으로 치우치기 쉽다. 그러나 작품 속에서의 '무'는 늘 사쿠라의 '문'에 의해 조율된다. 이것은 다치바나에 대한 사쿠라의 우위를 작품의 기본골격으로 삼고 있다는 점에서도 마찬가지다. 무인 출신인 다치바나는 "너무 건방져서 안중에 사람이 없는데, 다만 사쿠라 선생님께만은 복종"(제5회)하도록 설정한 것이다.

『우키시로』는 번벌 전제정부에 대한 반발이 강하게 나타난 작품이다. 메이지 정부가 발행한 일본의 여권을 반송하면서 스스로 무국적자가 되었던 우키시로마루 사람들이지만, 그들은 일본의 모든 것을 부정한 것은 아니었다. 그들에게 일본의 정월(正月)이나 메이지라는 연호(年號), 천장절(天長節) 같은 '일본적인 것'은 그들의 정신적인 기축을 형성한다.

그 대표적인 예가 「제54회 코끼리에 탄 덴만구(天滿宮)」다.

코끼리 등에는 인도산 금란능라(金襴綾羅)로 이를 덮었으며, 그 한 면에는 작은 방울을 붙였다. 코끼리 머리에는 자수를 놓은 말가면 같은 것을 씌웠고, 금은의 구슬로 목걸이 줄줄이 걸어놓았다. 코끼리 등 위에는 다타미 두 장정도 깔아놓은 듯한 넓이의 높은 대를 실었고, 그 위에는 일본풍의 의관속대(衣冠束帶)를 한 인물이 태연하게 앉아 손에는 홀(笏)을 쥐고 있다. 마치 코끼리를 탄 덴만구라 칭할 만하다.

일본의 의관속대를 입고 등장한 사람은 우키시로마루의 사쿠라다. 소라카루타에서 네덜란드를 격퇴시킨 후, 그 왕을 알현하기 위해 온 것이다. 여기서 그가 '덴만구'의 모습으로 등장한 것은 이 나라를 구한 것이 서양인이 아니라 '동양 한 제국의 의사(義士)'라는 것을 알려주기 위해서다.

류케이는 덴만구 즉 '문'의 신(神)으로서 일반 민중들 사이에서는 덴진 사마(天神樣)로 알려진 스가와라노 미치자네(菅原道眞)로써 일본을 상징하고자 했던 것이다. 미국의 흑선으로 대표되는 과학문명이 서구 열강을 표상한다면, 류케이는 일본인으로서의 아이덴티티를 '문'적이면서 동시에 정신적으로 '일본적인 것'에서 추구하고자 한 것이다.

이 덴진사마는 류케이가 나름대로 목적의식을 가지고 준비한 아이템이다. 우키시로마루의 사람들이 세계에 나아가는데 "일본 천고(千古)의 영웅 중 우리들의 심사를 알 사람은 오직 한 사람 히데요시 공(猿面公)이 있을 뿐이고, 다른 것은 모두 구더기들로 셀 필요도 없다."(제6회)며, 그들이 존경하는 인물로서 무인 도요토미 히데요시(豊臣秀吉)를 들고 있다. 그렇지만 실제로 세계에 대해 일본을 대표해야 할 존재로서 류케이는 일부러 '문'의 신인 덴진사마를 들고 나온 것이다. 이는 도요토미 히데요시의 '무'에 대한 스가와라노 미치자네의 '문'의 우월성을 강조하기 위해서임은 두말 할 나위도 없다.

1889년과 1890년의 정치 정세는 오랫동안 염원하였던 헌법이 발포되고 의회 개설이 완성되었음에도 불구하고, 그다지 낙관할 수 있는 것만은 아니었다. 입헌정체의 수립과 함께 근대 일본의 최대 숙원사업이었던 조약개정과 관련하여, 심화하는 배타적 국수주의와 서구주의의 갈등은 무력충돌이나 국론분열로 이어질 위험성까지 안고 있었던 것이다.

특히 1889년 제국헌법이 발포되고 사이고 다카모리가 복권되던 바로 그 날, 문부대신으로 강력한 서구화정책을 추진하던 모리 아리노리(森有礼)가 야마구치 현(山口縣) 사족 출신으로 신관(神官)의 아들이었던 니시노 분타로(西野文太郎)에게 살해당하는 사건이 일어난다. 또 같은 해 10월에는 앞서 언급했던 것처럼 국수주의 결사단체인 겐요샤의 구루시마 쓰네키가 오쿠마 시게노부에게 폭탄을 투척하는 사건이 발생한다. 정한론(征韓論)의 사이고 다카모리에서 신관 니시노 분타로와 구루시마 쓰네키를 잇는 하나의 공통항은 '죽음'으로 '국권' 또는 '국수'를 보존코자 하는, 이른바 장사(壯士)적 기질이다.

헌법이나 국회라는 근대적 정치체제가 본격적으로 가동하기 시작하던 시기에 류케이가 우려하고 있던 난폭한 '장사' 기질의 '국풍'이 다시 소생하기 시작한 것이다. 사회 전체가 배타적인 국수주의에 의한 무력행사로 흉포하게 변해 가는 것에 대한 류케이의 위기의식은 메이지 유신이나 서남전쟁은 물론, 메이지 연간을 통해 줄곧 이어진다.

류케이는 「시가 하이카이론」(詩歌俳諧論)49)에서 메이지 유신 이후의 사회는 그 "상태가 비정상적"이어서 상인(常人)들이 살아가기 힘든 '불구자의 세계'가 될 우려가 있다고 경계했다. 그리고 같은 문장에서 류케이는 "사회의 상태가 비정상적이어서 이를 화(和)하고자 할 때는 반드시 '문'으로 해야 한다."고 강조한다. 메이지 유신의 무진전쟁, 서남전쟁 등 '무'에 의해 뒤틀려진 메이지 사회를 '문'으로 균형과 평화를 유지하라고 요구하고 있는 것이다.

이와 연동하듯이, 류케이는 1890년(메이지 23) 8월 24일 『호치 신문』에 「기쿠마쓰 옹」(菊松翁), 즉 기도 다카요시(木戸孝允)에 관한 기사를 싣는다.

오늘날의 급무(急務), 일본국 있는 곳(有所)을 알리는 것에 있다. 봉건의 제도, 사람들 마음 속 깊이 들어 있어 이를 폐지하고 군현(郡縣)을 받아들이는 것, 그 모양새가 마치 한 집안의 장벽을 허물어 전체 마을을 하나의 집안으로 만드는 것과 닮았는데, 인민의 눈으로는 그 힘이 미칠 수 있는 경계, 지나치게 너무 넓어서 나라의 소재(所在)를 잃어버린 모습이더라. 그들은 애국의 마음 절절하다 하더라도 그 사랑하는 나라의 경계가 너무 막연하고 광대하게 변해 있어서 당혹스럽게 생각한다. 오늘날의 임무 우선 먼저 한 군(郡)의 백성(郡民)으로 하나의 군이 있음을 알게 하고, 한 현(縣)의 백성(縣民)으로 하나의 현이 있음을 알게 하고, 한 국가(國)의 백성으로 한 국가 있음을 알게 하는 것에 있다.

1877년(메이지 10) 서남전쟁 당시 기도 다카요시와 교토에서 만났을 때 기도에게 들었던 이야기의 내용이다. 여기서 류케이는 국민은 스스로

---

49) 矢野龍溪, 「詩歌俳諧論」, 『郵便報知新聞』 1886. 12. 17.~19.

가 소속해 있는 지역단위는 인식하고 있지만, 국가 전체를 바라보는 국민으로서의 의식이 희박한 점을 지적한다. 그것은 국민 한사람 한사람이 자신이 속해 있는 지역단위의 발상에서 벗어나 보다 거시적인 관점에서 그 지역단위를 상대화하여 바라볼 수 있는 시선이 결여되어 있다는 것을 의미한다.

류케이는 무력 충돌이나 국론 분열로 뒤틀렸던 서남전쟁 당시의 일본을 환기시키면서 동시에 지역적인 감정을 극복하여 세계로 웅비하는 사람들을 『우키시로』 속에서 그려낸 것이다. 그리고 그 최신 병기나 용맹스러운 장군들과 같은 '무'의 세계가 '문'에 의해 제어되고, 상정의 사람들에 의해 뒷받침되는 이상적 공동체를 제시한 것이다.

6) 이상적 공동체

제24회에서 가미이는 우키시로마루 사람들이 바타비야에 상륙할 수 있도록 상륙허가를 교섭하기 위해 사사노 시게루와 함께 네덜란드 진대를 방문한다. 그 때 두 사람은 네덜란드인들에게 심문을 받게 되는데, 네덜란드인들은 그들의 국가에 대해 묻는다.

또한 "건국은 몇년도에 이뤄졌는가?"라고 묻자, 이 때 사사노 씨 낮은 목소리로 나에게 속삭이며, "몇년이라고 말하면 좋겠는가?"라고 묻는다. 나도 또한 잠시 당혹했지만, 금방 생각을 정하여 "일본을 출발한 날을 기원(紀元)으로 삼으면 어떻겠습니까?"라고 말하자, 대답이 정리되었다. 즉 "올 3월 5일"이라 대답했다. 그들이 또 "국체(國体)는 어떠한 것인가?"라고 물었다. 나는 낮은 목소리로 사사노 씨에게 주의를 주면서 "공화제

(共和制) 국가라고 밀어붙여요”라 말하자, 사사노 씨는 “아니, 왕국이다, 왕국”이라고 말한다. 나는 곧바로 두 글자를 덧붙여 “입헌 왕국”이라고 말했다.

가미이가 신국가의 정체(政体)로 가장 먼저 언급한 것이 ‘공화제’였다. 그러나 사실 그것이 공화제든 군주제든 정치체제 그 자체는 중요하지 않다. 다만, 작품 안에서 방점을 붙여 강조한 것처럼 신국가가 왕국인 한도 내에서는 ‘입헌’이라는 근대적 국가체제여야만 한다는 것을 가미이는 명확하게 인식하고 있다.

우키시로마루는 대통령 사쿠라나 총리 다치바나라는 ‘문무’가 조화를 이룬 통치체제를 지니면서, 가미이와 같은 평범한 사람들에 의해 지탱되는 근대국가 또는 근대적 시스템을 갖춘 정부인 것이다.

우키시로마루 사람들은 메이지 유신 이후 무진·서남 전쟁 등에 의해 형성된 번벌(藩閥)정부와는 완전히 다른 집단이다. 그들을 통해 향후 파행적으로 정국을 운영할 메이지 전제정부와는 구별되는 또 다른 정부 또는, 국가의 가능성조차 가늠해 볼 수 있는 것이다. 다시 말해, “만국공법은 논이다. 법은 아니다”라는 명제처럼 험난한 국제사회를 헤쳐나가는 우키시로마루란, 대통령 사쿠라로 대표되는 합리적이고 이성적인 지도자의 지도 하에 운영되는 또 하나의 일본 그 자체인 셈이다.

『우키시로』는 결국 인질이 되었던 동료 사사노 시게루를 구출하는 과정에서 일어난 사건이 중심 사건이 되고 있다.

우리들 129명은 생사를 함께하기로 맹세했다. 모두 다 같은 마음을 지닌 한 몸(同心一体)이다. 따라서 앞으로 어떠한 사변(事変) 때문에 한 사람을 잃더라도 그 생사를 확인하지 못한 상황에서는 모든 일을 제쳐두고 반드시 이를 구원하여 함부로 버리는 일이 없어야만 한다. 이는 일행이 어려움 속에서 서로를 구한다는 덕의(德義)를 완수하는 것이다.

모험의 출발 시점에서 이미 서로 맹세했던 것처럼 우키시로마루를 탄 사람들은 운명을 함께하는 '같은 마음을 지닌 한 몸'과도 같은 공동체다. 류케이는 제국헌법 발포나 제국의회 개설과 함께 새로이 전개되는 현실의 일본 속에서 우키시로마루와 같은 운명공동체적인 결속력을 요구하고 있는 것이다.

운명공동체로서의 국민의식이란 정부의 형태나 절대적 천황제와 같은 정치체제에 의거하는 것이 아니다. 그것은 세계나 일본을 어떻게 인식해야만 하는가, 또는 일본과 세계가 어떻게 관련을 맺어야 하는가에 관한 인식 속에서 생겨나는 것이다. 무력에 의한 국론통일을 지향했던 무진·서남 전쟁이 심각한 지역간의 균열과 반목을 초래한다는 교훈을 남겼다면, 우키시로마루 사람들은 '무력'이 아니라 '문'이라는 합리성에 그 이상 세계의 사상적·정신적 토대를 두었던 것이다. 또 그것이야말로 류케이가 오랫동안 마음 속에 품어 왔던 이상적인 '국풍'의 국가고 세계였다.

2. 남진론(南進論)과 대외의식

1)『우키시로』의 망탄불휘(妄誕不諱)

아프리카 대륙에 새로운 국가를 건설하고자 대모험을 전개하는 류케이의 『우키시로』는 앞서 언급한 것처럼 신문에 먼저 게재되었다. 게재는 1890년(메이지 23) 1월 16일부터 3월 19일, 총 63회에 걸쳐 계속되는데, 류케이는 그 마지막 회 「부언」(付言)에서 "이제 이 제63회로 일단 하나의 소단락을 지었는데, 5주 정도 잠깐 휴식을 취하고자 한다."는 기록을 남긴다.

'5주'라는 기간을 설정하고 잠깐 동안 휴식을 취한다는 이야기는 4월 16일 간행된 단행본에는 삭제된 채, "하나의 소단락을 지었다"고만 적혀 있다. '소단락'이란 용어 자체에도 향후 계속 집필의 의지가 포함되어 있지만, 명확하게 '5주'라고 규정했을 때의 심경과는 현격한 차이를 나타낸다.

『경국미담』에 뒤이어, 독자들의 열렬한 환영 속에 『우키시로』는 단행본으로 간행되었지만, 앞서 언급한 것처럼 우치다 로안을 비롯한 문학계에서의 비판이나 『출판월평』(出版月評)[50]의 훗켄 거사(復軒居士, 즉 大槻文彦)와 같이 작품의 사상성을 의문시하는 비판이 이어진다.[51] 훗켄 거사가 거칠게 비난한 것처럼 우키시로마루 사람들이 국적을 버리는 행위나

---

50) 일본에서 최초로 발행된 서평·평론 전문잡지다. 1887년(메이지 20) 8월에 창간되어 1891년(메이지 24) 8월에 종간되었을 것으로 추측되고 있다. 총 40책, 41호가 발견되지 않기 때문에 40호를 종간호로 간주하고 있다. 후쿠모토 니치난(福本日南), 다카하시 겐조(高橋健三), 구가 가쓰난(陸羯南), 스기우라 주고(杉浦重剛) 등이 열심히 참여하여 출판의 양보다는 질적 향상에 주력하였다. 특히 후쿠모토·다카하시·구가·스기우라 등은 모두 이후 세이쿄샤(政敎社)의 주요 멤버로서 일본 '국수주의'의 이데올로그로 활약한다.

51) 內田魯庵, 「浮城物語を讀む」, 『國民新聞』 1890. 5. 8. · 16. · 23. ; 「龍溪居士に質す」, 『國民新聞』 1890. 7. 15.~16. ; 復軒居士, 「浮城物語」, 『出版月評』 23, 1890. 5. 30.

스스로 통치자임을 자처하는 부분 등, 이른바 '문제 부분'이 본 작품의 중단에 어떠한 형태로건 영향을 끼쳤을 가능성이 크다.

그런데 아이러니컬하게도『우키시로』는 위의 문제 부분에도 불구하고, 야나기다 이즈미(柳田泉)가 평가하는 것처럼 자유민권운동의 종식과 함께 '민권'에서 '국권'으로 사회운동의 움직임이 크게 전화되는 과정에 나타난 국권소설(國權小說)로 읽히곤 하였다. 또는 메이지 20년대에 급격하게 유행하였던 제국주의적 야욕을 양산한 남진론(南進論)의 영향 하에 나타난 작품으로 간주되었다.52)

이 작품을 '국권소설'이나 '남진론'의 문학으로 읽어내는 것은 그다지 어려운 일이 아니다. 문제는 위에서 언급한 훗켄 거사의 지적이다. 국권신장이나 남진론만으로『우키시로』의 전체상을 이해할 수 없는 것이다. 『출판월평』의 훗켄 거사는『우키시로』에 관해 다음과 같이 비판한다.

즉 우리의 천황 폐하에게 충성하며 따르는 자들이 아니다. 그 태어난 나라 보기를 마치 타국과 같이 하여 한 번 떠난 후에는 다시 뒤돌아보지 않는 경박한 자(輕薄者)다. 해상의 도적 전횡(田橫)처럼 되려는 역심(逆心)을 지닌 자들이다. …… 아무리 가공(架空)의 소설이라 해도, 아무리 그 결구(結構) 웅장하게 만들겠다고 하여 그와 같이 불신자(不臣者)고, 사악한 길에 빠진 무리고, 해상의 도적인 전횡과도 같고, 죄를 짓고 도망가는 무뢰한(無賴) 같은 활민(猾民), 호적(豪賊)인 사쿠라나 다치바나를 선생님이라 하고 총리라 하면서, 혹은 장쾌(壯快)하다 하고, 혹은 호탕하다 하면서, 영웅호걸처럼 거리낌이 없이 이를 문자로 부연(敷衍)하여 상세하게 적어내니, 실로 망탄불휘(妄誕不諱 : 황당한 이야기를

---

52) 柳田泉,「矢野龍溪の『浮城物語』について」,『政治小說研究・下』, 1968. 12.

거리낌 없이 하는 것) 지나치게 심하지 않은가.

분노에 찬 목소리로 『우키시로』를 비판하는 홋켄 거사는 후대의 연구자들이 평가한 것과 같이 이 작품을 일본의 국권신장을 주장한 소설로 읽지 않았다. 중국 한(漢)나라 유방에게 대항하다가 도망친 섬에서 결국 자살로 생을 마감한 제왕(齊王) '전횡'과 같은 반역자의 소설로 이 작품을 읽었다. 작품 속에서는 그 어떠한 애국적인 취향도 찾아볼 수 없고, 등장인물들은 "그 태어난 나라 보기를 마치 타국"과 같이 본다고 비판한 것이다.

홋켄 거사의 위와 같은 지적은 선행연구에서 거의 언급된 적이 없다. 그러나 홋켄 거사의 비판이 실제적인 '문제'로 인식된 흔적은 1943년 8월 현대문으로 개작(改作)된 다카가키 히토미(高垣眸)의 『현대어판·우키시로』(이하 『현대어판』)에서 찾아볼 수 있다.

전체 60회로 구성된 『현대어판』은 그 세부적인 표현의 차이는 차치하더라도, 홋켄 거사가 '망탄불휘'라 비판했던 부분은 크게 개작되었다. 제30회나 제31회에서 주인공 가미이 세타로가 원주민의 문명천황(文明天皇)이라고 참칭한 부분 및 그 경험을 사쿠라에게 말하는 제38회의 기행담(紀行談) 등은 모두 삭제되었다.

미국을 상대로 총력전을 전개하던 1940년대 일본에서 천황은 신성한 존재였다. 이러한 시대 환경 속에서 다카가키 히토미는 홋켄 거사와 마찬가지로 천황의 권위를 훼손하는 듯한 망탄불휘의 표현을 그대로 놔둘 수는 없었던 것이다.

그러나 『우키시로』가 이러한 문제를 내포한다는 사실 그 자체, 그리고 이를 '가공의 소설' 속에 끼워넣었던 류케이의 발상법이란 문제는 여전히 남아 있다. 여기서는 1889년(메이지 22) 조약개정 문제를 둘러싸고 격돌하였던 세이쿄샤(政教社)의 국수주의적 국권의식과 『우키시로』에 내재된 류케이의 세계인식을 준별하면서, 시가 시게타카(志賀重昂)의 『남양시사』(南洋時事)에서 시작된 메이지 20년대 남진론의 문학들 간의 차이를 구체화시켜 보고자 한다.

2) 국외(局外)의 시선

1889년(메이지 22) 오쿠마 시게노부의 조약개정안을 두고, 찬반양론으로 나뉜 언론사 간의 치열한 공방전에서 찬성파의 선봉에 선 사람이 류케이다. 그는 『호치 신문』을 통해, 잡지 『일본인』(日本人)의 시가 시게타카와 미야케 세쓰레이(三宅雪嶺), 신문 『일본』(日本)의 구가 가쓰난(陸羯南) 등 세이쿄샤 멤버들과 논전을 펼친다.

거류지 내에서의 치외법권, 관세권의 박탈 등 서구 열강과의 불평등조약을 개정한다는 당위에 대해서는 양자 모두 인정한다. 그러나 치외법권의 철폐를 대신한 내지잡거(內地雜居)와 외국인 법관의 채용 문제를 둘러싸고 두 세력은 크게 대립한다.

시가 시게타카와 구가 가쓰난 등 조약개정 반대파는 이러한 조약개정은 내정간섭이고, 새롭게 출발한 독립국가인 일본의 위상을 실추시키는 행위라며 격렬하게 비판한다. 특히 조약개정 반대운동이나 '국수보존지의(國粹保存旨義)'를 주창하는 과정에서 시가 시게타카는 더욱 강고하고 배타적인 대외의식의 색채를 띠게 된다.

1887년(메이지 20) 3월에 간행된 『남양시사』의 「자발」(自跋)에서 시가 시게타카는 "남양(南洋)이란 무엇인가. 아직 세상 사람들이 전혀 주의를 기울이지 않는 곳이다. 그렇기에 나는 남양이란 두 글자를 처음으로 여러 분들의 눈앞에 끌어내 주의를 환기시키고자 하는 바"라 설명하면서, 일본 사회를 향해 스스로가 발견한 남양에 대해 적극적인 관심을 기울이도록 촉구한다. 조약개정과 관련해 류케이와 논쟁을 전개하던 1889년(메이지 22) 10월, 시가 시게타카는 『남양시사』를 더욱 보강한 『증보3판·남양시사』를 출판한다.

증보된 이 책에서는 조약개정의 여파라 여겨지는 다음과 같은 문장이 추가되었다.

훗날 내지잡거의 약속이 이뤄지고, 전국에 걸쳐 개방한다고 해보자. 영국 사람 오고, 미국 사람 오고, 프랑스 사람 오고, 러시아 사람 오고, 덴마크 사람 오고, 스웨덴 사람 오고, 스위스 사람 와서 상등사회와 서로 경쟁할 것이고, 스페인 사람 오고, 포르투갈 사람 오고, 아일랜드 사람 와서 중등사회와 경쟁할 것이고, 동인도(東印度) 사람 와서 그 저렴한 노동력(勞力)으로 하등사회와 경쟁할 것이고, 중국인들 와서 인력거사회(人力車社會)에서 서로 경쟁하면 어찌하겠는가.

또 나아가 "장래에 중국 하등인민의 노동력이 우리 동포 하등사회의 직업상에 허다한 영향을 파급시킬 것은 분명하다."면서, 내지잡거에 의해 발생할지 모르는 경제적·사회적 영향에 대해 설명한다. 이러한 시가 시게타카의 언설 속에서 초판본 『남양시사』 때와는 달리, 조약개정 반대 과정에서 더욱 강고해진 서구 열강과 외래 세력의 침투에 대한 두려움과 경계심을 엿볼 수 있다.

그런데 이러한 외세에 대한 위기의식은 『남양시사』의 「구사이도 원주

민의 감소」(克撒以嶋土人の減少)나 「단가로아 신령의 꿈 이야기」(丹峨羅亞神靈の夢物語)와 같이 서구의 등장으로 말미암아 멸망해 간 남태평양 여러 섬나라에 관한 기사에서 알 수 있는 것처럼 초판 출판 당시부터 찾아볼 수 있다. 즉 시가 시게타카의 『남양시사』와 남진론 사상은 서구열강에 대한 배외의식을 기조로 삼고 있었던 것이다.

『남양시사』의 남진론에 촉발되어 많은 소설작품들이 쓰이게 된다. 그 중에서 비교적 빠른 시기에 나타난 작품이 고미야마 덴코(小宮山天香)의 『모험기업 · 연도대왕』(冒險企業 · 聯島大王)53)이다. 『연도대왕』 전후에도 남진론의 작품은 있지만, 이 작품만큼 『남양시사』의 상업주의적 남진사상의 영향을 받은 작품도 드물다. 모험기업이란 각서(角書)에서도 알 수 있는 것처럼 "스도 난스이(須藤南翠)나 류케이의 남진론이 각각 무력을 병용한 것에 대해 오로지 경제력에 의한 남진론이란 점"54)에서 『남양시사』의 사상적 후계자라 지칭할 수 있는 것이다.

시가 시게타카는 『남양시사』에서 남진론의 기본 논리인 북수남진(北守南進)을 실현시키기 위하여 "우리 일본은 이들(중국 | 인용자)과 공동연맹을 취하고, 영국과 기맥을 통하여" 서구열강, 특히 러시아의 침탈에 대처해야 한다고 주장한다.

일본과 중국, 영국의 연계는 그대로 등장인물과의 상관관계에서 볼 수 있다. 『연도대왕』의 주인공 다이토 이치로(大東一郎)는 청국인 오 츠하이(吳子黑)와 영국인 폭스(フォックス)와 함께 여행을 떠난다. 물론 여기

---

53) 1887년(메이지 20) 11월부터 다음 해 3월까지 『개진신문』(改進新聞)에 연재되었다. 인용은 『明治文學全集(6) 明治政治小說集(2)』, 筑摩書房, 1967. 8.(이하 『연도대왕』이라 칭한다).
54) 柳田泉, 「『浮城物語』について」, 『浮城物語』, 岩波文庫, 1940. 11.

에 귀화한 미국인 넷트(ネッツ)도 포함되지만, 미국 또한 북수남진의 연장선상에 위치하는 국가임은 말할 나위도 없다.

서로 다른 국적의 등장인물들이 상호 밀접한 관련을 맺고 있지만, 이치로와 다른 외국인과의 연계는 결코 확고한 것이 아니다. 상호불신이 불식되지 않은 채 느슨한 형태로 연결되어 있을 뿐이다. 나아가 청국인 츠하이나 폭스, 넷트의 사업 참가는 그들의 의지와는 무관하게 반강제적으로 이뤄진다. 그 때문에 츠하이와 폭스는 이치로의 전횡에 반발하여 선실 내에서 반란을 일으키는 것이다.

『연도대왕』 속에 나오는 각종 사업은 "모든 일이 군함처럼 예측 불가능한 운동"으로 "항해의 장소를 예정해 두지 않는 것이다. 어떤 항로에서 다른 항로로 바꾼다 하더라도 이는 모두 선장의 명령 마음대로고, 이를 미리 다른 승무원들에게 알리지 않는다."(제61회)는 것이다. 그리고 모든 사업은 선장인 이치로에 의해 통제된다.

『연도대왕』에 등장하는 외국인이나 다른 등장인물은 이치로와 종속적인 관계에 놓인다. 이처럼 왜곡된 형태로 맺어진 등장인물들의 관계는 청국, 영국, 미국과 같은 세계 최강국과 일본을 길항 관계로 위치지우고자 하는 의식의 발현이다.

이 또한 당시로서는 지극히 당연한 일반적 사고양식이고, 감수성의 표현으로 이해할 수 있다. 예를 들면, 나카에 초민(中江兆民)은 류케이의 『우키시로』에 보낸 「서문」에서 "다만 한 가지 유감스럽게 여기는 바가 있다. 사쿠라, 다치바나 두 영웅이 영국의 비각선(飛脚船)에 뛰어 들어가 선장과 담판하여 네덜란드 영사를 인질로 삼고자 하는 한 단락"을 아쉬워한다.

두 영웅 용감하니 한쪽은 일본인이고 선장은 앵글로색슨이다. 즉 스스로 높은 긍지를 가지고, 또한 영예심과 의협심을 똑같이 가진다는 점에서 생각해 보면, 아주 극적이어서 홍문회(鴻門の會)와 같이 독자로 하여금 척추에서 식은 땀이 흐르도록 만들어야 하는데, 다른 학술과 전투에서 유지해 왔던 여러 단을 반영하여 일종의 미(美)를 발하도록 만들어야 하는데, 류케이 선생은 어찌하여 여기서 일대 정채(精采)를 발하지 않은 채 이처럼 담백하게 써내려 가셨는가.

초민은 모처럼 명예로운 일본인과 앵글로색슨의 극적인 만남이 있었고, 이로써 보다 홍미진진한 대립이 있을 법했다는 아쉬움과 요구를 토로한다. 이러한 발언의 저변에는 사쿠라와 여객선 선장의 대립을 일본과 앵글로색슨이라는 국가간, 또는 인종간 대립으로 간주하는 의식이 흐르고 있다.

앞서 언급했던 『출판월평』의 훗켄 거사도 "제40회 사쿠라가 영국 배의 선장을 응접(応接)하는 부분은 문자가 간경(簡勁 : 간단하고 딱딱하다 | 인용자)하여 조금 좋기는 하지만, 전체적으로 이를 개괄하여 평할 때에는 그 조사배구(措辭配句), 평담고조(平淡枯燥 : 평범하고 시들다 | 인용자)라는 비판을 벗어날 수 없다."며, 초민과 마찬가지로 양자 대립의 재미, 생동감 있는 대결양상의 결여를 지적한다. 1890년대 조약개정을 배경으로 하는 일본과 영국의 국제관계나 타국과의 대립구도를 극적으로 조형해 주기를 바라는 마음은 초민이나 훗켄 거사를 비롯한 당시의 많은 독자들이 공통으로 지녔던 감성이었다.

그러나 이 장면은 류케이가 일부러 영국 선장과의 대립을 담백하게, 그리고 '평담고조'하게 그렸다고도 생각할 수 있다. 직무 상 승객을 쉽게 넘겨줄 수 없었던 영국 선장과 다치바나의 대립을 보고 사쿠라는 "당신이 승객을 보호하고자 하는 마음은 충분히 알겠다."(제41회)면서, 마지막에는 네덜란드 영사와의 직접 담판을 통해 그를 인질로 삼게 된다. 사쿠라는 영국 선장의 입장을 충분히 이해한 상태에서 당초의 목적을 달성하기 위해 가장 좋은 방법을 찾아낼 수 있었던 것이다.

사쿠라는 무력분쟁으로 이어질 우려가 있던 영국선장과의 정면대결을 피할 수 있었고, 선장도 직무 상의 임무를 다할 수 있었다. 무엇보다 다행인 것은 우키시로마루가 영국 함선에 타고 있던 민간인에게 어떠한 무력행사도 하지 않고 문제를 해결하였다는 점이다. 이것이 바로 류케이가 작품의 다른 전투 장면들과 달리 '평담고조'하게 이 부분을 그린 이유다.

인질이 된 동료 사사노를 구출하기 위해 네덜란드 영사까지 납치한 사쿠라 등은 결국 네덜란드 진대의 속임수에 넘어간다. 분개하는 다치바나를 위로하면서 사쿠라는 "그들은 원래부터 우리들에 관해 상세히 아는 바가 없으니, 그냥 해적이나 강도와 마찬가지로 바라본다. 그 때문에 우리들을 대하는 것이 또한 보통 여러 나라를 대하는 것과 다른 듯하다."(제48회)며, 네덜란드 진대의 우키시로마루에 대한 부정적 인식을 객관적으로 냉철하게 판단한다. 네덜란드 진대의 입장에서 사쿠라들은 해적으로부터 우키시로마루를 빼앗은 또 다른 해적 내지 강도에 불과했던 것이다.

상대방의 입장에서 대상세계를 바라볼 수 있는 균형감각을 지닌 사쿠라의 사고양식이나 그 시선은 그대로 저자 류케이의 특징이라고 말할 수 있다. 전체 정세를 한 눈에 바라보면서 스스로를 상대적으로 객관화할 수 있는 류케이의 인식태도는 조약개정을 둘러싼 논의 과정에서도 여실히 드러난다.

류케이는 「조약개정 문답(속)」[55]에서 "서양 사람들의 입장에서 이러한 모든 것이 불완전해 보이는 나라의 법률 밑에 그 신체와 재산을 맡긴다는 것은 실로 위험천만하게 생각될 것"이라고 말한다. 다른 여러 나라의 입장에서 보건대 이제 막 근대적 법제가 완성된 일본에 대해 외국인 법관의 채용 요구나 치외법권의 철폐에 따른 내지개방 요구는 필연적인 것이라고 설명하는 것이다.

이에 대해 12년간의 외국인 법관 채용, 5년간의 치외법권 인정에도 불구하고, 즉각적으로 내지를 개방한다는 것은 국체(國体)를 훼손하는 문제라며 반론을 제기한 잡지 『일본인』은 류케이를 '일본의 외국인'[56]이라고 비난한다. 그리고 "『호치 신문』의 기자는 몸은 분명 일본인임에도 그 마음은 외국인일 것이라는 비평은 …… 내가 만약 이런 칭호를 듣는다면 천상(天上)의 치욕으로 느끼고 참기 어려울 것"이라면서, 류케이의 생각에 전면적으로 반대한다. 또 조약개정 반대운동의 최선봉에 서 있던 신문 『일본』의 구가 가쓰난은 류케이에 대해 다음과 같이 말한다.

요컨대 『호치 신문』 기자와 나는 입론(立論)의 기점(起點)에서 이미 커다란 차이가 있다. 나는 몸을 일본 신민(臣民)의 위치에 둔다. 그 기자는 몸을 외국 신민의 위치, 적어도 일본과 외국의 국외(局外) 지점에 두고 이번 신조약(新條約)을 관찰하는 자다. 나는 일본 신민이기 때문에 오직 일본의 이익을 주로 하고, 상대의 내정(內情)이 어떠하든지 상관하지

---

55) 矢野龍溪, 「條約改正問答(續)」, 『郵便報知新聞』 1889. 7. 14.
56) 「日本の外國人」, 『日本人』 1889. 8. 3.

않고, 정당한 양여를 그들에게 요구하지 않을 수 없다.57)

구가 가쓰난은 그 특유의 냉철함으로 자기와 류케이의 '입론의 기점' 상의 차이를 명확하게 지적했다. 앞서 인용했던 것처럼 홋켄 거사가『우키시로』의 사쿠라 등을 평하면서 "그 태어난 나라 보기를 마치 타국"처럼 한다며 비판한 것도 '일본 신민'으로서의 홋켄 거사가 마치 '외국 신민' 같은 말투로 연설하는 사쿠라의 언설이나 류케이의 서술 방식에 분노했기 때문이다.

'국수보존지의'의 시가 시게타카나 일본주의 또는 국민주의를 주창하였던 구가 가쓰난, 그리고 홋켄 거사를 동일하게 하나로 묶을 수는 없다. 그러나 그들이 류케이와는 달리 "몸을 외국 신민의 위치, 적어도 일본과 외국의 국외" 지점에 두지 않은 것은 분명하다. 그리고 세이쿄샤 멤버들이나 홋켄 거사가 세계나 국제사회를 바라보는 시선의 기점이 일본이라는 것도 확실하다. 이러한 일본 기점의 시선에서 안이하게 국제관계를 담론화하였을 때,『연도대왕』의 다이토 이치로와 외국인의 관계와 같은 종속적이고 왜곡된 관계로 나타나는 것이다.

시선의 기점을 "외국 신민의 위치, 적어도 일본과 외국의 국외(局外)" 지점에 둔 류케이의『우키시로』에 등장하는 외국인은 반드시라고 해도 좋을 만큼 자유의지에 의해 항해에 참가한다. 해적들에게 사기를 당해 강제적으로 부역했던 청국 수부(水夫)들이나 포르투갈인 알베르크, 작품 후반에 등장하는 프랑스 르탕 신문의 통신원 빅토르 밀러 등, 이들 외국인의 모험 참여는 전부 자원하여 이뤄진 것이다.

---

57) 陸羯南,「報知新聞の條約改正論」,『日本』1889. 7. 28.

밀러 같은 인물은 유럽이나 아시아가 "이 또한 하품 나게 하는 땅"(제62회)이기 때문에 모험 참가를 지원한다. 앞으로 어떠한 전개를 보였을지 모르지만, 밀러의 묘사에서 조국 프랑스를 의식하는 모습은 거의 찾아보기 어렵다. 그것은 청국인 수부나 포르투갈인 알베르크에게서도 마찬가지다.

그리고 이와 같은 기점의 괴리는 궁극적으로 『연도대왕』의 일본인과는 전혀 다른 일본인상을 작품 속에서 만들어 낸다. 『우키시로』의 일본인은 홍콩에서 여권을 일본으로 반송함으로써 스스로 국적을 포기한다. 그리고 일본인이 아니라 가상의 국가인 해왕국(海王國)의 국민으로서 활약한다. 그들은 홋켄 거사의 말을 빌리면 일본에서 "한 번 떠난 후에는 다시 뒤돌아보지 않는 경박한 자"들이 되는데, 그의 말 그대로 외국인을 포함한 우키시로마루 탑승자는 전원 국적 같은 것과는 관계없이 각각의 나라로부터 자유롭다.

3) 파노라마적 시선과 부감시선

애초에 남양이라는 개념 그 자체는 일본을 중심으로 하는 시선에서 나온다. 시가 시게타카는 『남양시사』에서 남양에 대해 일본을 다음과 같이 설명한다.

우리 일본은 동쪽 이웃에 풍성한 번영으로 천하를 매섭게 노려보는 북미합중국(北米合衆國)이 있으니, 이는 우리의 녹차, 잡화(雜貨)의 판매 시장이다. 북쪽 이웃에 러시아령 블라디보스톡, 흑룡강 유역 있으니, 우리의 홋카이도(北海道) 농산물을 유통시켜 판매해야 할 장래의 좋은 시장이다. 서쪽 이웃에 중국 있으니, 이는 우리의 수산물, 식염(食塩) 시장이다. 남쪽 이웃에 호주, 뉴질랜드 있으니, 우리의 잡화, 견직물을 판매해야 할 장래의 시장이다.

북쪽의 러시아, 서쪽의 중국, 동쪽의 미국 그리고 남쪽의 호주라는 방향 감각은 일본을 중심으로 태평양과 이웃나라를 바라봤을 때 가질 수 있는 시선이다. 이러한 시가 시게타카의 '남양', 즉 남쪽 바다 인식은 파노라마적인 시선이다. 파노라마적 시선이란 관찰자가 중앙에 서서 눈 앞에 전개되는 피사체를 그 시선의 이동에 따라 그리거나 방향을 붙이거나 하는 것을 지칭한다.

이 파노라마적인 시선은 당연히 『연도대왕』의 발상법과도 상통한다. "어떤 신문은 이 사람을 논하여 일본제국의 신상(新商)이라 불러도 부끄러움이 없으니 …… 후일 분명 동양, 남양 각 지역 섬나라를 연합하여 크게 상업 패권"(「제32회(3)」)을 쥐고 흔들지도 모른다는 기사에 볼 수 있는 것처럼 '연도(聯島)'란 동양과 남양, 즉 동쪽 바다와 남쪽 바다의 여러 섬을 연합한 것이다. 그리고 일본이 '대왕'으로서 그 중앙에 우뚝 선다는 것인데, 그 중심에 바로 작품의 주인공인 다이토 이치로가 있다.

이러한 발상에 따라 작품은 다이토 이치로를 중심으로 하는 스토리가 전개되는데 이미 지적한 것과 마찬가지로 모든 활동은 이치로에 의해 결정된다. 이치로와 다른 등장인물과의 관계는 결코 대등할 수 없는 주종 관계로 전락하였고, 이치로 이외 인물들 간의 횡적 커뮤니케이션은 차단당해 버린다.

그렇기 때문에 상해의 '불쌍한 빈민'을 이끌고 '남양의 사람 없는(無人)

땅 개척'으로 향했던 세라 다다시(世良匡)의 이야기는 장문의 편지(「제28회(3~4)」) 형식을 취할 수밖에 없었다. 작품 안에서 가장 인도적인 인물인 세라 다다시의 활동은 '보고' 수준에서 끝나면서 그 활동이 지녔던 의미는 사장되어 버리는 것이다.

그에 대해『우키시로』는 그「서언」에 기록되어 있는 것처럼 상인(常人) 가미이 세타로(上井淸太郞)의 경력사(経歴史)다. 그리고 류케이가「우키시로 입안의 시말」에서 언급했듯이 이 이야기는 "호탕하고 척락(拓落)함으로 전체 골자로 삼으면서 한 명의 상정(常情) 있는 사람을 주인공으로 삼아 위인기사(偉人奇士)의 훌륭한 풍모와 태도를 은근 슬쩍 내보이면서 상정 있는 사람과 서로 대조시키고자 기획"한 작품이다. 가미이에 의해 사쿠라나 다치바나에 관한 에피소드, 그리고 스토리 전체가 전개되는 것이다. 그 기획의도의 성공 여부는 차치하더라도, 이러한 설정이 본 작품과 기존의 영웅 중심 이야기를 변별시키기 위한 의식적인 노력이라는 점은 주목할 만하다.

그 때문인지 류케이가 의식적으로 설정하였던 가미이 중심의 이야기는 다양한 형태의 비판을 받는다. 예를 들면, 우키시로마루의 기구 실험에서 실패한 가미이가 원주민 속에서 생활했던 부분은『현대어판』에서는 삭제되고,『출판월평』으로부터는 다음과 같은 비판을 받는다.

제26회에서 제34, 35회에 이르는 단락은 작자가 준비한 바일 것이다. 그렇지만 나는 책을 읽으면서 이 단락에 이르러 무잡하고 번잡하여 조금 따분함을 느꼈다. …… 이 전체 국면 웅장한 소설을 속되게 끝내 버렸다. 안타까운 것은 작자가 그 단락에서 가미이, 기쿠가와(菊川) 같은

인물을 버리고 따로 기개있는 인물을 만들어서 강개비장(慷慨悲壯)한
이야기를 끌어내지 못한 점이다.[58]

『우키시로』를 영웅 이야기로 인식한 독자들에게 가미이와 기쿠가와와
같은 범인(凡人)들의 이야기는 불필요하다. 『연도대왕』은 다이토 이치로
가 직접 관계하는 세계나 공간 이외에는 거의 그려내는 일이 없는 반면에,
『우키시로』는 사쿠라나 다치바나와 같은 영웅만이 아니라 그들과 동떨어
진 평범한 등장인물들에게도 포커스를 맞춘다. 각각 다른 공간에 위치한
인물을 같은 시간 축 위에 그려냄으로써 각 인물에게 부여되었던 공간을
다면적으로 표현한 것이다.

　　나는 처음에 말을 타고 호령을 내리고 있었는데, 적병들의 표적이
되어 불과 9, 10미터 떨어진 풀숲에 피웅, 팍 하면서 소리를 내며 총알이
떨어지고 또 한 20미터 내외 동떨어진 밭에도 종종 파팍, 파팍 하면서
모래 연기가 일어나니, 너무 위험한 듯하여 말에서 내려 도보로 지휘를
했다. 우리의 구포(臼砲)와 흉벽의 이익 가장 큰 듯하여, 적병 점차로
물러나길 왼쪽에서 후퇴하는 것처럼 보였다.
　　그런데 적이 우리 왼쪽에서 물러나듯이 보인 것은 그 전력(全力)을
우리의 오른쪽에 모아 산중턱을 거쳐 맹공하기 위한 전략임을 어찌
알았겠는가. 순식간에 적의 전선은 점점 우리 오른쪽을 우회하여 20,
30분 정도 지나면서 비스듬하게 오른쪽 배후로 돌아갈 듯했다. (「제56회
접전」)

<hr>

58) 위의 復軒居士, 「浮城物語」.

이는 류케이가 가장 잘 그리는 전쟁 장면묘사의 비근한 예다. 여기에서도 알 수 있듯이 가미이가 서 있는 지점에 육안으로 [볼] 수 있는 모래 연기부터 부감적 시선에 의하지 않고[서]는 결코 볼 수 없는 '[적]의 전선'에 이르기까지 류케이의 시선[은 자]유롭게 이동한다.

시선을 일정[하게] [고정하여] 시간의 흐름에 따라 장면[과 상황]을 서술하는 것이 아니라 다각적인 시선으로 전쟁터 구석구[석까]지를 세밀하게 포착해 낸다. 내레이터의 시선이 전체에서 부분[으로] 또는 그 역방향으로 움직일 수 있기 때문에, 불과 몇 초 동안의 [장면이]지만 다방면의 공간을 독자에게 제시할 수 있다. 이로 인해 전[쟁터]는 자유롭고 박진감 넘치는 임장감(臨場感)을 연출해 내고 [전쟁]터의 리얼리티는 한층 배가된다.

우키시로마루 승무[원이] 자유롭게 활동할 수 있었던 것은 "우리들은 이제 천하를 [횡행](橫行)하고자 한다. 일본정부의 여권을 소지하면 아마 그 누를 [부모]의 나라에 끼칠 것"(제3회)이라면서 국적을 방기했기 때문이다. [이] 부분 때문에 "아무리 소설이라도" 너무한다면서 홋켄 거사의 분노를 샀지만, 그것은 반대로 바로 가공 소설이기 때문에 국적포기와 같은 무모한 행위가 가능했다고 말할 수 있다.

류케이에게 소설은 현실 속에서는 "만나기 힘든 별천지를 만들어 책을 읽는 사람으로 하여금 고락의 몽경(夢境)에서 놀게 하는 것"(『경국미담』 「자서」)이다. '별천지'를 만들기 위하여 "누를 부모의 나라"에 끼치는 일이 없도록 국적을 포기할 필요가 있었다.

마치 해적처럼 그 어떠한 것에도 구애받는 일 없이 하고 싶은 대로 행동하고 살아간다는 것은 현실 속에서는 불가능하다. 국적포기야말로 작품세계 내부의 내적 리얼리티를 유지하면서, 자유롭게 활동하기 위한 필요조건이었다.

즉 『우키시로』의 사쿠라를 비롯한 우키시로마루 승무원들은 무국적의 가공성으로 인해 조국에 폐를 끼치는 일 없이 자유롭게 활동할 수 있었고, 이를 바꿔 말한다면 작품 속 현실 국가에서 일탈할 수 있었다. 그리고 류케이 자신도 창작 과정에서 현실 국가의 규제에서 자유로운 가상 시선을 확보할 수 있었던 것이다.

이러한 가공시선은 앞 장의 『경국미담』 삽화에 관한 부분에서도 언급한 바 있지만, 상상의 부감시선은 『우키시로』 안에 쓰인 많은 지도와 여러 가지 부감도의 삽화에서도 나타난다.[59] 지도나 부감도 자체는 직접 육안으로 볼 수 없는 세계다. 둥근 지구를 평면 위에 그린 지도나 수직으로 허공에 올라가 내려다본 부감도는 관념에 의해 구축된 허구의 세계인 것이다.

「제7회 신판도」에 나오는 <그림 8>처럼 우키시로마루의 승무원에게 제시된 세계지도에는 일본이 오른쪽 위에 위치해 있고 앞으로 나아갈 진출경로는 점선으로 표시되어 있다. 지도에는 일본이나 가공의 섬 해왕도, 마다카스카르, 중앙아프리카가 검게 칠해져 있다. 이 때 독자의 시선은 일본에서 출발하여 앞서 언급한 점선을 따라 중앙아프리카에 도달하게 된다. 그리고 시선이 중앙아프리카에 머물렀을 때, 그 곳에는 우키시로마

---

59) 『우키시로』가 「호치 이문」이라는 제목으로 『호치 신문』에 연재되었을 때 「제7회 신판도」의 세계지도, 「제19회 의결」의 우키시로마루의 부감도, 「제45회 설백함(雪白艦), 크게 자바 해에서 싸우다」 및 「제46회 치열한 싸움(酣戰)」의 해전도, 「제56회 동인도 제도와 일본의 위치 대소 등을 나타냄」의 지도, 「제57회 진대, 세 곳의 길로 대병(大兵)을 보내다」의 동아시아 일대의 확대지도 등 석 장의 지도와 석 장의 부감도가 개제된다. 그러나 단행본으로 발간할 때, 「제56회」와 「제57회」의 지도는 생략된다.

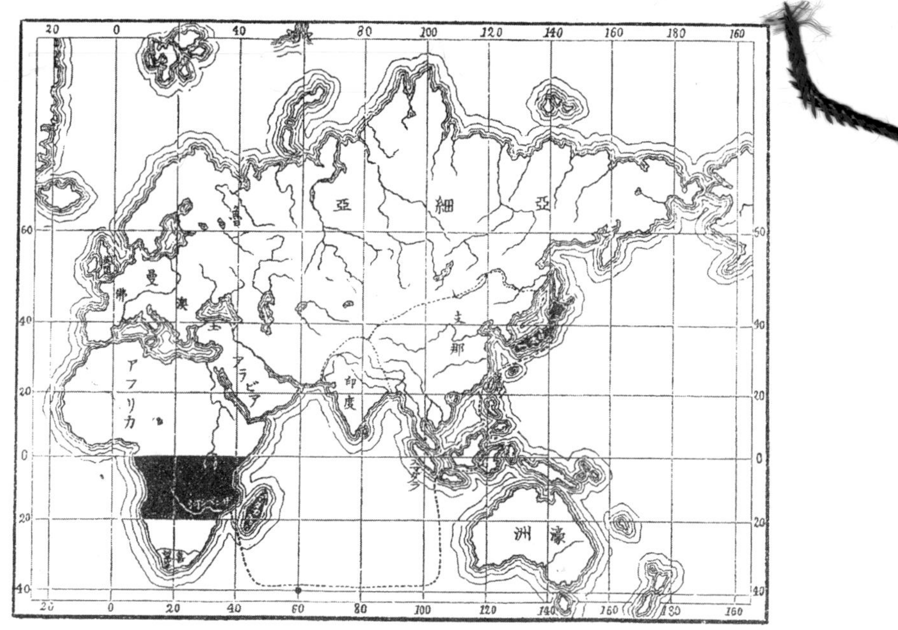

〈그림 8〉 세계지도

루 사람들이 앞으로 활약할 광대한 세계가 펼쳐지는 것이다.

이 지도가 우키시로마루 사람들과 함께 독자들을 무한한 가능성을 지닌 미지의 세계로 인도한다.

세계지도나 우키시로마루의 부감도 삽화가 나타내는 것처럼 부감적 시선은 관념적이기는 하지만, 세계와 일본의 관계를 총합적으로 명시함으로써 전체 작품을 이해하는 데 도움을 준다. 특히 우키시로마루와 네덜란드 함대 사이에 벌어진 해상전을 나타내는 제45, 46회의 해전도(海戰図)는 양측의 동선(動線)을 구상화하는 방식으로 전투 전개양상을 선명하게 나타낸다.

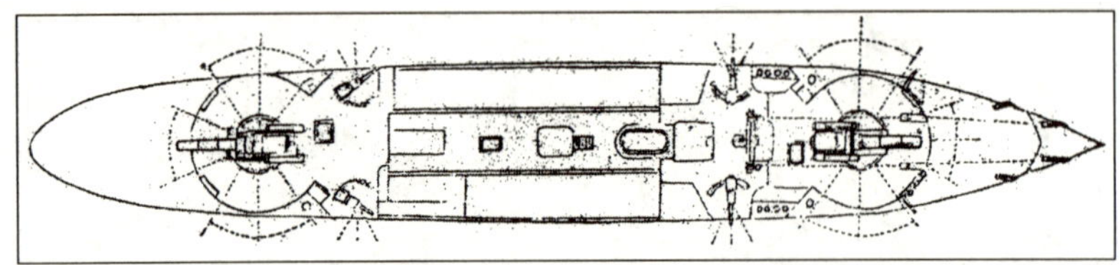

〈그림 9〉 우키시로마루의 선박구조

요다 갓카이(依田學海)는 제45회에 관하여 "왕복하여 되돌아오니, 그 회전하는 움직임이 자유롭다. 문장 또한 진법(陣法)을 보인다. 폭탄 파열, 뇌전(雷電) 또한 터진다. 문장의 기운 격앙하여 붓 끝에 바람이 생긴다."[60] 고 평한다. 주밀(周密)하게 기술된 전투장면의 표현법은 우키시로마루나 네덜란드 함대의 전체적인 움직임을 연상시키는 해전도에 의해 "붓 끝에 바람"이 생기는 것 같은 리얼리티를 독자에게 느끼게 한 것이다.

이와 같은 부감적 화상(畫像)은 독자의 상상력을 적극적으로 유도한다. 제19회에는 우키시로마루의 선박구조를 설명하기 위해 부감적 삽화 <그림 9>가 설정되어 있다.

다카가키 히토미는 이러한 부감삽화와 관련하여 『현대어판』의 「서」(序)에서 어린 시절의 일화를 소개한다.

내가 단행본 『우키시로』를 처음 읽은 것은 초등학교 4학년인 11세 때의 일로 지금부터 약 35년 전의 일이다. 상당히 난해한 부분도 있었지만, 읽기 시작하니 너무나도 재미있어서 금방 열렬한 『우키시로』의 애독자가 되었고, 도화지 같은 곳에 열심히 『우키시로』 삽화를 흉내내면서, 함형도(艦型図)를 그리거나 또는 보다 많은 거포를 실어서 대전함의

---

60) "往復廻環. 旋轉自在. 文章亦見陣法. 爆彈破裂. 雷電並發. 文氣激昂. 筆端生風".

함형도를 상상으로 만들어 내기도 했으며, 공상으로 설계하거나 [아마
후대의 거포거함주의(巨砲巨艦主義) 드레드넛(Dreadnought) 급 전함의
선구적 설계도였을지 모른다. 하하] 하면서 즐겼던 것이다.

아마도 다카가키 소년은 앞서 언급했던 『우키시로』의 세계지도도 조
금씩 칠해 가면서 지도 전체를 검게 물들였을 것이다.

이와 같이 부감적 시선은 파노라마적인 평면묘사와는 달리 독자의
상상력을 적극적으로 개입시킨다. 그리고 부감도로 만들어진 상상의 잉
여 공간은 『우키시로』의 재미를 배가시키는 것이다.

그런데 이러한 공간 설정은 단순히 작품을 설명하기 위한 보조 장치로
쓰인 것이 아니다. 또한 독자의 상상력을 유발할 목적만으로 쓰인 것도
아니다. 우키시로마루의 승무원에게 「제7회 신판도」의 세계지도를 제시
하기 전에 사쿠라나 다치바나는 다음과 같은 말을 한다.

조금 지나서 또 "지금 내가 말하는 바 천하란 이 지구 전체를 가리킨다.
결코 일본을 말하는 것이 아니다. 일본은 천하의 일부분일 뿐"이라고
말한다. 나, 마음속 혼잣말로 '호장부(好丈夫)'라 말한다. (제3회)
여러분 잘 생각해 보건대, 우리들 이미 지구에 태어난 이상은 또한
이 지구 전체를 횡행할 자유 있어야만 한다. 어찌 일본에 태어났다는
이유로 그 활동을 일본에 한정해야 할 이유가 있겠는가. 보라, 우리들의
눈앞에 펼쳐진 해양, 이는 하늘이 우리로 하여금 지구를 횡행케 하는
도로다. 오대주 중 어느 곳, 하늘이 우리들에게 유린을 허락하지 않은
땅 있겠는가. 우리들 이미 이 지구에 태어났다. 바로 이 전 지구를 하나의
무대로 삼고, 희세(稀世)의 대업을 이뤄야 할 뿐, 어찌 반드시 일본에만

움츠려 있어야 하겠는가. (제6회)

제시된 「신판도」의 세계지도는 '희세의 대업을 이뤄야 할' 큰 무대지만, 또 다른 한 면에서는 일본이 '천하의 일부'라는 것을 표상한다.

물론 사쿠라는 석권한 '무인의 땅'을 천황에게 헌상한다고 공언한다. 그러나 그렇게 쉽게 일본의 천황에게 헌상할 수 없다는 것을 사쿠라는 너무 잘 알고 있었다. 사실상 병합이 불가능한 세계정세라는 현실을 확실히 인식한 위에 '희세의 대업'에 관해 이야기한 것이다. 또한 새롭게 구성된 「신판도」의 지도에 의하면, 대업을 완수한 이후의 '일본'은 동방의 변방에 위치한 왜소한 나라에 불과하다.

물론 그렇다고 해서, 류케이가 그리는 우키시로마루 사람들이 일본 자체를 부정한 것은 아니다.

그러나 일본이 '천하의 일부분'이라고 느낄 수 있는 것, 그리고 세계를 총체적으로 인식할 수 있는 능력은 중요하다. 세계를 한 장의 지도처럼 만들어 그 전체상을 바라볼 수 있다는 것은 스스로가 소속된 현재로부터 벗어나 그 현재를 객관화할 수 있음을 의미한다. 시가 시게타카나 고미야마 덴코의 소설과 같은 남진론 문학이 "일본에 태어났다는 이유"만으로 스스로를 국가에 구속시킨 것에 비하면, 류케이의 세계인식은 현재 국가와 별개의 신국가 건설도 가능하다는 과감하면서도 개방적인 인식 태도라 할 것이다.

4) 신국가 건설의 꿈

류케이는 「우키시로 입안의 시말」에서 '불선하지 않는 즐거움'(不善な

らぬ娛樂)이 바로 소설의 본질이라고 주장한다. 그 '즐거움'에는 언제 죽을지도 모르는 전쟁터에서 "소총을 버리고 군 물품을 버리더라도 한 무더기 초엽수목(草葉樹木)만은 확실하게 등에 짊어지고"(제56회) 내달리는 신풍도골(神風道骨)의 지질식물 전무 마쓰모토 도이치(松本棟一)나 기구에서 떨어져 원주민 여성에게 청혼을 받는 가미이의 코믹함도 포함될 것이다. 또 앞서 언급한 것처럼 해상전이나 각종 전투 장면에서의 공방전도 이 소설의 즐거움 중 한 부분이다.

내각 정보국 정보관으로 해군 중좌였던 후루하시 사이지로(古橋才次郎)는 『현대어판』에 서문을 보내 작품 출판을 독려한다. 거기서 그는 "이 이야기가 단순히 공상의 산물이 아니라는 것은 이야기의 주요한 무대가 되는 동인도제도에 관한 기술이 극히 정치(精緻)하고, 오늘날 보아도 거의 아무런 오류도 발견할 수 없다."며 경탄한다. 후루하시 사이지로가 말하는 것처럼, 미지의 세계를 알아가는 지적(知的) '즐거움'도 이 작품의 매력 중 하나였다. 정밀한 지역정보나 첨단 과학무기와 같은 신지식에 의거하여 전개하는 모험 그 자체가 독자들의 상상력을 자극했던 것이다.

그런데 『우키시로』가 단순한 모험소설이나 전쟁소설이 되지 않았던 이유는 '즐거움'이란 단어 앞에 붙어있는 '불선하지 않는'이란 수식어 때문이다. 직설적으로 '선한'이라고 말하는 것이 아니라, 간접적으로 '불선하지 않는'이라고 에둘러 말하는 말투는 작품의 도덕적 '선악'의 경계를 애매하게 만든다.

반면, 이러한 애매함 때문에 그 안에는 많은 의미를 함축할 수 있다. 그리고 작품을 향수하는 방법에 따라서는 여러 가지 해석을 가능하게 만든다. 반드시 '선'을 행할 필요는 없지만, '불선'만은 저질러서는 안 된다는 최소한의 경계선을 나타내기 때문이다. 소설적 '즐거움'의 도덕적·윤리적 범주를 '불선'이라는 경계선으로 구획한 것이다.

이 경계선을 넘었을 때, 소설은 당연히 그 '즐거움'을 상실하게 된다. 『우키시로』에는 여러 전투장면이 나온다. 주인공 가미이는 제52회에서 요코카루타로 침입해 오는 네덜란드 군대의 기차를 지뢰로 폭파시킨다. 그 때 "15 차량의 열차는 한 조각 흔적도 남기지 않고, 멀리 200, 300미터 떨어진 곳에 그 파편이 군데군데 흩어져 있고, 손인지 발인지 피투성이 몸뚱아리가 사방에 널려" 있는 광경을 접하는데, 이 때 가미이는 "한 눈에 전율하였다. 아아, 나 자신이지만 잔혹한 꾀를 부렸구나" 하면서 자기 스스로에 대해 형언하기 어려운 두려움을 느낀다.

이처럼 류케이는 전쟁의 무서움이나 자기 반성의 계기를 작품 곳곳에 깔아 두었다. 『우키시로』가 선동적 전쟁모험 소설이 되지 않도록 류케이는 주의 깊게 배려해 두었던 것이다.

우키시로마루 사람들은 "주인 없는 땅을 공략하고, 미약하여 자립할 수 없는 나라를 정복하는 것도 어찌 불가능한 일이겠는가"(제6회)라면서, "만국공법은 논이지, 법이 아니다"라는 1890년대 현재의 현실적 이슈를 체득한 상태다. 실제 작품에서도 "왕실이라고 하는 것들은 노후한 노목(老木)과 같다. 이 나라의 토인들 무슨 일을 해낼 수 있겠으며, 이 승리를 이끌어낸 것은 오직 두 사람의 힘"(제63회)이기 때문에 밀러는 "미약하여 자립할 수 없는 나라" 카르타를 정복하자고 권유한다. 이는 서구 제국주의의 아시아 침략논리와 상통하는 것이지만, 이 때 사쿠라는 영토 약탈을 주장하는 밀러와 다치바나의 주장에 반대한다.

우리들이 천상에서 내려온 사람들이라면, 혹시 이러한 일들을 할 수 있을 것이다. 우리들은 이미 왕실을 돕는 것으로 명예를 이루었고 일을 완수했는데, 마지막에 이르러서 이를 빼앗는다. 설령 수많은 부귀영화를 얻는다 해도 청결과 의협(義俠)으로 칭송받는 일본인종의 영예를 더럽히는 것이니 이를 어찌 하겠는가.

사쿠라는 "안이함 이것 동양 여러 나라의 통폐(通弊)다. 멸망에 이르는 나라 모두 이에 의거하지 않는 경우 없다."면서 두 나라의 멸망 가능성을 인정한다. 그렇지만 사쿠라는 일본인의 영예를 걸고 두 사람의 요구를 거절한다.

이처럼 『우키시로』에는 '노후'를 이유로 침략을 자행하는 서구열강 제국주의의 이데올로기에 대한 반가정적 자기제어의 논리가 끊임없이 제시된다. 이러한 자기제어와 자기반성이 허망한 모험소설이나 프로파간다로서의 침략전쟁 소설과 다른 『우키시로』의 도덕적·윤리적 변별성을 부각시킨다.

류케이에게 식민지는 동경의 세계다. 왜냐 하면, 새로운 식민지는 "예전부터 있었던 관습도 약해지고, 따라서 존비고하(尊卑高下)의 인정(人情)도 적기 때문에 도리(道理)만으로 정부의 토대를 이루기 너무나도 쉽기"[61] 때문이다.

『우키시로』는 '무인의 땅을 석권'하기 위한 모험이다. 이 무인의 땅에 건설하는 새로운 국가는 기성의 가치체계로부터 자유로운 사회다. 그리고 원리원칙에 의거하여 '도리'대로 운영할 수 있는 상식적 사회다. 그렇기 때문에 가미이가 네덜란드 진대에서 심문을 받을 때, '공화제 국가'(제

---

61) 矢野龍溪, 『譯書讀法』, 報知社, 1983. 11.

138

24회)라고 밀어붙이겠다는 대담한 발상을 할 수 있었던 것이다.

또한 류케이는 1882년(메이지 15) 11월, 가토 히로유키(加藤弘之)의 천부인권설 비난에 대해 천부인권의 당위성이란 차원에서 『인권신설박론』(人權新說駁論)이란 글을 발표한다. 여기서도 류케이는 "인류사회 상호 교제로 생기는 의리(義理)와 권리 같은 종류"의 '도리'에 의한 이상적 사회로서 식민지를 언급한다. 그 대표적인 국가가 바로 오스트레일리아와 캐나다다.62)

> 오스트레일리아에 있는 영국의 번속지(藩屬地) 타즈마니아(Tasmania) 및 빅토리아 (Victoria), 뉴 사우스 웨일즈(New South Wales), 사우스 오스트레일리아 (South Australia)의 인민은 오늘날 모두 충분한 자유자치의 권리를 보유했다. 즉 첫 번째로 우선 이들 속지의 인민은 모두 그 땅의 법률을 스스로 제정할 권리가 있다. 두 번째로 그 정체(政体)는 본국과 다르지 않아서, 상원이 있고 하원이 있다. 그 의원은 인민 중에서 공선(公撰)한다. 또한 번속지 일체의 사무는 결코 본국에서 간섭을 받는 일이 없다. …… 이러한 권리는 오직 오스트레일리아의 속지에만 한정되는 것이 아니라 미주에 있는 캐나다 및 아프리카에 있는 희망봉, 기타 속지에서 이상과 같은 권리를 가지지 못하는 곳은 드물다.

그리고 이러한 식민지가 '정치상의 자유'에서는 오히려 본국보다 자유

---

62) 가토 히로유키는 영국의 인도 식민지정책을 들어, 우수한 자(優者)에 의해 식민지 국가들이 권리를 부여받은 증거라고 하면서, 우승열패 논리의 정당성과 천부인권설의 허구성을 주장한다. 이에 대해 류케이는 인도는 위력(威力)에 의한 식민지로서 다른 식민지와 다르다고 하면서, "인도 인민은 늘 그 회복을 꾀하고 있지만, 위력이 부족하여 원하는 바를 삼키고, 한을 품으면서 영국에 종속되어 있을 뿐"이라면서, 그 부도리(不道理)에 의한 우승열패의 논리를 반박한다.

로운 경우까지 있다. 류케이에게 식민지는 구시대적 관습에 속박당하지 않는 '자유, 자치, 평등, 균일'의 '도리'에 의해 통제되는 사회인 것이다.

『우키시로』에서 "만일 불행하게도 일본의 국력 이를 소유하기에 이르지 못한다면, 우리들 제군들과 함께 스스로 그 땅의 왕이 되고자 한다."(제6회)고 선언했을 때, 그 배후에는 류케이가 이상으로 생각하는 식민지, 즉 "본국으로부터 간섭을 받는 일"이 없는 새로운 체제의 국가를 상정했던 것이다.

원래 이『인권신설 박론』이란 글은 "대개 우리의 권리는 전제의 대권력을 장악한 치자(治者), 즉 가장 우수한 자의 보호에 의해 우리나라 성립과 함께 비로소 생겨난 것"이라는 우승열패의 진화론으로 천부인권설을 부인한 가토 히로유키의『인권신설』[63]을 논박하기 위해 발표한 것이다. 약자가 강자에게 굴복하는 것은 자연스러운 자연법칙이라는 우승열패의 진화론이야말로 현실논리고, "만국공법은 논"에 불과한 것이다.

자연법칙으로서의 우승열패의 논리가 인간사회, 나아가 국가간의 관계에 적용되었을 때 그것은 '우수한 자의 보호'라는 미명 하에 '노후'한 카루타 침략을 정당화시키는 구실이 된다. 이에 대해 사쿠라는 스스로가 "천상에서 내려온 사람이 아니기" 때문에 카루타의 독립국가로서의 권리를 마음대로 뺏거나 식민지로 삼을 수 없었던 것이다. 어떤 개인이건 감히 범할 수 없는 천부의 권리를 지니고 있는 것과 마찬가지로 사쿠라는 어떠한 국가든 그 국가의 자존을 존중 받아야 한다고 생각했던 것이다.

가토 히로유키가 천부인권설을 부인하기 위한 근거로 삼은 우승열패의 진화론은 메이지 기간 동안 일본 사상계에 깊게 뿌리를 내렸으며,

---

63) 加藤弘之, 『人權新說』, 1882. 10.

이후에도 절대적인 영향력을 발휘한다. 남진론의 선구인 시가 시게타카의 『남양시사』 등도 주지하는 바와 마찬가지로 우승열패의 논리에 기초하고 있다. 그리고 그러한 우승열패의 진화론적 발상 하에서 앞서 언급하였던 '국수보존지의'에 이른다.

시가 시게타카는 「『일본인』이 마음 속에 품은 바」[64]란 글에서 국수(國粹)를 다음과 같이 설명한다.

그런데 여기서 말하는 국수라는 것은 일본 국토에 존재하는 만반 위외물(圍外物)의 감화와 과학적 반응에 적응, 순응하여, 여기서 배태하여, 생산되어, 성장하고, 발달한 것으로, 이는 동시에 야마토(大和) 민족 사이에 천고(千古), 만고(万古)부터 유전되어 와서 순화한 것으로 마침내 당대(當代)에 이르기까지 보존해온 것이기에 바로 이것은 생물학의 대원칙에 적응하여 변한 것이다.

시가 시게타카는 '생물학의 대원칙'과 일본 국토에 관한 모든 '위외물'에서 '국수보존지의'라는 내셔널리즘의 원리를 발견해 낸다. 일본의 자연환경과 생물학의 대원칙이라는 시가 시게타카의 객관적 합리성은 그 자신 "나는 철두철미 일본 고유의 옛 분자(旧分子)를 보존하고 옛 원소(旧原素)를 유지하고자 원하는 자"가 아니라는 선언에서 알 수 있는 것처럼 고루한 전통주의와는 차별성을 지닌다. 오히려 생물학의 대원칙의 보편주의적 합법칙성이나 일본 위외물이라는 자연환경적 객관성은 전통주의적인 비합리성이나 모방적 서구주의에 대한 비판적 지평으로서 유효한 의미를 지닌다.

---

64) 志賀重昂, 「『日本人』が懷抱する處」, 『日本人』 1888. 4. 18.

그러나 현실 속에서 '위외물'에 의한 일본적 '국수' 논리가 불가역적(不可逆的) 결정론으로 왜곡되었을 때, 일본 국토 이외의 인간은 포괄할 수 없는 선험적 절대성을 지닌다. 배타적으로 특화한 '절대성'이 '남진'의 진출논리와 결합하면서, 시가 시게타카가 주장한 '국수'는 제국주의적 침략논리를 빚어낼 토대를 마련하기 시작했던 것이다.

그 대표적인 예가 남진론의 전통을 이은 스에히로 뎃초(末廣鐵腸)의 『남양의 대파란』(南洋の大波亂)[65]인데, 거기에는 침략주의 이데올로기가 노골적으로 드러난다. 스페인의 식민지인 필리핀의 독립을 완수한 다카야마(多加山)는 다음과 같이 주장한다.

스페인 정부의 손에서 다시 빼앗아 왔지만, 유럽의 전쟁이 끝나고 평화가 찾아온 다음에는 스페인에서 수많은 해군과 육군을 보내 다시 전쟁이 날 것이 틀림없다. 300년이나 외국의 지배를 받은 인민으로 스페인에 저항하는 것은 쉽지 않다. 일본의 국력 최근에 아침 햇살 떠오르는 듯한 기세고, 이번에 스페인 군대와 싸워 승리를 얻은 것도 순전히 일본인의 도움에 의한 것으로 우리들의 조상도 일본인이니 필리핀 전도(全島)를 모두 일본의 부용(附庸)으로 삼아 그 보호를 받는 것이 나을 것이다.

이렇게 다카야마는 독립국가로서의 필리핀을 일본에 복속시킨다. 여기서 말하는 다카야마의 주장은 『우키시로』의 밀러가 "이 나라의 토인들 무슨 일을 해낼 수 있겠냐"며 강점을 주장할 때 그 논리적 근거로 삼은 원주민의 '무기력함'에 의거한다. 300여 년 동안 외국의 지배를 받은

---

65) 末廣鐵腸, 『南洋の大波亂』, 1891. 6.

142

민중이기에 스스로 떨쳐 일어날 리 없다는 것이다.

그리고 다카야마가 필리핀의 일본 복속을 주장하면서 보인 특징은 그 자신이 다카야마 우콘(高山右近)66)의 자손이란 이유로 '일본의 부용'을 당연시한 점이다. 시가 시게타카가 주창한 '위외물'의 특수성은 『남양의 대파란』에서는 배타적 혈통주의로 전화한다. 그리고 그 배타적 혈통주의의 절대성은 아무런 비판의식 없이 우승열패라는 힘의 논리에 의해 필리핀 군도의 일본 복속이라는 결과를 초래한 것이다.

이미 지적한 것처럼 시가 시게타카의 『남양시사』나 고미야마 덴코의 『연도대왕』은 물론이고 『우키시로』가 간행된 이후의 작품인 스에히로 뎃초의 『남양의 대파란』도 메이지 20년대 일본이라는 현실적 '국가'를 항상 짊어지고 있다. 그에 대해 『우키시로』는 현실 국가체제에서 훨씬 먼 거리에 위치하고 있다.

머나먼 고대 그리스 공화제 도시국가를 그렸던 『경국미담』이나 낡은 일본사회와는 이질적인 사회주의 국가 『신사회』가 그러했던 것처럼 류케이의 문학은 현실 일본의 당위에 대한 반가정적 의미를 지닌다. 그것은 단순히 현실 일본을 부정하기보다는 현실에 입각하여 가장 실현가능한 새로운 국가체제, 새로운 사회 시스템의 비전을 제시한다.

류케이의 『우키시로』와 시가 시게타카에서 시작한 남진론 문학의 가장 큰 차이점은 앞 장에서도 말한 것처럼 그들의 시선이 위치하는 지평에서 나타난다. 시가 시게타카가 일본이라는 국가를 그 지평으로 삼는다면,

---

66) 高山右近(1552~1615). 아즈치 모모야마(安土桃山) 시대의 기독교 다이묘(大名). 다인(茶人). 名은 長房, 호는 南坊. 셋쓰(攝津) 출신. 다카쓰키(高槻)·아카시(明石) 성주. 아라키 무라시게(荒木村重)·오다 노부나가(織田信長)·도요토미 히데요시(豊臣秀吉)·마에다 도시이에(前田利家)를 섬겼고, 1614년 에도 막부의 금교령(禁敎令)으로 추방되어 마닐라에서 죽었다.

류케이의 시선은 세계 전체를 내려다보는 천상에 위치한다. 엄밀하게 말하면, 그 시선은 상공의 한 지점에 고정된 것이 아니라 끊임없이 자유롭게 이동하는 유동적 시선이고, 중층적으로 산재하는 복안적(複眼的) 시선이다.

고정된 단일시점에서 바라보는 시선으로는 시찰자의 시선에 보이는 것밖에 볼 수 없고, 그것 이외의 것은 그려낼 수 없다. 그리고 항상 그 부여받은 공간과 관련되어 그 공간만을 통해 세계를 본다. 이에 비해 시찰자가 자신이 관련을 맺고 있는 공간에서 자유로울 때, 그 때 비로소 같은 세계라도 입체적으로 파악할 수 있는 것이고, 단일시선으로는 볼 수 없는 세계도 그려낼 수 있는 것이다.

시가 시게타카의 공간인식에 의하면, 일본의 남쪽에 있는 해양이란 '남양'이라는 국소(局所)에 불과하다. 이에 비해 지도를 내려다보는 시선으로 파악된 남양이란 전역적(全域的)인 공간의 일부분으로서의 해양 그 자체다. 부감하는 시선에서 동서남북과 같은 방향은 무의미해지고, 그 방향규정을 추동하는 정치적 이데올로기성은 퇴색된다. 어느 시점에서 시선을 맞추는가에 따라 동서남북은 결정되고, 항상 이동하는 시선에 의하면 동서남북은 그다지 중요한 의미를 지니는 것이 아니다.

『우키시로』가 내포하는 중층적 공간구조는 훗켄 거사가 분노를 폭발시켰던 '망탄불휘'의 문학으로 나타났다. 그와는 상반되게 대동아전쟁 중에는 후루하시 사이지로가 「서문」에서 밝힌 것처럼 "불후의 생명력으로 우리들의 가슴에 밀어닥치는 것"과 같은 감동을 느끼게 만든 침략적 남진론의 선구적 대표작으로서의 독해 가능성 또한 내포하고 있었던 것이다.

5) 류케이의 국가의식

류케이와 시가 시게타카, 구가 가쓰난 등 세이쿄샤(政敎社) 멤버들은 서구나 세계 인식의 측면에서 전혀 이질적인 지평 위에 서 있다. 그 때문에 이들은 일본의 불평등 조약 개정의 문제를 둘러싸고 격렬하게 충돌한 것이다. 류케이에게도 세이쿄샤 멤버들과 마찬가지로 멋대로 제국주의적 침략을 자행하는 서구 열강의 위협은 경계의 대상이었고, 당연한 말이지만 그에게 현실의 일본은 사랑해야 할 '부모의 나라'였다.

그러나 『우키시로』를 전후한 일본사회는 대외적으로 배타주의가 팽배해 가는 한편, 국내적으로는 국수를 중심으로 한 사회 전체의 경직화가 빠른 속도로 진행되고 있었다. 그것이 1889년(메이지 22) 문부상(文部相) 모리 아리노리(森有礼) 암살이나 조약개정 반대운동, 그에 촉발된 겐요샤(玄洋社) 구루시마 쓰네키(來島恒喜)의 오쿠마 시게노부 테러 사건 등으로 나타난다. 전 세계에 만연한 서구열강의 식민지 쟁탈경쟁이 극성을 부리던 와중에 한편으로 더욱 보수화해 가는 일본의 현상이 있었고, 그 속에서 류케이는 국위선양과 반제국주의라는 딜레마에 빠져 고민하였을 것이다.

류케이는 「우키시로 입안의 시말」에서 '불선하지 않는 즐거움'이라는 정산물 외에 다음과 같은 부산물을 설정한다.

일본의 성쇠와 존망은 늘 해외에서 오는 것을 알려주고, 원양무역에 힘써야 한다는 것을 알리며, 해외의 풍토, 인정, 산물을 알리고, 현 세기의 병기는 이과학(理科學)의 소산임을 알리고, 이과학을 존중해야 한다는 것을 알리고, 위인걸사(偉人傑士)의 풍채를 마음 속에 그려내도록 만든다.

이들 '이과학'에 대한 이해나 외국 사정 그 자체를 안다는 것이 결국 류케이가 말하는 즐거움으로 귀결하는 것은 말할 나위도 없을 것이다. 특히 그 중에서도 '일본의 성쇠와 존망'이 국제사회와 어떻게 관계를 맺는가에 따라 달라진다는 것을 알리는 일도 『우키시로』를 쓴 중요한 이유였다.

1889년과 1890년은 제국헌법의 발포와 실시, 제국의회의 개설 등으로 새로운 근대국가 시스템이 출발한 해다. 류케이는 일본과 국제사회의 관계, 그리고 그 국제사회 속에 있어야만 할 일본의 위치를 제시함과 동시에 일본이 지향해야 할 이상적 국가를 향한 방향을 제공하고자 했다. 비록 "만국공법은 논이고, 법이 아니다"란 대명제가 철저하게 지배적인 세계를 한편으로 하면서도, 나라 전체의 보수화 경향에 대한 비판과 그 대안으로서 적극적인 세계와의 관계성을 강화해 나가는 모습을 『우키시로』에 담고자 한 것이다.

이 때 무엇보다 중요한 것은 '불선'이라는 최소한의 윤리적·도덕적 조건이 가장 현실적이고 실천 가능한 설득력을 지닌다고, 류케이는 생각한 것이다. 『우키시로』는 해양모험 이야기지만 반드시 해양모험만을 말하고 있는 것은 아니다. 남진론적 우승열패의 세계관과 현실 일본에 대한 비판적 대안으로서 『우키시로』는 제시된 것이다.

3. 신문소설과 대중문학

1) 우키시로 논쟁

1890년대 초반은 기존의 정치소설가나 쓰보우치 쇼요, 후타바테이 시메이(二葉亭四迷)를 대신하여, 새로운 문학자나 문학집단이 대거 등장한 시기다. 이 때 언문일치운동을 전개한 야마다 비묘(山田美妙) 등과 대립했던 젊은 청년 문학자 집단 겐유샤(硯友社)의 오자키 고요(尾崎紅葉)와 고다 로한(幸田露伴)이 활발하게 창작활동을 전개한다. 또 정치소설이나 사실주의 문학의 등장으로 사양길에 접어들었던 게사쿠(戲作) 문학의 전통을 이어받아, 문단 한편에서는 아에바 고손(饗庭篁村)이나 사이토 료쿠우(齊藤綠雨)가 맹위를 떨친다. 그들은 쇼요가 『소설신수』(小說神髓)에서 내걸었던 인정세태(人情世態)의 사실주의를 흡수하면서 메이지 20년대 초반 일본문단에서 거대한 문학집단 세력으로 성장한다.

한편, 비평 분야에서는 『우키시로』의 등장에 민감하게 반응했던 닌게쓰나 로안이 쇼요가 주창한 인정세태의 사실주의를 수용·심화시키면서 열정적으로 활동을 전개한다. 그리고 1888년(메이지 21) 일본에 돌아온 모리 오가이도 이듬해 10월부터 비평 전문잡지 『시가라미 조시』(しがらみ草紙)를 창간하면서 심미학적 입장에서 비평활동을 전개한다. 이들 새로운 형태의 문학자들은 오가이를 제외하고, 모두 문학을 전업으로 하는 문학자들이었다.

이 무렵은 신생의 전문 문학자들과 문학 전반에 걸쳐 활동했던 기존의 정치소설가나 계몽가, 이른바 '비전문' 문학자들이 첨예하게 대립각을 형성해 가고 있었다. 비전문 문학자들은 새롭게 등장한 전문 문학자들에게 불만을 갖게 되는데, 그 중 가장 큰 불만은 이들이 모두 인정과 세태의 사실주의 문학을 지나치게 강조한다는 점이었다. 나아가 사실주의 문학이 인정과 세태의 완고한 틀을 제기하며 기존 문학이 자연스럽게 내포하던 정치성이나 사회성과 같은 문학 외연의 부수적 요소를 철저하게 배제하려 한다는 점이었다.

다양한 문학관들이 공존하던 1890년 상황 속에서 류케이는 그 해 1월 16일부터 3월 19일까지 『호치 신문』에 「호치 이문」(報知異聞)이란 제목으로 『우키시로』를 연재한다. 이 『우키시로』란 타이틀 자체는 그해 4월 단행본으로 발표할 때 붙여진 것이다.

신문연재의 인기 여세를 몰아 『우키시로』가 단행본으로 간행되자, 각 방면에서 찬반의 다양한 언설들이 터져나온다. 이를 현재 문학사에서 편의적으로 '우키시로 논쟁'(浮城物語論爭)이라고 부른다. 여기서 편의적이라고 한 것은 이 언설들이 '논쟁'으로 성립할 만큼 당사자간에 직접적인 의견교환이 있었던 것은 아니기 때문이다.

『우키시로』를 비판한 로안이나 닌게쓰의 비평은 작품 그 자체에 대한 심도 깊은 이해를 근간으로 한 것이라기보다는 『우키시로』의 피상적 표현만을 매개로 그들의 문학관을 천명한 것이다. 즉 쇼요 류의 사실주의를 주장하기 위해 작품을 의도적으로 폄하한 측면이 있음을 부정하기 어렵다.

이는 류케이의 경우도 마찬가지다. 그의 「우키시로 입안의 시말」[67]도 엄밀히 말하면, 로안 등의 비판에 대한 직접적인 반론이라기보다 류케이 자신의 소설관 또는 문학예술관을 피력한 것에 지나지 않는다. 그 밖에 단행본으로 간행할 때 『우키시로』에 「서문」을 보내 『우키시로』의 작품성을 지지한 여러 문학자나 저명인사들의 글 또한 그들 나름의 문학적

---

67) 矢野龍溪, 「浮城物語立案の始末」, 『報知新聞』 1890. 6. 28.~7. 1. 동시에 『국민신문』(國民新聞)에도 6월 28일부터 7월 2일까지 연재되나, 이하 『호치 신문』의 기사를 인용문에서 사용하였다.

자기주장에 그치는 수준이었다.

그럼에도 이와 같은 다양한 언설은 사실주의와 반사실주의라는 이항 대립의 담론을 자연스럽게 형성하였으며, 이후 전개되는 상실논쟁(想實論爭)이나 몰이상논쟁(沒理想論爭)과 같은 메이지 시대 문학논쟁의 단초를 제공한다.

이미 앞에서 살펴본 바와 같이, 류케이는 『경국미담』 「서문」에서 계몽가나 정치 소설가들이 말하는, "패사소설(稗史小說)도 세상에 도움이 된다"는 실용주의적 문학관을 부정한 바 있다. 류케이와 마찬가지로 실용주의적 문학관을 배제하면서, 동시에 문학의 정치성까지 잘라냈던 인정과 세태의 사실주의 문학에 대해서도 류케이는 동조하지 않았다. 류케이가 생각하는 근대적 문학이란, 쇼요의 사실주의 문학과는 일선을 그으며, 동시에 기존의 비전문 문학자들과도 구별된다.

이러한 류케이의 문학관 나아가 문학의 사회적 의미를 중심으로 전개되었던 '우키시로 논쟁'의 구체적인 내실을 살펴봄으로써 쇼요 이전의 문학인 정치소설에서 출발하여 류케이의 『우키시로』나 메이지 30년대의 『신사회』와 같은 유토피아 문학으로 이어진 또 다른 흐름의 근대문학적 성립의 가능성을 모색해 보고자 한다.

이를 위해 여기에서는 우키시로 논쟁의 배경이 되었던 문학극쇠 논쟁(文學極衰論爭)을 살펴보면서 우키시로 논쟁과의 관련성 및 차이점을 살펴본다. 그리고 구체적으로 『우키시로』와의 관련 속에 나타난 여러 비평적 담론을 검토하면서 『우키시로』가 가지는 동시대적 의의를 다시 생각해 보기로 한다.

2) 문학극쇠 논쟁

우키시로 논쟁이 일어난 1890년에 류케이는 정계 은퇴를 선언하면서, 문학계에 본격적으로 투신한다.[68] 문학가로서 새 출발을 선언한 그가 당시의 문단을 비판적으로 바라보며 문제의식을 갖는 것은 당연하다 하겠다. 이렇게 보았을 때, 『우키시로』는 사실주의를 포함한 기성 문단 전체의 한계를 통찰한 후 류케이 자신의 문학세계를 구체적으로 구현한 작품이라고 볼 수 있다. 또한 바로 이러한 이유 때문에 사실주의 문학자들이 류케이에 대해 강력히 반발했던 것이다.

따라서 「우키시로 입안의 시말」은 류케이가 느꼈던 기존 문단과 새롭게 등장한 사실주의 문학자에 대한 문제 제기고, 그에 대한 대안을 제시한 글이라 할 수 있다. 「우키시로 입안의 시말」은 "시, 노래(歌), 역사, 소설, 만필(漫筆), 논문 등 일체의 문자를 문학계"라고 규정하는 문학영역의 구체화 작업부터 시작한다.

광대무변(廣大無辺)한 소설계를 보고 협소한 채원(菜園)으로 잘못 생각하고, 소설이라 하면 남녀의 정을 그려내는 데 머물러, 쾌활 장대한 오락(娯楽)[69]을 도저히 이 영역에서는 바라기 어려울 듯하다. 어찌 유감

---

68) 1890년의 국회개설을 목전에 두고 정계를 은퇴한 류케이는 『호치 신문』의 「세수 서회」(蔵首書懐, 1890. 1. 1.)에서 "정치적 동지들 간에 관한 일은 이미 스스로 자임하는 사람들이 있다면, 이제부터 나는 자유롭게 마음을 문학, 기예에 두면서 신문사업에 전념하도록 마음 먹을 것"이라고 말하고 있다. 또한 같은 해 6월 13일의 『호치 신문』의 「시작」(詩作)에서도 "최근 더 이상 '정치세계의 분주한 자'라는 신분에서 벗어나, 하다못해 문학가의 말석에라도 참가할 수 있기를 바라고 있다"라고 언급하고 있다.

69) 이 '오락'이란 용어는 앞의 II 1-1)과 2-1)에서 언급했던 것처럼 말초적인 장난거리의 '즐거움'의 의미고, '감동'의 의미다.

이 아닐 수 없겠는가. 소설계의 영분(領分)은 북쪽은 북극에서 시작하여 남쪽은 적도 직하에 이른다. 지금의 소설 종류, 모두 같은 곳에 귀착하는 것을 보고, 세상 사람들 단지 북극 빙괴(氷塊)의 땅, 이것이 소설의 영분이라 보는 것과 같다. 이 때문인지 나는 완전히 그 취향을 일전(一轉)하여, 적도 직하를 향해 하나의 동표(銅標)를 세워, 세상 사람들로 하여금 소설의 영분 광대무변해서 망양애사(茫漾涯涘 : 크고 넓은 바다의 끝 | 인용자) 없음을 알리고자 한다.[70]

이는 당시 한창 유행하던 인정과 세태 소설만이 소설세계의 전부인 양 착각한 이른바 사실주의 문학에 대해, 소설의 영역이 그렇게 협소하지 않다는 것을 주장한 문장이다.

『우키시로』의 우키시로마루가 세계 각국을 자유자재로 왕래하며 보여주는 작품 공간은 사실주의의 인정과 세태라는 협소한 공간 인식의 틀을 훨씬 넘어선다. 『우키시로』의 내용처럼 이제 본격적으로 문학계에 발을 내딛은 류케이는 인정과 세태라는 사실주의 문학의 규제에서 벗어나, 미지의 영역인 '적도 직하'까지 내려가 '소설의 영분'을 구현하겠다는 강한 의욕을 나타낸 것이다.

여기서 류케이가 말하는 소설 영역의 광범위함이란 비단 산문문학으로서의 소설에 국한되는 것이 아니다. 문학 일반이란 차원에서 보았을 때, 그 범위는 말 그대로 '광대무변', 너무나 크고 방대하여 그 끝이 없으며, 이 같은 문학관은 오늘날에도 통용되는 문학관이라고 할 수 있다.

그러나 이러한 소설관 내지 문학관은 닌게쓰나 로안에게는 비판의 대상이 된다. 닌게쓰는 비평문 「호치 이문(야노 류케이 저)」[71]에서 어떠

___

70) 矢野龍溪, 「浮城物語立案の始末」, 367쪽.

한 소설이든 '미(美)'라는 약속과 인정세태의 또 다른 표현인 '인간생활'을 목적으로 한다는 약속을 지키지 않는다면 그것은 소설로서 가치가 없다고 주장한다. 그리고 "전쟁, 모험, 기화(奇禍), 다난(多難), 그러한 것들은 대체 무엇인가. 이는 소설 속의 인사(人事)를 만들었다고는 할 수 있더라도, 아직 소설 속의 인물을 만든 것"이 아니고, 따라서 『우키시로』는 "인성(人性)의 기미"를 깊이 파고들어가지 못한 "각별한 졸작"이라는 결론을 내린다.

닌게쓰는 『우키시로』가 사건 구성에는 성공했지만 인간생활이라는 현실과의 구체적인 연관성을 상실했다고 말한다. 그렇기 때문에 작품에 등장하는 인물은 사건 전개와 관련하여 어떠한 생동감도 느낄 수 없고, 그것은 궁극적으로 한 인간의 '인성', 즉 개인의 내면세계를 묘사하는 데 실패했다고 보았다. 스토리상의 재미에도 불구하고 이 작품은 '각별'하긴 하지만 '졸작'이라고 표현한 것이다.

이에 대해 로안은 「우키시로를 읽는다」[72]에서 보다 직접적이고 전투적인 비판을 행한다.

나는 소설은 인간의 운명을 나타내는 것이고 인간의 성정(性情)을 분석해 나타내는 것이라고 생각한다. 그렇지만 가장 진보한 소설은 현대의 인정을 그리는 것으로 그 이외에 소설은 없다고 해도 가(可)하다. 어떤 방종론자(放縱論者)는 혹은 도량이 협소하다고 나를 매도할 것이다. 나 스스로 그 욕을 받겠다. 이른바 영웅담, 또는 우의(寓意)소설 등은 픽션의 범위에 속한다 하더라도 결코 '노벨'이라고 말할 수는 없다.

---

71) 石橋忍月, 「報知異聞(矢野龍溪氏著)」, 『國民之友』 1890. 4. 3.
72) 內田魯庵, 「浮城物語を讀む」, 『國民新聞』 1890. 5. 8. · 16. · 23.

로안에게 가장 진보적인 소설이란 '현대의 인정'을 그린 것이고 인간의 운명이나 '성정'을 분석하여 사실적으로 나타낸 것이다. 특히 운명을 작품 속에서 그려낼 때는 "분석해서 나타내는" 사실적 방법에 의해서만 가능하다고 로안은 확신한다.

이처럼『우키시로』에 대해 비판적이었던 두 비평가들은 현실적인 인간의 삶과 밀접한 관련성을 가질 뿐 아니라, 그러한 생활을 그려냄으로써 소설적 순도와 완성도가 높아진다고 생각했던 것이다.

실제로 문학을 전문으로 하는 이들은 소설적 완성도를 높인다는 명목 하에 사실주의의 기치를 내걸었고, '소설' 그 자체의 틀을 확정하면서 그 이외의 불순물을 제거하는 작업에 들어간다. 그 소설의 틀이란, 쇼요가『소설신수』에서 주장한 인정세태의 소설로서, 그 당시까지 존재했던 여러 소설 가운데 가장 발전된 소설 양식이다. 그것이 바로 황당무계한 '로망스'에 대립되는 '노벨'이라는 개념이다.

이들 신예 비평가들은『소설신수』에서 말하는 인정세태를 인간생활, 또는 인생이나 운명이란 말로 대체하면서 사실적인 묘사를 주장한다. 작품세계가 인생이나 운명을 어떻게 묘사하는가가 작품의 주요 평가기준이 되었고, 이는 우키시로 논쟁에서 가장 첨예한 논점으로 부상되었던 인물 조형 문제와 관련된다. 이처럼 두 사람의 문학에 대한 기본인식은 '현대의 인정' 묘사를 가장 진보적 소설로 설정한『소설신수』의 진화론적 문학사관, '노벨'에 대한 절대적 신뢰를 기반으로 했다.

『우키시로』를 둘러싸고, 쇼요와 그 추종자들이 인간의 조형문제에 대해 집요하게 연연해한 것은 그 전년도부터 시작되었던 문학극쇠 논쟁 (文學極衰論爭) 때문이다. 1889년(메이지 22) 12월 14일의『여학잡지』(女

學雜誌, 191호)에 시마다 사부로(島田三郎)는 「문학극쇠」(文學極衰)라는 짧은 글을 발표한다.

시마다 사부로는 "오늘날 글을 쓰는 자들은 자기가 우선 울분을 말하고자 하는 바 있어 강개하여 이것을 글로써 세상에 묻고자 하는 것"[73]이 아니라며, 글 쓰는 자의 창작태도에 대해 문제제기를 한다. 작가의 창작동기가 아직 설익은 상태, 또는 부재한 상태에서 창작에 임한다는 지적이다. 세상과 사회에 대한 구체적인 문제의식이 결여되었고, 그로 인해 "오늘날 글을 쓰는 자"들은 대중적 인기에 추수하는 작품을 많이 낸다고 비판한다. 세상에 대한 치열한 문제의식이 결여된 채, 나약한 인간의 심성에만 구애하는 "오늘날은 바로 문학극쇠의 시대"라 주장한 것이다.

이러한 당시 문학에 대한 비판의식은 시마다 사부로에 한정된 것이 아니었다. 당대 최고의 지성이라 일컬어졌던 후쿠자와 유키치(福澤諭吉)도 최근 작가들은 "많이 팔아 이익을 점하는 것을 문학자의 본직인 양 생각하고 있는 것" 같다[74]고 비판하였다.

나아가 겐유샤의 문학 창작에 비판의 칼날을 들이댄『여학잡지』의 이와모토 젠치(嚴本善治)를 비롯하여 재야 정치인 오자키 유키오(尾崎行雄),『국민의 벗』을 통해 메이지 언론계의 총아로 급부상한 도쿠토미 소호(德富蘇峰)와 같은 저명인사들이 연이어 문학의 쇠퇴를 개탄하였고, 이들의 인신공격에 가까운 비판은 이제 막 계몽적 목적의식의 문학세계에서 벗어나 독자적인 영역을 확보해 가던 문학사회에 커다란 타격을 가한

---

73) 「文學極衰」. 초출은 무기명이나, 당시 일반적으로 시마다 사부로(島田三郎)의 글로 일컬어지며, 로안 역시 시마다를 지칭하면서 비판했다. 인용은『近代文學評論大系1 明治期 I』, 角川書店, 1971. 10.

74) 이와모토 젠치(嚴本善治)는 「時事・文學極衰(其二)」(『女學雜誌』192, 1889. 12. 21.)에서 후쿠자와 유키치의 말이라면서 이와 같이 보고하고 있다.

다.

이러한 비판은 쇼요에서 시작된 이른바 일본 사실주의의 맹아를 전면적으로 거부한 것으로서, 곧바로 많은 문학자들의 반발을 초래한다.

문학이 극도로 쇠약해졌다는 비판에 대해 쇼요는 "새해가 되어 이른 봄 새순의 경쟁 이제 막 눈 뜨려 하는 것에 어울리지 않게 꽃은 벌써 졌고, 가을바람 아직 불지도 않았는데 사방 각 산의 젊은 잎 병들어 가는 것"75) 같은 상황이라며 충격을 받은 당시의 문단 상황을 탄식하였다.

오가이도 「메이지22년 비평가의 시안」76)에서 "이들 학자들은 비평가의 자격 없이 그 위상을 더럽히는 자들이다. 이 '학자들의 개량론'은 취미를 모르고 내뱉는 말"이라면서, 문학의 쇠퇴를 주장하는 사람들의 언설을 문학적 취미를 모르는 아마추어 비평가의 감상으로 폄하시켜 반박한다. 전문 비평가의 측면에서 비전문 문학가들을 비판한 것이다.

특히 쇼요는 문학의 쇠퇴라는 현실 문단에 대한 문학극쇠론자들의 상황 인식에 대해 전면적으로 반론을 제기하면서, 메이지 유신 이래 문학의 지속적인 발전 과정을 강조한다. 1891년(메이지 24)에 들어서어마자 그는 『요미우리 신문』(讀賣新聞)에 문학계의 성과를 정리한 몇 개의 평론을 발표한다.77)

그 하나인 「메이지 22년의 문학계(특히 소설계)의 풍조」에서 "총괄해 말할 때 세인의 안식(眼識)이 점점 더 높아져서 문장의 미추를 알아볼

---

75) 坪內逍遙, 「今年初半文學界(小說界)の風潮」, 『讀賣新聞』 1890. 8. 4.~5. 인용은 『近代文學評論大系1 明治期Ⅰ』.

76) 森鷗外, 「明治二十二年批評家の詩眼」, 『しがらみ草紙』 4, 1890. 1. 25.

77) 坪內逍遙, 「明治二十二年の文學界(重に小說界)の風潮」, 『讀賣新聞』 1890. 1. 14. ~15. 이 밖에 같은 해 1월 13~14일까지의 「明治二十二年文學上の出來事月表」, 15일에 발표한 「明治二十二年の著作家」가 있다.

수 있게 된 것과 저자들이 그 이름을 중요하게 여기기 시작"한 것을 들었다. 문학을 둘러싼 사회적 인식과 평가의 향상, 문학 창작자들의 당당한 자아인식은 이전 문학에서는 찾아볼 수 없는 현상으로 이러한 모습이 전시대와 현격하게 다른 성과라고 주장한다.

또한 쇼요는 그 밖에도 문장의 조탁(彫琢)이 최고의 성과라면서, 그 결과 지금까지 "마치 뼈대 없는 무용지물" 같았던 계몽적 장편소설을 대신하여 단물소설(端物小說) 즉, 인정세태의 단편소설이 크게 발달했다고 주장한다.

문장의 섬약난교(纖弱軟巧)라는 극쇠론의 비판에 대한 반론의 구체적인 예증으로서 독자의 안목, 의식적인 창작주체의 작가의식, 치밀한 단편소설의 발달과 '문장의 조탁' 등 문학 내실의 질적 확충을 들었던 것이다.

그러나 문학 극쇠론자들은 사실주의 문학의 '인정세태'라는 작품의 내용 자체를 비판하였기 때문에 쇼요가 언급한 내용과의 접점은 존재하지 않았다. 이렇게 비생산적인 문학논쟁이 작열하는 와중에 사실주의 문학 비판의 선봉에 서 있던 이와모토 젠치의 『여학잡지』에 필자를 알 수 없는 「야노 후미오 군」(矢野文雄君)[78]이란 기사가 실린다.

야노 후미오 군은 최근 소설가가 한결같이 마계에 타락하는 것을 개탄하여 스스로 붓을 쥐어 신소설의 장편 한 편을 만들었다고 들었다. 생각건대, 근래 『호치 신문』 지상에 속속 게재하고 있는 「호치 이문」(報知異聞)이 바로 이것인가. 나 이미 그 수회를 읽건대 사쿠라(作良) 씨는 이파미논다스와 같고, 다치바나(立花)는 메르로와 닮았다. 구성 극히 장대한 듯하지만, 바라건대 인정 특히 지고한 인정을 그려내는 것 또한

---

78) 「矢野文雄君」, 『女學雜誌』 197, 1890. 1. 25.

절박하기를 원하는 바다. 그래서 야노 후미오 군이 이전에 지었던 저작(『경국미담』│인용자)처럼 세상을 움직이는 작품이기를 열망한다.[79]

첨예한 대립 속에서 쓰인 이 기사 내용은 당연히 문학으로 생계를 꾸려 가고자 했던 전문문학자들을 자극하기에 충분한 것이었다. 또 이러한 기사가 한창 신문지상에 연재되어 세인의 주목을 받았던 『우키시로』에 관한 닌게쓰나 로안의 평가에 적지 않은 편견을 초래했을 가능성 또한 충분히 짐작할 수 있다.

"마계에 타락" 운운하는 부분처럼 류케이가 실제로 그러한 원색적인 비판을 했는지 그 진위를 확인하기는 어렵다. 그러나 류케이가 1890년대의 문단 상황에 대해 그 나름대로 비판적인 문제의식을 가졌던 것만큼은 앞에서 살펴본 것처럼 확실하다.

류케이의 인정세태 소설에 관한 문제의식에도 불구하고, 그것이 곧바로 극쇠론자와 같은 인정세태 소설의 전면적 부정을 의미하는 것은 아니다. 예를 들면, 「야노 후미오 씨 정계에서 은퇴」(矢野文雄氏政界より退隱)[80]란 기사는 류케이의 다음과 같은 말을 전하고 있다.

우리들이 정치상의 글만 쓰고 있는 동안에 문학의 기염(氣焰) 갑자기 일어나 연소한 나이에 달필인 사람들이 많이 등장했다는데, 나는 다만 불과 로한(露伴), 고요(紅葉) 두 분의 저술을 보았을 뿐으로 실로 이후에 대가가 될 만한 수완을 가진 것 같다. 그렇다면 이 사람들 앞에서 내 의견을 펼쳐 그 비평을 얻는다면 나에게 큰 도움이 될 것이다.

---

79) 위의 「矢野文雄君」.
80) 「矢野文雄氏政界より退隱」, 『國民新聞』 1890. 5. 30.·31.

류케이는 새롭게 문학세계에 등장한 고다 로한이나 오자키 고요와 같은 겐유샤의 신예 문학자들을 미래의 대가로 높이 평가한다. 또 「우키시로 입안의 시말」에서도 "우리나라 근래의 소설계는 구사심수(構思深邃 : 생각에 생각을 더하여 깊이 생각함 | 인용자)하여 점점 미(微)에 들어가고 묘(妙)에 들어가려 한다. 문운(文運)의 진보 실로 이 때를 출발이라 해야 할 것"이라면서 인정세태 소설의 미시적 세계를 긍정적으로 평가하며 겐유샤 문학을 문학적 발전의 출발점으로 삼는다.

류케이는 극쇠론자들과는 달리 사실주의적 인정세태 소설을 적극적으로 평가한 것이다. 사실주의적 인정(人情)에 대한 적극적 평가는 그의 작품에 크게 반영된다. 그 단적인 예를 『우키시로』「서언」에서 밝힌 작품 유래에 대한 설명에서 찾을 수 있다.

이 작품은 원래 주인공 가미이 세타로(上井淸太郞)가 그 백부에게 보낸 편지를 편집한 형태로 이루어졌다. 게다가 이 편지의 원본은 주인공의 일기라는 자서체(自叙体) 형식의 문장을 기초로 하였다. 문장의 완성도 문제를 차치해 둔다면, 이와 같이 스스로를 이야기하는 문장은 사실주의 문학자들의 인정에 관한 사실적 표현과 맥이 닿아 있다.

물론 기성의 정치소설가들과 마찬가지로, 류케이도 문학의 사회적 역할에 대해서는 적극적인 의미를 부여한다. 그러나 정치소설가들은 실용주의적 문학관에 입각하여 소설의 계몽성에 지나치게 집착한 나머지 인정세태 소설의 '구사심수'를 부정한 반면, 류케이에게는 그것이 비록 미시적 세계라 하더라도 많은 사람들에게 감동을 줄 수 있다는 사실 자체를 중시하였다. 그러나 로안이나 닌게쓰에게는 류케이도 시마다 사부로나 후쿠자와 유키치와 다름없는 계몽가고, 학자에 불과했다.

또한 인정세태의 사실주의적 창작방법과는 달리 상상력을 적극적으로 인정한 류케이의 창작방법은 구체적인 문학표현에서 다양한 문제를 야기하게 된다.

3) 단패(單稗)와 복패(複稗)

앞서 인용한 쇼요의 반론에서 볼 수 있듯이 이전 시대의 정치소설 등이 갖는 공허한 정치적 주장과 태만한 작가의식, 그로 인해 파생된 졸렬한 문장과 완만한 스토리의 장편화에 대한 비판의식은 정당한 것이었다.

그러나 그는 「메이지 22년의 저작가」[81]에서 인간의 전국(全局 : 인간의 운명)을 그린 소설은 거의 없고, 모두가 국부소설(局部小說)에 머물렀다고 논평한다. 소설적 세계가 인간 전체의 생애를 포괄하지 못한 채 그 일부인 국부에 머물렀다는 것이다. 이러한 결함은 쇼요 자신의 『세군』(細君)과 함께 1889년(메이지 22)의 "모든 작가(번역문은 제외)들도 벗어날 수 없는 부분"이었다고 스스로 평한다.

1890년대 소설이 인생이나 진리, 운명 등에 착안하기 시작할 무렵, 닌게쓰나 로안이 고수하는 '인간의 생활'로는 앞서 열거했던 그 모든 것을 다 포괄할 수 없었다. 바로 그러한 이유 때문에, 쇼요 자신도 인정세태의 사실주의만으로는 소설의 협소화를 막을 수 없다는 인식을 가진 것 같다.[82]

---

81) 坪內逍遙, 「明治二十二年の著作家」, 『讀賣新聞』 1890. 8. 15.
82) 1889년 12월호 시가라미 조시에 보낸 「しがらみ草紙を讀みて思ふ所をいふ」에서 쇼요는 자신의 『소설신수』에 관해 "객기의 작(客氣の作), 경신의 작(輕信の作)으로 권선징악을 맹타(盲打)한 것 이외에는 아무런 좋은 점이 없는 것"이라면

즉 인정세태 소설이 창작주체의 연역적 판단에 의한 입안을 등한히 하고, 인간의 성정이나 인성 묘사에 치중한 나머지 작품세계가 '국부'로 좁아졌다고 본 것이다. 쇼요는 인정세태 소설이 정치소설가들이 그려 왔던 국가나 사회와 같이 인간 세계의 '전국'을 담아내지 못한다는 점을 인정할 수밖에 없었던 것이다.

그렇지만 문학극쇠 논쟁이나 우키시로 논쟁을 통해 사실주의 문학은 그 작품세계의 외연을 확충시키는 계기를 마련한다. 로안이나 닌게쓰가 『우키시로』를 비판했다고 해서 인정소설을 무조건 지지한 것은 아니다. 특히 닌게쓰는 「최근의 삼희(三希)」[83]라는 기사에서 『우키시로』에 관해 언급하면서, "나는 소설로서는 이것에 별로 감복(感服)할 수 없다."고 전제하면서도 다음과 같이 말하고 있다.

> 최근 배출되는 소설은 단편들로 규모가 소품(小品)하고, 구성이 협애하다. 이러한 때에 이 위대하고 웅장하며 모험적인 장편소설을 접할 수 있는 것은 류케이 씨의 선물이다. 이제부터 조금씩 세공의 소도(小刀)소설, 수감수록(隨感隨錄)의 국각(局却)소설 등은 조금은 머리를 숙이게 될 것이다.[84]

우키시로 논쟁에서 『우키시로』의 방대한 문학세계에 대해 적극적으로 비판했던 닌게쓰지만, 위의 언설에서 단편적인 인정세태 소설에 대해서는 『우키시로』를 빗대어 비판한다. 이와 같은 닌게쓰의 『우키시로』에

서 '권선징악'에 대한 비판 이외의 어떠한 의의에 관해서도 인정하지 않는다.
83) 石橋忍月, 「近頃の三希」, 『國民之友』 1890. 2. 13.
84) 위의 「近頃の三希」.

160

관한 평가는 결코 모순된 것도, 부당한 것도 아니다.『우키시로』에 대한 상반된 평가는 오히려 근대문학사에서 이 작품이 지니는 의의를 그대로 드러내고 있다고 할 것이다.

한편 당시의 인정세태 소설에 대한 비판의식은 로안도 마찬가지다. 그는 「우키시로를 읽는다」에서 "원래 세교함을 가지는 가인재자(佳人才子)적 소설을 즐겨하지 않고, 또 소천지(小天地)에 국한되는 모형전원 같은 모노가타리(物語)를 좋아하지 않는다."며 그 자신은 인정세태 소설을 싫어한다고 말한다. 이 또한 결코 거짓이 아니다.

오가이는 「메이지 22년 비평가의 시안」[85]에서 오자키 고요의 『두 명의 비구니 색 참회』(二人比丘尼色懺悔)에 대한 로안의 평을 언급하면서, "후치안(不知庵)은 시의 개념에서 이상파(理想派)에 속하지만 소설에 대해서는 실제파의 취미(實際的趣味) 적지 않은 것 같다."고 설명한다.

로안의 문학 일반의 기본개념에 대한 인식은 계몽주의자들이나 정치소설가들이 추구하는 것과 같이 '이상파'에 속한다. 다만 구체적인 소설 창작방법에서는 사실주의적 '실제파'를 지향한다는 것이다.

로안은 앞서 오가이가 언급한 『두 명의 비구니 색 참회』의 평[86]에서 "전체적으로 이 책은 모두 드라마틱 팩트(Dramatic fact)로 소설로서는 무리"라고 평하면서 인정세태를 그리는 사실주의와는 동떨어진 내용이라고 평한다. 그렇지만 사실주의적 창작방법 중 가장 주요하게 여기는 '인정을 파헤치는 것'(人情を穿ちし)은 더할 나위 없이 훌륭하다고 평가한다. 그는 사실주의적 방법은 인정하지만, 극쇄론자들이 주장했던 것처럼

---

85) 森鷗外, 「明治二十二年批評家の詩眼」, 『しがらみ草紙』 4, 1880. 1. 25.
86) 內田魯庵, 「紅葉山人の『色懺悔』(其二)」, 『女學雜誌』 159, 1889. 4. 27.

작품이 지니는 드라마틱 팩트, 즉 스토리상의 가공성은 인정하지 않았던 것이다.

오가이는 같은 문장에서 닌게쓰가 "후치안에 비하면 다소 실제파 쪽에 기울어졌다."고 평한다. 실제로 두 사람의 주장은 세부적으로 살펴보면 약간 차이를 나타내는데, 이러한 닌게쓰의 실제파적인 특징은 그가 상(想)과 실(實)의 조화를 논한 상실론(想實論)[87]에서 확인할 수 있다.

'상실론'이란 "시의 중요한 목적물은 실로 인간 생활"에 있는데 "상(想)은 허상이고, 실(實)은 진경(眞景)"으로 인간 삶이라는 '진경'을 '미술적'으로 포착한 것이 '시(詩)'라는 것이다. '상'과 '실'의 조화로 '시'가 만들어지지만, 그것은 결국 표면적인 '진경'으로서의 '실'만 드러난다는 주장이다.

두 사람의 미세한 차이에도 불구하고 그들이 그리는 이상적 소설세계는 쇼요에서 출발한 인정세태의 노벨을 전거(典據)로 삼고 있으며, 그 세계는 반드시 현실의 삶과 밀착된 세계여야 한다. '인정을 파헤치는 것', '진경'을 그려낸 소설세계에서 가상의 상상력에 의한 허구성은 적극적으로 배제된다. 그뿐만이 아니라, 창작주체의 의식적 판단이나 연역적 사고 자체를 가능한 한 제어하고, 이로써 '인정'이나 '진경'을 있는 그대로 그려내야만 한다는 것이다.

이러한 사실주의적 창작방법은 당시의 문단 전체에 지배적인 영향력을 끼쳤는데, 문학의 극쇠나 소설의 협소함을 가장 적극적으로 비판하면서 선미 유일주의(善美唯一主義)[88]를 주창한 이와모토 젠치도 「문학과

---

87) 石橋忍月, 「想實論」, 1890. 3. 20.~30.
88) 쇼요는 「메이지 22년의 문학계(주로 소설계)의 풍조」에서 이와모토의 비평을 '선미 유일주의'라고 명명하고 있다.

자연」[89]에서 "최대의 문학은 자연 그대로 자연을 그려내는 것"이라고 단언한다. '자연 그대로'야말로 쇼요가 『소설신수』에서 주창하였던 '있는 그대로'를 이와모토 젠치의 언어로 재현한 것에 다름 아니다.

또 소호도 사실주의적 창작방법에 관해서는 적극적으로 인정한다. 그는 특히 언론의 자유를 제약했기 때문에 연약한 문장이 '제조'되고 있다는 평론[90]을 발표하는데, 이렇게 제조된 연약한 문장은 커다란 잘못이라고 선언한다.

> 원래 실제로 없는 것을 어찌 제조할 수 있겠는가. 만일 제조할 수 있었다면 이것은 잠깐 동안의 가설적인 것으로서 도저히 영속할 수 없는 것이다. …… 생각건대 그가 문학상 인스피레이션을 존중하고, 지정(至情)을 존중하고, 꾸미지 않는 것을 존중하고, 끝없이 발(發)하는 것을 존중해서, 격해지고, 울발하고, 강개하여, 거기서 나온 것들을 존중하는 주장은 예기치 않고 '자연' 그대로 '자연'을 그려내는 본리(本理)에 적합한 것이다.[91]

'최대의 문학'은 창작주체가 느낀 바를 자연 그대로 그려내야만 하고 임의로 만들어 내서는 안 된다. 그것이 문학의 '본리'인 것이다. 이와모토 젠치는 소호가 말하는 인스피레이션에 의한 자연발생적인 창작은 지지하지만, 인간의 의식적인 수사(修辭)는 '제조적'인 것이라 하여 이를 부정한다. 이 점이 로안이나 닌게쓰와 공통되는 것으로 이와모토 젠치 자신이

---

89) 嚴本善治, 「『國民之友』48号 文學と自然」, 『女學雜誌』 159, 1889. 4. 27.
90) 德富蘇峰, 「言論の不自由と文學の發達」, 『國民之友』 48, 1889. 4. 22.
91) 앞의 嚴本善治, 「文學と自然」.

치열하게 비판했던 실제파 창작방법의 틀을 완전히 극복하지 못하였던 것이다.

사실주의를 지향하는 작가들은 물론 동시대 문학자들에게 '미'란 제조하는 것이 아니라 존재하는 것을 '분석해 나타내는'(우치다 로안의 「우키시로를 읽는다」) 것이고, 대상세계에서 '포착'(이시바시 닌게쓰의 「상실론」)하여 창작주체가 느낀 그대로를 소설로 구현하는 것이다. 이러한 사실주의적 창작방법에 관한 다양한 논의는 결국 일본 자연주의 문학이나 사소설적인 자기표현의 문학과 직접적으로 연결되지만, 그렇다고 해서 모든 문학자들이 무조건적으로 이를 수용한 것은 아니다.

오가이는 「현대 제가(諸家)의 소설론을 읽는다」[92]에서 "재료 선택을 잘하는 사람은 실제파 시인이고, 상(想)을 만들어 내는 사람은 이상파 시인"이라 하며 창작방법의 차이를 가지고 문학자들을 구분한다. 그리고 특히 실제파의 창작방법을 심리적 관찰법이라고 명명하는데, 이 심리적 관찰법은 "인정(人情), 인사(人事)를 중심으로 한 번 정미섬세(精微纖細)의 경계에 들어갈 때는 문장도 또한, 그 여세 때문에 이에 따라가지 않을 수 없다."고 설명한다.

다시 말해, 문장의 내용이 인정이나 인사에 집중되었을 때, 심층적인 '정미섬세의 경계' 속으로 몰입할 가능성이 크고, 그 때문에 문장 또한 세부적인 묘사에 치중할 우려가 있다는 것이다. 따라서 인정세태라는 국한된 세계만을 굳이 고집할 경우, '전국'을 그린다는 당초의 목적의식을 상실해 버리고, 갈피를 못 잡고 파탄에 빠질 수 있다는 것이다.

바로 이러한 이유 때문에 오가이는 앞서 언급한 이와모토 젠치의 사실

---

92) 森鷗外, 「現代諸家の小說論を讀む」, 『しがらみ草紙』 2, 1889. 11. 25.

164

주의적 방법론에 반대한다. 오가이는 「'문학과 자연'을 읽는다」[93]에서 이와모토 젠치의 평론을 정면으로 반박한다.

그는 우선 "최고로 아름다운 미문학(美文學)은 대개 자연 그대로 자연을 그려내는 일이 없다."고 단호하게 선언한다. 그리고 "그 이른바 자연 그대로 자연을 그려낸다(寫す)"고 하는 '그려낸다'는 것은 제조와 반대되는 모방이라고 규정한다. 오가이는 심미학적 입장에서 '진선미'는 구별되어야 하고, 그렇다면 '미'란 있는 그대로를 그려내는 것이 아니라, 창작주체의 목적의식적인 '정신'에 의해 '제조'되는 것이라고 설명한다. 따라서 심미학적 입장에서 '미'를 추구하는 '미문학'은 있는 그대로를 그려내는 모방으로는 충분히 그 '미'를 표현해 낼 수 없는 것이다.

이러한 오가이의 심미학적 입장을 류케이는 다음과 같이 표현하고 있다.

나는 그 유명한 월터 스콧 씨가 "소설은 불선(不善)하지 않은 즐거움을 세상 사람들에게 주는 것이다."라고 말한 것으로 대신하고자 한다. 사실을 그대로 기재한다면 소설이 아니라 역사다. 풍교(風敎)를 주로 해 즐거움을 주지 않는다면 소설이 아니라 도덕서다. 세상에 있을 법한 일들을 종합하여 세상에 없는 이야기를 만들어 내, 세상 사람들에게 즐거움을 주는 것, 이것이 소설의 본색일 뿐이다.[94]

이 부분도 로안이나 닌게쓰에게 비판을 받은 부분이지만, 류케이는 '사실'을 그려낸 '역사'와 구분되는 소설의 특징으로서 '세상에 없는'

---

93) 森鷗外, 「『文學と自然』ヲ讀ム」, 『國民之友』 50, 1889. 5.
94) 야노 류케이의 「우키시로 입안의 시말」, 367쪽.

가공성을 들고 있다. 물론 인위적으로 제조된 세계가 앞서 살펴본 바와 같이 황당무계한 세계여서는 안 된다. 세상에 있을 법한 개연성을 담보하지 않는다면, 소설로서 성립할 수 없다는 명확한 의식 하에 창작주체의 상상력에 의한 소설적 허구성을 적극적으로 주장한다. 바꿔 말하면, 있는 것밖에 그리지 못하는 쇼요류 사실주의 방법의 작품세계는 '국부소설' 또는 '노벨'의 한계를 드러내는데, 이는 사실주의 작품세계가 생득적(生得的)으로 담보할 수밖에 없는 사회성 결여라는 결과를 초래하는 주된 원인이 된다.

오가이는 "지금의 일본 소설계에서는 다만 단패(單稗)를 보고 복패(複稗)를 볼 수 없다."[95]면서, 그것은 지금의 시대가 점점 전문화되고 세분화되었기 때문으로 '단패'의 유행은 어쩔 수 없다고 말한다. 그렇지만 "문학사는 끊기거나 막히는 곳이 없기 때문에 이러한 변화의 흔적은 분명치 않다"며 이러한 단편소설의 유행 시점이 언제인지는 불분명하다고 전제한 후, 『겐지모노가타리』(源氏物語)나 『핫켄덴』(八犬傳)과 같은 복패, 그

---

95) 오가이는 「現代諸家の小說論を讀む」에서 단패(單稗, 노벨)와 복패(複稗, 로망)에 관해 쇼요가 말하는 노벨과 스케치의 구별과 혼동하지 말 것을 환기시키면서 두 종류의 소설에 대해 다음과 같이 설명한다. "소설의 재료는 인사(人事)고, 인정과 세태다. 그 때문에 서술방법에 두 종류의 구별이 생긴다. 하나는 한 사람 또는 여러 사람에 관한 것을 서술하되 이와 함께 생생하게 당시의 국운세태(國運世態)에 이르고, 또 다른 하나는 한 사람 또는 여러 사람에 관한 것을 서술하되 당시의 국운세태와 같은 것은 생략하거나, 설령 이를 말하더라도 희미한 영상을 보여주는 것에 불과하다. 전자에서는 수많은 인생의 권선(圈線)이 교차하고 중첩되어 수많은 매듭과 분야를 그려내며, 후자에서는 인생의 단권(單圈) 중에서 생기는 하나의 매듭, 하나의 분야를 그려낸다. 이러한 매듭에는 풍속에 의거하거나 운명에 의거하거나 또는 한 개인의 성질에 의한 것이어야 한다." (Heyse und Kurz, Deutscher Novellenshatz, 1, Einlei = tung 18.). 전자를 복패(複稗)라 한다. 독일 시가(詩家)들이 말하는 '로망'이 이것이다. 후자는 단패(單稗)라 한다. 독일 시가들이 말하는 '노벨'이 이것이다.

중에서도 국운세태를 상서(詳紋)한 복패의 등장을 기대한다[96]고 적고 있다.

로망스에서 노벨, 오가이의 말을 빌리면 복패에서 단패로의 변화를 진화론적으로 파악하는 쇼요나 사실주의 문학자들의 문학관과 정면으로 대치하는 오가이의 반(反) 진화론적 입장을 여기서 명확하게 확인할 수 있다. 따라서『우키시로』에 대한 오가이의「호치 이문에 붙여」(報知異聞に題す)는 큰 의미를 지닌다.

특히 이 문장은 다른 비평문과 함께『시가라미 조시』7호(1890. 4. 25.)를 통해 다시 발표하고 있기 때문에 단순히『우키시로』출판 축하의 인삿말 정도의 언설이 아니라는 점에 주의해야 한다.

이하의 인용문은 앞서 인용한 바 있지만 다시 한 번 인용한다.

혹자는 말한다, 소설은 시(詩)라고,「호치 이문」은 과연 시로서 가치 있는 것인가, 라고. 아아, 소설은 실로 시다. 서사시다. 그렇지만 그 영역 결코 세상 사람들이 말하는 것처럼 협애한 것이 아니다. 일찍이 단패(短稗 : 단편소설)가 유행하자, 희곡적 분자는 소설에 들어가지 않았다. 일기 리릭(lyrik)과 편지 리릭이 번성하기에 이르러 서정시적 분자 소설에 들어갔다. 이제 소설은 만반의 시체(詩体)를 받아들였고, 또한 거부하는 바 없어졌다고 한다. 에드워드 하르트만(Eduard von Hartmann)은 "서사와 서정, 연극의 분자가 융합된 레제포에지(Lesepoesie)는 어느 부분이 가장 힘이 있는지 묻는다면, 모두 심미학상으로 존립의 권리를 지니는 것이다."라고 말했다. 레제포에지는 독체시(讀体詩)란 뜻으로

---

96) 예를 들면,『무희』의 오타 도요타로(太田豊太郎)는 독일 처녀 엘리스와의 절절한 사랑에 번민하는 한편, 폐쇄적인 일본사회를 짊어지고 있도록 설정한 것도 오가이 가 '국운 세태'를 의식하고 있음을 나타내고 있다.

하르트만은 이 말로 단복(短複)의 패사(稗史)를 총합하여, 이를 폴트라그스포에지(Vortragspoesie)인 음체시(吟体詩)에 대립시켰다. 「호치 이문」은 이제 겨우 초편(初編)이 나왔을 뿐으로 아직 그 전체 국면을 살펴볼 수 없다 하더라도 천지간에 하나의 판도(版図)를 연 것은 나 조금도 의심치 않는 바다.97)

오가이는 "서사와 서정, 연극의 분자를 융합"시킨 또는 "단복의 패사를 총합"시킨 새로운 형태의 소설로서 『우키시로』를 평가하고 있다. 바꿔 말하면, 정치(精緻)한 인정소설적 요소와 '국운세태'라는 거대 로맨스의 요소가 혼합된 작품이 『우키시로』라는 것이다. 심미학이라는 비역사적 프리즘을 통해 바라본 『우키시로』란 작품은 일기나 편지와 같은 서정성은 물론, 국운세태와 같은 서사성까지 겸비한 새로운 형태의 소설이었던 것이다.

4) 대중 신문소설

류케이는 1883년(메이지 16) 11월 14에 출판한 『역서독법』(譯書讀法)에서 "인생의 고락은 사회에서 생기는 것이 극히 많다."고 하면서, "인생의 이른바 행복이란 것은 대부분 인류의 군거(群居)에서 생기는 것이기 때문에 인류의 환락(患落)은 항상 사회에서 오는 경우가 많다."고 설명한다. 인생의 문제를 사회라는 외재적 환경과 관련시켜 바라보는 류케이에게 문학작품이 그려내는 모든 '즐거움' 또한 사회적 상관관계 속에서 파악된다.

---

97) 森鷗外, 「報知異聞に題す」. 인용은 『明治文學全集(15) 矢野龍溪集』.

류케이는 고요나 로한과 같은 겐유샤의 인정세태 소설을 인정하고 있었다. 그러나 소설 창작을 인정세태의 사실주의적 방법이란 협소한 범위 내에 한정시켰을 경우, 작품세계는 창작주체의 즉자적인 세계에 국한될 수밖에 없고, '적도 직하'나 '국운세태'와 같은 비경험적 세계는 그려낼 수 없다는 한계를 류케이는 알고 있었다. 다시 말해, 류케이의 문학이 사회적 상관관계 속에서 비경험적 정치세계를 구축해 낼 수 있었던 반면, 논리적으로는 사실주의 문학세계는 더 이상 개연의 세계를 그려낼 수 없는 것이다.

『우키시로』를 둘러싸고 전개되었던 각종 논의 중에서, 문학의 사회성과 관련하여 또 하나 주목하고 싶은 것은 신문소설에 관한 류케이와 쇼요의 차이다. 이것은 직접적인 논쟁 형태를 취한 것은 아니지만, 사회적 산물로서의 소설 및 소설가에 관한 두 사람의 인식 차이를 엿볼 수 있기 때문에 흥미롭다.

두 사람의 신문소설에 관한 인식의 차이는 「우키시로 입안의 시말」을 이해하는 중요한 단서가 되기도 한다.

1890년(메이지 23) 1월 16일, 『호치 신문』에 류케이의 우키시로가 연재되기 시작하자, 그 다음 날인 17일부터 18일까지 쇼요는 『요미우리 신문』에 「신문지의 소설」(新聞紙の小說)이란 문장을 싣고 있다. 「신문지의 소설」이 우키시로를 겨냥해서 썼는지 여부는 단정할 수 없다. 그러나 새해 들어서자마자, 『호치 신문』은 대대적으로 우키시로를 선전했고, 문단 내에서도 류케이의 새로운 소설에 관한 이야기가 회자되고 있었다. 따라서 쇼요가 이 문장을 쓸 때, 우키시로 연재를 염두에 두었을 가능성은 충분히 생각할 수 있다.

「신문지의 소설」에서 그는 전달 매체에 따라 소설을 책자소설(冊子小說)과 신문소설로 분류한다.

> 내가 생각하기에는 신문에 소설을 싣는 것의 시비(是非)는 서양의 풍속을 물을 필요도 없다. 신문지의 임무는 원래부터 보도만이 아니기 때문에 독자의 즐거움의 재료를 만드는 것도 좋다. 단 신문지의 독자는 소수가 아니라(내실은 어찌 되었건 겉으로는) 사회 전체이므로 현우(賢愚), 노소(老少), 남녀(男女)를 불문하는 것이 바로 신문지와 책자의 다른 요점이다.98)

책자소설과 신문소설의 상이점은 독자의 차이에 있다. 문학작품을 이해할 수 있는 한정된 독자를 상정한 책자소설과는 달리, 신문소설은 무한한 독자층인 '사회 전체'를 상대로 하기 때문에 사회의 '화(禍)가 되는 씨앗'(禍の種)을 뿌리지 말라고 쇼요는 경계한다.

거기다 "신문기자로서 철학자 또는 미술가라고 자처한다면, 이는 어린 애에게 사후세계를 설교하는 자거나 그렇지 않으면 옛 골동품을 보이면서 자랑하는 자"라면서 당시 신문기자의 낮은 사회적 지위를 가감 없이 드러내며 비판한다. 다시 말해, 사회 전체를 대상으로 하는 신문소설을 높은 지식이 없는 신문기자가 쓴다는 것은 사회적 화근을 만들어 낼 우려가 있으니, 함부로 기사나 소설을 쓰게 해서는 안 된다는 것이다. 사회적인 파급력이 높은 신문소설이지만, 바로 그 때문에 현재까지의 "신문지의 소설은 순전한 문학적 소설로 볼 수 없다."는 것이다. 쇼요의 우민관,99) 신문기자와 신문소설가 및 신문소설 그 자체에 대한 그의 편견

---

98) 坪內逍遙, 「新聞紙の小說」.

을 엿볼 수 있다.

이 지점에서 두 사람의 신문소설, 나아가서는 문학적 본질에 대한 근본적 차이가 생긴다. 이미 신문지상에 소설을 연재하던 류케이는 「우키시로 입안의 시말」에서 역사나 도덕서와 변별되는 소설의 가장 큰 특질로 '즐거움'이란 요소를 들고 있다. 류케이가 생각하는 독자란 일부 문학 비평가로만 국한된 것이 아니라, 보통의 일반 대중들이다. 따라서 문학은 그들 일반 대중의 '즐거움'을 위한 문학이어야 한다는 것이다.

소설은 널리 세상 사람들을 상대로 하는 것이다. 소설의 우열을 감정하는 자는 세상의 독자다. 작가도 또 그 본심에서는 굳이 한두 사람을 상대로 하는 것은 아니다. 문학세계의 몇몇 사람들을 즐겁게 하고자 함이 아니다. 후세에 지기(知己)를 기다리는 것도 아니다. 다만 현세의 독자에게 즐거움을 주고자 함에 있다.[100]

---

99) 오가이는 「明治二十二年批評家の詩眼」에서 요다 갓카이(依田學海)의 『세군』 평과 쇼요의 '신문지 소설'을 비교하면서 "갓카이에게는 권선징악 경향의 그림자가 있을 뿐인데, 쇼요에게는 그 형체가 있는 것과 같다."라 말하고 있다. 그리고 "쇼요는 식자(識字)사회 개명(開明)의 도가 낮다는 것을 인정하기 때문에 약간 이들을 어린아이로 바라보는 것 같다."며 쇼요의 우민관을 비판한다. 또 사회의 '화가 되는 씨앗'에 관해서도 그에 대한 판단은 "각 개인의 견해에 있다. 각 개인의 견해는 선천적인 유전도 있을 것이고, 후천적으로 얻은 것도 있을 것이다."라고 하면서 작품에 그려진 세계에 대한 판단은 그것을 읽는 독자의 책임에 귀속시켜야 하며, 작자나 비평가가 미리 권선징악을 판단할 필요는 없다고 주장한다. 게다가 "쇼요는 '절대적으로 아름다운 것'도 신문의 소설란에서 잘라내려 한다. 미술(美術)에 포함되어야 할 것도 이를 배제하려 한다. 제거하고 자 하는 것은 외설이 아닌 남녀의 정, 도욕(導欲)이 아닌 도협(盜俠)의 흔적에 이르렀다." 며 쇼요의 신문소설에 관한 과민 반응을 비판한다.
100) 야노 류케이의 「우키시로 입안의 시말」.

신문소설의 문학적 완성도에 관한 평가조차 언급하려 하지 않았던 쇼요에 대해 류케이는 전혀 다른 방향에서 신문소설 및 문학을 생각하고 있다.

류케이는 문학세계의 몇몇 사람들, 이른바 전문 문학가들의 '즐거움'을 거부하면서, '널리 세상 사람들'과 같은 대중을 소설의 정당한 평가자라 선언한다. 이러한 선언의 저변에는 독자들과 유리하여 문학적 독자성만을 구축해 갔던 사실주의 인정세태 소설의 자기만족적 문학세계에 대한 비판의식이 흐르고 있다. 또한 일반 독자와 함께 호흡하고자 하는 류케이의 독자중심 문학관은 자유민권운동기를 거치면서 쌓아온 류케이의 계몽가적 작가의식에서 배양된 것이라고 할 것이다.

이 점을 로안은 아세주의(阿世主義)라고 격렬하게 비판한다. 류케이가 대중을 위해 문학을 쓰고, 그들의 '즐거움'을 문학의 본질로 삼는 것은 대중추수적인 저급한 문학이라는 것이다. 실제로 이와 같은 류케이의 문학관 때문에 『우키시로』에서 대중문학의 원류를 찾는 경우도 있으나, 류케이의 독자관이 반드시 아세주의가 아님은 1895년(메이지 28) 1월의 『제국문학』(帝國文學)에 발표한 「지금의 문학사회에 대한 희망 한 가지」(今の文學社會に對する希望の一ヶ條)[101]란 문장에서 알 수 있다.

예전에 "소설의 요(要)는 사람들에게 쾌감을 주는 것에 있다."고 말했더니 이 쾌감이란 뜻을 오해하여 그 사람으로 하여금 분노케 하고 울게 하는 여러 비극은 내가 생각하는 이상과 맞지 않는 것이라고 간주한 자 있었다. 겨자 잎을 삼켜 울음이 나오더라도 맛있음을 잃지 않고,

---

101) 矢野龍溪, 「今の文學社會に對する希望の一ヶ條」, 『帝國文學』 1895. 1.

기다유부시(義太夫節)로 우는 것은 쾌(快)가 그 속에 있으니, 슬퍼 우는 자, 매워 우는 자 둘다 쾌감이라는 것을 잃지 않는다.

독자를 상정하여 그 즐거움을 추구한다는 점에서 류케이의 소설은 대중지향적인 측면을 내포한다. 그러나 그 즐거움이란 쾌감이고, 쾌(快)와 동일한 개념이다. 쾌감은 또한 말초적인 단순 자극만을 의미하는 것이 아니라, 인간의 희로애락이란 감정과 작품 속의 대상세계가 동화되었을 때 생겨나는 감동을 말한다.

이는 소설만이 아니라 문학예술 일반에 적용할 수 있는 고도의 정신적 만족을 의미한다. 공적으로 발표된 작품은 그것이 어떠한 형태든 감상하는 감상자에게 감동을 주고, 쾌감을 느끼게 해야만 작품으로 성립하고 그것이 작품의 평가기준이 되어야 한다는 것이다.

이러한 신문소설의 독자에 관한 인식의 차는 당연 작품세계에도 영향을 끼친다. 류케이는 『우키시로』에서 훌륭하고 비범한 영웅들 사이에 지극히 평범한 상인(常人)으로 가미이 세이타로라는 인물을 설정한다. 『우키시로』에는 메이지 전제정부의 요인들이나 당시 각광을 받던 국수주의자와 같은 지사(志士)적 영웅이 아닌 가미이와 같은 평범한 사람의 시선이 무엇보다도 중요했다.

그리고 상인인 가미이의 입장에서 우키시로마루의 활동을 보고 듣고 말하기 때문에 이 때의 『우키시로』는 가장 일반적이고 평범한 상인인 신문소설 독자들이 수긍하고 납득할 수 있는 소설이 된다. 바꿔 말하면, 가미이를 통하여 일반 신문소설 독자들은 우키시로마루의 경험을 간접 체험하면서 감동하는 것이다.

류케이가 말하는 상인이란 단순히 맹목적인 대중을 의미하지는 않는다. 류케이는 "무릇 세상 일을 조정하고자 하는 마음을 갖는 자는 불구자의 마음을 갖고 천하의 일을 꾀해서는 안 된다. 늘 상인(常人)의 마음으로 이에 응당한 수단을 강구해야 한다."[102]며, 모든 사회개혁의 준거기준으로 이 상인을 설정한다.

다른 어떤 문학자들의 작품보다 상인의 눈으로 보고 말하는 『우키시로』는 소설가로 하여금 "오늘날과 같은 개혁의 시대에 국민생활의 설명자가 되어, 국민이 나아갈 이상을 심어주는 것 또한 그 직분 중 하나"[103]라는 메이지 국민문학 발생기에 가장 유효하고 적절하게 적응하였다.

또한 류케이는 「지금의 문학사회에 대한 희망 한 가지」에서 소설의 본질이 즐거움이기는 하지만, 그렇다면 과연 소설은 "일종의 감상을 부여하는 데 머무르는가?"라고 자문한다. 그러면서 문학이 사회 및 개인에 대해 "단순히 쾌락만이 아니라 그 위에 다른 이익"을 더불어 부여한다고 말한다. 이 때의 이익이란 말할 것도 없이 「우키시로 입안의 시말」에서 제시한 부산물(副産物)이다. 이 부산물은 주산물이 아닌 이상 작품의 즐거움을 해치는 일은 없다.

소호는 「문학자의 목적은 사람을 즐겁게 함에 있는가」(文學者の目的は人を樂ましむるに在る乎)[104]라는 평론에서 우선 "문학자의 객관적인 목적은 사람을 즐겁게 함에 있다."고 말한다.

그들이 주관적으로 지니는 목적은 사람을 즐겁게 함에 있는 것이

---

102) 矢野龍溪, 「詩歌俳諧論」, 『報知新聞』 1886. 12. 17.~19.
103) 「小說家の理想、人生の觀念」, 『國民新聞』 1890. 3. 5.
104) 德富蘇峰, 「文學者の目的は人を樂ましむるに在る乎」, 『國民之友』 39, 1889. 1.

아니라 인간 사회에 서서 진리와 선악, 미묘(美妙)를 일관하는 고상하고 박대(博大)하고 진지한 관념의 관찰자고 설명자에 있다고 해야 할 것이다. …… 말을 바꿔 말하면, 그들은 인간 사회에서 일종의 밀봉(密蜂)이다.

객관적 측면에서 문학의 본질은 사람을 즐겁게 하는 데 있지만, 소설 창작자들의 주관에 착목했을 때, 그들의 담론은 결국 인간 사회를 토대로 한 목적의식적인 자기주장과 계몽주의자로서의 '설명자'란 측면을 부정할 수 없다. 이 주관적 목적이 바로 류케이가 말하는 부산물로서 "그 결과는 즉, 인간을 즐겁게 함"이기 때문에 이 또한 소설의 본질에서 벗어나는 것은 아니다.

『우키시로』와 같은 소설은 현재 사회를 비판하면서 향후 일본이 나아갈 진로를 그린 계몽적 소설이라 하더라도 제시된 작가의 사회의식이 작품의 재미와 호응하는 한, 잘 만들어진 소설이다. 그러한 계몽성이 오히려 소설적 재미를 배가시킨 것이다.

독자의 감수성과 호응하는 감동이라는 정산물(正産物)과 이러한 부산물이 균형을 이루었을 때, 소설은 아세주의로 전락하지 않을 것이고, 역사나 도덕서와는 구별되는 독자적인 문학영역을 확보해 낼 수 있는 것이다.

5) 문학의 공공성

류케이는 반드시 쇼요 등이 주장하는 인정세태 소설이나 그 흐름을 이어받은 겐유샤 문학을 전면적으로 부정한 것은 아니다. 류케이가 앞서 언급한 것과 같이 오자키 고요나 고다 로한에 동감했던 것도 그들 소설이

지녔던 독자에 대한 강력한 호소력과 감동을 크게 평가했던 것으로 이는 류케이가 지향했던 소설적 즐거움을 그들 소설에서 찾아냈기 때문에 가능했다. 황당무계한 전근대적 소설에 비해 작품 내 세계가 보다 체계적인 정합성을 가지게 되었다는 점, 그리고 그것이 문학상의 진보라는 점에서 이들을 인정했던 것이다.

다만, 류케이는 그러한 문학이 인정소설적 취향만을 고집함으로써 발생하게 될 문학의 협소화를 우려한다. 실제로 소설의 정치성을 거세해 버린 겐유샤 문학이 보여주고 있듯이 이후의 사실주의 문학은 현실 사회의 여러 문제를 방기하거나 안이하게 대처한다. 그래서 지배 이데올로기에 쉽게 편승해 버리는 우를 범한다.

이들 겐유샤 문학을 비롯한 일본 근대의 사실주의 문학에 비해, 류케이가 지향한 소설세계는 항상 정치사회적 문제의식을 담보한다. 이는 문학은 국가나 사회로부터 분리된 채 존재할 수 없다는 류케이의 문학관에 기인한다. 문학의 공공성을 견지하고자 한 류케이의 문학관은 세계 인식에서도 언제나 상대적 균형감각을 유지한다. 그 어떠한 당파적 정치주장보다도 '널리 세상 사람들'에게 받아들여질 수 있는 보편적 세계를 지향하고, 그러한 균형감각 하에 문학과 사회 현실을 끊임없이 연동시키고 있다.

자유민권운동기의 정치소설적 문학의식을 계승한 『우키시로』와 류케이의 문학의식은 이후 젊은 세대 문학자들에게 이어졌는데, 이는 예컨대 1900년대 초반 들어 새롭게 전개된 사회소설이나 사회주의 소설의 등장과 연결된다. 특히 『우키시로』가 그러하듯, 1902년(메이지 35)에 쓰인 류케이의 『신사회』(新社會)도 일본 자연주의 문학의 대두에 대한 안티테제로서, '정치의 상상'이라는 정치소설적 전통이 동시대적 시대상황과 조응하면서 형상화된 작품이라 할 것이다.

4. 대중문화의 상상력

1) 공상과학물(SF물)의 상상력

흔히 대중문화[105]라고 하면 영화나 드라마처럼 불특정 다수가 향유하는 문화를 떠올린다. 일본의 경우에는 애니메이션이나 만화 같은 것을 우선 연상할 것이다. 특히 한국에서도 유명한 미야자키 하야오(宮崎駿) 감독의 애니메이션은 일본의 대중문화를 대표한다고 할 수 있다. 그러나 대중문화라 해도 미야자키 감독의 작품은 일반 예술영화와 경쟁하여 각종 국제 영화제에서 최고의 평가를 받았다. 즉 애니메이션과 같은 대중문화는 이제 어린이 오락물의 영역을 넘어 영화예술의 한 영역으로 그 입지를 마련했다고 할 것이다.

미야자키 감독은 소년과 소녀를 주인공으로 삼거나, 인간과 신 사이의 경계로서 숲을 설정하거나, 창공이나 무국적성 등[106] 제3의 공간이나 제3의 입장에 서 있는 경우가 많다. 이러한 제3의 입각점은 늘 현실적인 권위나 현실 속의 싸움에서 적절한 거리를 유지한다. 그러한 거리를 통해 현실을 객관적으로 상대화시키는데, 이는 주로 상상력에 의거한다.

'몽상'으로서의 상상력은 현실의 속박에서 벗어나 자유로운 의식세계

---

105) 김창남, 『대중문화의 이해』(한울아카데미, 2003. 9.)에서 경멸적인 대중 개념인 매스(mass) 대신 중립적이거나 긍정적인 함의를 가진 대중성(the popular)이라는 개념을 갖는 파퓰러 컬처라는 용어를 대중문화로 쓴다고 지적한다.
106) 황의웅, 『아니메를 이끄는 7인의 사무라이』, 시공사, 1998. 12, 44~49쪽.

를 구현하기 위한 절대적인 조건이다. 대중소설에 대해 애니메이션이나 만화는 전혀 다른 영역에 포함되고 그 자체로도 서로 상이한 부문이지만, 둘다 그래픽 리얼리티와 상상 시선에 의존한다는 점에서 공통한다. 특히 세 분야 모두 상상력을 통해 현실로부터 자유롭고자 하는 대중적 욕망과 부합되면서 대중들에게 만족감을 준다는 특징을 지닌다.

상상력에 절대적으로 의지하는 애니메이션이나 만화의 가장 큰 모티 프가 모험과 전쟁이다. 일본에서 모험과 전쟁을 다룬 이야기는 모모타로 (桃太郎) 이야기처럼 이미 오래 전부터 있었다. 그러나 근대 과학기술을 전제로 시공간의 현실적 제약을 과학적 합리성으로 극복한 공상과학(SF) 물은 이전 시대의 모험과 전쟁 이야기와는 구별되는 근대적 산물이라고 볼 수 있다. 따라서 현대 사회가 발전하면 할수록 이러한 모험과 전쟁 이야기는 과학기술을 배경으로 삼을 수밖에 없고, 그 때문에 근대적 모험 과 전쟁의 공상과학물은 현대 대중사회를 이해하는 척도가 된다.

본 장에서는 근대 이후에 나타난 이들 공상과학물과 그 상상의 시선을 중심으로 일본 대중문화의 특징과 한계를 고찰해 보고자 한다. 공상과학 물의 출발점으로서 우선 메이지 소설을 상정하고, 그 메이지 소설에 연원 을 둔 공상과학의 모험과 전쟁 이야기가 시대적 변천과 현대 대중문화의 다양한 장르 속에서 어떻게 재구성되어 나타나는지 살펴보고자 한다. 이는 애니메이션과 만화에 관한 "일본 문학이나 일본 사회에 대한 연구와 결합된 연구성과"107)가 거의 없는 현재 상황에서 새로운 연구 영역에 관한 단서를 제공해줄 수 있을 것으로 기대한다.

---

107) 노광우, 「일본 애니메이션의 연구시각 분석」, 한국만화애니케이션학회 엮음, 『일본 애니메이션의 분석과 비판』, 한울아카데미, 1999. 5.

   2) 소설 『우키시로』

   일본에서 근대 이후 모험과 전쟁을 함께 다룬 소설로 우선 떠올릴 수 있는 것이 에도 시대 말부터 번역되어 읽혀졌던 다니엘 디포의 『로빈슨 크루소』나 쥘 베른의 공상과학 소설이다.

   일본인의 작품 중에서는 도카이 산시(東海散士)의 『가인의 기우』(佳人之奇遇)와 같은 정치소설도 모험이나 전쟁을 다루고 있다. 그러나 이들 작품에서 모험과 전쟁은 정치에 비하면 부차적 요소일 뿐 근대 과학기술 그 자체에 관한 관심은 찾아보기 어렵다.

   이에 반해 모험과 전쟁을 근대 과학기술과 접목시켜 소설로서 적극적으로 표현한 작품이 『우키시로』다. 작품의 등장인물들이 고안한 각종 최신 무기와 기구, 이국적인 동남아시아의 지리학적 지식은 스토리 자체의 재미 외에도 작품을 읽는 재미를 배가시킨다. 그리고 이러한 자연과학적 요소가 『우키시로』를 일본 최초의 공상 과학물로 위치시켜 주었다.

   정치소설 『경국미담』의 성공으로 류케이는 약 2년 4개월 동안 서구를 순방한다. 그리고 1896년 8월 귀국하자마자 자신이 사장으로 있던 『호치신문』을 대대적으로 개량한다. 정치논설을 중심으로 한 대신문(大新聞) 시스템을 바꿔 대중들이 평이하게 읽을 수 있는 신문으로 체제를 대폭 개혁한 것이다. 이 때 신문 개혁의 일환으로서 연재한 작품이 바로 이 『우키시로』다.

   작품의 제목에서 말하는 우키시로란 부성(浮城) 즉, 한 곳에 머물지 않고 떠다니는 성을 의미한다. 이 떠다니는 성은 작품 속에서 최고의 과학기술로 무장한 거대 전함 우키시로마루(浮城丸)를 가리킨다. 이 전함은 원래 중국에서 주문하고 유럽에서 제작한 것으로 중국으로 향하던 중에 동남아시아 해상의 해적들에게 약탈당한다. 사쿠라와 다치바나가 해적들이 약탈한 이 전함을 다시 빼앗은 것이다.

이야기는 떠다니는 이 성을 타고 112명의 일본인이 새로운 국가 건설을 위해 일본을 떠나면서 시작한다. 그들은 앞에서도 언급했던 것처럼 모두 일본 국적을 버리고 모험을 떠난다. 그리고 상상의 섬 해왕도에 새로운 국가를 세워 마다카스카르와 아프리카를 개척하고, 나아가 전 세계를 제패한다는 원대한 꿈을 꾼다.

그러나 그들의 이 거대한 이상을 실현하기 위한 도정은 결코 순탄한 것이 아니었다. 영국, 네덜란드와 같은 서구 열강과 해전을 벌이기도 하고, 동남아시아의 약소국 요코카르타(橫輕太)의 독립을 지원하여 전투를 펼치기도 한다. 결국 요코카르타가 서구 열강으로부터 독립을 지켜내고, 우키시로마루는 새로운 여행을 떠나면서 이야기는 끝이 난다.

이 작품은 연재와 함께 대중적인 인기를 얻지만, 로안이나 닌게쓰는 인정과 세태의 사실주의적 입장에서 작품의 허구성을 격렬하게 비판한다. 또 류케이가 『우키시로』「자서」(自序)나 「우키시로 입안의 시말」에서 주장한 소설의 오락성에 관한 적극적인 의미 부여는 적지않은 반향을 불러일으켰다.

독자의 감수성을 염두에 둔 류케이의 대중지향적 창작태도는 이미 1883년(메이지 16)과 그 다음 해에 발표한 정치소설 『경국미담』에서부터 시작된 것이다. 류케이는 오늘날의 대중문화가 지니는 대중성의 중요성을 일찌감치 인식하고, 그러한 대중적 지지를 얻을 수 있는 작품을 훌륭하게 완성시켰다.

다른 한편, 류케이가 소설을 통해 대중적 오락성을 적극적으로 평가한 것에 대해 로안 등이 비판을 가한 것은 오늘날의 대중문화에 대한 비판적 발상과 상통한다. 바꿔 말하면, 대중문화의 상상력은 오랜 기간 비판을 받아 왔고, 그 한편으로 이러한 대중문화의 단초들은 대중적 비호 하에 유지되어 왔던 것이다.

류케이 작품에 관한 대중적 비호는 상상력에 의한 허구적 가상세계와 밀접하게 관련되어 있다. 우키시로마루는 사쿠라 등이 독자적으로 개발한 각종 신무기를 장착한 성으로, 노아의 방주처럼 현실과 이상의 경계선인 해상을 떠다닌다. 그 자체로 자기 완결적이고 독자적인 공간을 형성하는 것이다. 미야자키 감독이 『하울의 움직이는 성』이나 『천공의 성 라퓨타』에서처럼 현실과 격리된 제3의 공간으로서 '성'을 설정하였던 것과 마찬가지로 『우키시로』 또한 현실 세계에서 벗어나 자유로운 시선을 확보하기 위한 상상의 공간으로서 성을 설정한 것이다.

실제로 이 작품의 가장 큰 특징은 앞에서 자세하게 언급했던 것처럼 하늘의 한 시점, 즉 상상의 한 시점에서 내려보는 부감시선이다. 상상의 한 지점에서 대상세계를 조감하는 시선은 그 대상의 전체적인 윤곽을 제시해 준다.

제7회에 나온 세계지도나 제19회에 나온 우키시로마루의 부감도가 그 대표적인 예라 하겠다. 또한 부감도는 <그림 10>과 <그림 11>처럼 적 함대 5척과 우키시로마루가 격돌하는 전체적인 양상을 상상할 수 있도록 도와준다. 간략한 모형과 동선(動線)을 통해 해상에서 발생한 치열한 전투 과정을 관념화시켜 주면서, 일목요연하게 전투의 전체 과정을 정리해 준다. 시공간을 초월한 시각적 전체상의 제시는 글자만 쫓아갔을 때 자칫 놓치기 쉬운 스토리에 대한 독자의 이지적 이해를 촉진시켜

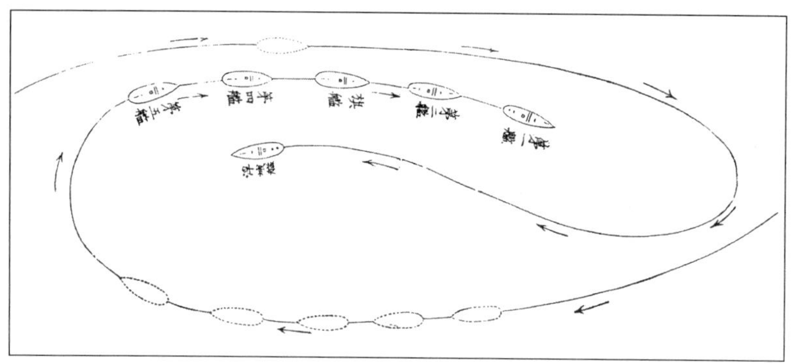

〈그림 10〉 우키시로마루와 적 함대의 전투도 (1)

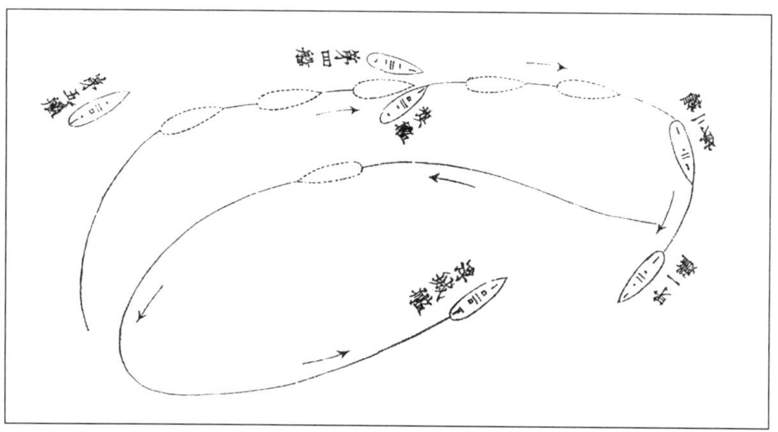

〈그림 11〉 우키시로마루와 적 함대의 전투도 (2)

주는 것이다.

그뿐만이 아니라 추상화된 이미지로서의 삽화는 독자들의 상상력을
적극적으로 유도한다. 문자만으로 스토리를 파악하던 독자들은 그림을
보면서 우키시로마루의 전체상이나 그 움직임을 입체적으로 구상화할

수 있게 된다. 이 때 독자의 상상력이 적극적으로 개입한다. 독자의 상상력이 개입되면 될수록 작품 그 자체는 독자들에게 리얼리티를 제공하게 되고, 그러한 리얼리티는 독자의 재미를 유발한다.

앞의 Ⅱ-2에서 언급한 것처럼 삽화만이 아니라 전투 장면에 대한 묘사 또한 대단히 자유롭다. 자유자재로 움직이는 카메라 앵글처럼 전체적인 장면에서 세부적인 장면에 이르기까지 내레이터 의식의 전개과정에 따라 작품세계는 자유롭게 그려진다. 이는 곧 내레이터의 시선이 현실에 구애받지 않고 자유롭다는 것을 의미한다. 현실에서 한 발자국 떨어져 바라보는 시선은 당시로서는 참신한 발상으로서, 대상에 대해 자유롭게 사고할 수 있는 장치이기도 했던 것이다.

상상의 시선은 또한 우키시로마루의 폭력성을 일정하게 제어하는 역할을 한다. 예를 들면, 제22회에서 해적과 싸웠던 우키시로마루 사람들은 적함에 올라가 죽은 시체를 살펴본다. 그리고 "승자는 전쟁을 아무렇지 않게 생각하지만 패자는 이렇게 무참한 것이로구나. 우리들도 앞으로 이러한 고깃덩어리로 변할지 모른다고 생각하니 참으로 불쌍한 마음 그지없다."며 작중 내레이터이자 주인공인 가미이(上井)는 패자에 대해 연민의 정을 느낀다.

가미이는 전쟁이 얼마나 가혹한 무참함을 초래하는지, 그리고 그러한 무참함을 자기 자신도 당할 수 있다는 것까지 상상해 낸다. 이렇게 가미이에게는 자기 자신이 어느 위치에 있으며, 향후 어떠한 입장으로 전락할 수 있는지를 생각한다. 이러한 자기 상대화의 노력 속에는 스스로를 반성할 수 있는 자기반성의 계기가 항상 내포되어 있었던 것이다.

『우키시로』는 전투 장면이 등장할 때마다 자기 상대화의 제어장치를 작동시켜 말초적이고 폭력적으로 흐르기 쉬운 전쟁이야기에 제동을 건다. 동시에 스토리 전개에 몰입해 있는 독자에게도 스스로를 환기시키도록 촉구한다. 이러한 자기 제어의 기능은 대승적 견지에서 현상을 조감할 수 있는 상상의 시선, 또는 타자의 입장에 설 수 있는 자유로운 시선을 확보할 수 있었기에 가능한 것이었다.

『우키시로』의 공상과학적 요소는 메이지 30년대 이후,『해저군함』(海底軍艦, 1900. 11)을 비롯해 해양 모험소설을 발표한 작가 오시카와 순로(押川春浪)의 소설로 이어진다.[108] 근대 과학기술 문명의 가능성을 소설 속에서 형상화한 점, 현존하는 일본에 대해 새로운 일본을 건설하고자 하는 의지를 강력히 제시한 점이『우키시로』를 잇는 특징이다. 물론 오시카와 순로가 소설 속에서 제시한 일본 내셔널리즘에 관해서는 아직 검토의 여지가 남아 있다.

오시카와 소설의 내실은 일단 차치하더라도, 이후 전개되었던 일본 제국주의의 내셔널리즘에 대해 무비판적인 공상과학물의 흐름은 쇼와(昭和) 시기 최대 대중작가인 야마나카 미네타로(山中峯太郎)로 연결된다.[109] 소년구락부(少年俱樂部)를 중심으로 군사모험소설의 대표적 작가가 된 야마나카 미네타로는 일련의 작품 속에서『우키시로』와『해저군함』의 명맥을 이어 공상과학모험을 다루었는데, 특히『우키시로』의 원경에 있는 메이지 20년대의 남진론(南進論)의 내셔널리즘적 흐름을 이어간 점에서 그 특징이 있다. 여기서 주의해야 할 점은『해저군함』이나 야마나

---

108) 越智治雄,「『浮城物語』から『海底軍艦』まで」,『國文學』臨時増刊号, 1975. 3.(『文學の近代』, 砂子屋書房 재록).

109) 上笙一郎,「日本兒童文學におけるナショナリズムの系譜—『浮城物語』から山中峯太郎へ」,『日本文學』1961. 10.

카 미네타로의 공상과학물의 독자였던 쇼와기 소년들이 이후 다루게
될『우주전함 야마토』의 관객이 된다는 사실이다.

3) 애니메이션『우주전함 야마토』

1945년 8월 일본의 전쟁 패배 이후, 현대 대중문화 속에서『우키시로』
의 상상력을 가장 직접적으로 계승한 작품은 마쓰모토 레이지(松本零土)
감독의『우주전함 야마토』(宇宙戰艦ヤマト)다.[110]

1974년 텔레비전 만화영화로 출발하여 1977년 극장용 애니메이션으
로 개봉된 이 작품은 그동안 어린이용 만화영화나 TV만화와는 달리
형이나 누나를 대상으로 하는 애니메이션으로, 이후 애니메이션 붐의
기폭제로 작용하였다.[111] 텔레비전에 방영되었을 때와는 다르게 극장에
서 상연되었을 당시, 이 작품은 관객들이 밤을 새워가며 기다릴 만큼
선풍적인 인기를 얻는다. 천만 관객을 동원한 영화[112]로서 국민적 관심을
끌었는데, 그것은 이 작품이 어린이나 청소년만이 아니라 어른들에게도
충분히 어필할 수 있는 내용을 담고 있었기 때문이다.[113]

도입부에 아무런 화상 없이 장엄한 주제곡만으로 시작하는 이 영화에
서 처음 제시되는 장면은『우키시로』와 마찬가지로 우주의 한 지점에서

---

110)『우주전함 야마토』와『우키시로』의 관련성에 관해서는 오치 하루오(越智治雄)의
  앞의 논문과『近代文學の誕生』(講談社, 1975. 9.)에 간단하게 언급되어 있다.
111) 오오쓰카 에이지·사카키바라 고 지음, 최윤희 옮김,『망가·아니메』, 열음사,
  2004. 12.
112) 실제로는 470만 관객을 동원하고 21억 2천만 엔의 흥행 수입을 올렸다고 한다.
  이는 당시의 인플레이션이나 문화적 저변을 고려해 봤을 때 1300만 명을 동원한
  미야자키 감독의『원령공주』(1997년)의 관객 동원율을 능가하는 수치라고 한다.
  송락현,『일본 극장 아니메 50년사』, 스튜디오 본프리, 2003. 7.
113) 앞의 越智治雄,『近代文學の誕生』.

상상으로 내려다본 지구다. 그리고 한순간에 전 생물이 사라지고 바다까지 말라버린 황폐한 모습의 지구로 바뀐다. 우주로부터의 유성폭탄 공격 때문에 지구는 방사능에 완전히 오염되고, 그래서 지구인들은 땅 밑에 숨어 살게 된다. 이에 제2차 대전 당시 침몰했던 전함 야마토를 우주선으로 부활시켜, 14만 8천 광년 떨어진 이스칸달에서 방사능 제거장치를 구해온다는 공상과학 로망스가 이 애니메이션의 내용이다.

이 같은 작품의 대중적 인기는 일본 대중문화의 대표적 표상인 오타쿠들의 등장에 결정적인 역할을 수행한다. 『신세기 에반게리온』(1997년)으로 오타쿠의 대표 주자가 된 안노 히데아키(庵野秀明) 감독은 이 작품을 통해 애니메이션에 입문하였다고 한다.

> 『우주전함 야마토』는 그 전까지 소외되어 있던, 애니메이션 팬들의 존재를 세상에 처음으로 알린 작품이었다. 당시엔 뭐랄까…… 이름없이 지내던 천민이 처음으로 시민권을 얻은 기분이 들었다.『우주전함 야마토』의 성공 이후 많은 사람들이 애니메이션이라는 매체에 관심을 표명하게 되었으니까.114)

1945년을 전후하여 태어난 단괴세대(団塊の世代)가 학생운동이나 전공투의 공통체험을 가진다면, 1970년대 초반 청소년기를 보내며 『우주전함 야마토』에 열광한 세대는 안노 히데아키의 오타쿠, 또는 신인류(新人類) 세대들이다. 그들에게 『우주전함 야마토』는 단괴세대의 학생운동과 마찬가지로 "또래 세대들의 체험을 하나로 엮어준, 소중한 작품"115)으로

---

114) 「안노 히데아키와의 인터뷰」,『씨네 21』166, 1998. 9. 1.
115) 위의『씨네 21』기사.

186

서 공통의 기억 속에 남아 있다.

작품에는 화려한 우주선의 전투신이나 거대한 함포를 비롯해 최첨단 과학기술을 구사하는 막강 무적의 야마토가 그려진다. 그리고 이들 '또래 세대'는 열심히 우주전함의 기술적·과학적 구조에 심취하면서 오타쿠 문화를 형성한다. 이러한 과학기술의 메커니즘적 요소가 안노 히데아키와 같은 당시의 어린 오타쿠 예비군들을 매료시켰던 것이다. 이는 앞 장에서 살펴보았던 것처럼 다카가키 히토미가 『우키시로』의 전함에 매료되었던 감수성과 상통하는 것으로서, 『우키시로』에서 『신세기 에반게리온』에 이르는 모든 공상과학물의 특질이라고 말할 수 있다.

한편 『우주전함 야마토』가 큰 인기를 얻은 시점은 1945년의 패전을 전후하여 『해저군함』이나 야마나카의 모험소설을 읽으면서 소년기를 보낸 오치 하루오(越智治雄) 같은 세대들이 어른이 되었을 때다. 전쟁기간 중에 청소년기를 지낸 오치 하루오가 지적하듯이, 지구를 공격하는 "데슬라 총통에게서 히틀러의 이미지를 발견할 수 있듯이 어른들에게는 제2차 세계대전의 이미지가 중첩되어 보인다. 때문에 향수나 회고 취향이 아닌 절실한 체험에 기반을 둔 …… '로망'에 대한 꿈에 이끌렸다는 점에 중년들이 공감"[116]했다는 것이다. 데슬라 총통의 강압적 권위와 그로 인한 가미라스 문명의 파멸이 전쟁중에 경험한 '절실한 체험'에 관한 기억을 불러일으켰고, 다른 한편으로는 거대한 로망의 세계로 이끌었다는 것이다.

실제로 『우주전함 야마토』에는 1945년 4월, 300여 척의 미국 함대와 싸우기 위해 호위함 10여 척만 이끌고 편도 연료만을 실은 야마토 함대가 출동하는 장면이 등장한다. 그리고 마침 그 부근에서 고기를 잡던 한

---

116) 앞의 越智治雄, 『近代文學の誕生』.

어부가 그 모습을 보면서 그의 아들과 다음과 같은 대화를 나눈다.

아버지 야마토다.
아들 야마토?
아버지 그래, 잘 봐 둬라. 저것이 전함 야마토다! 일본 남자의 배다!
잊어버리지 않도록 잘 기억해 둬라.

1945년 당시 어부의 아들 정도의 나이였을 오치 하루오나 마쓰모토 레이지 감독은 이 어부가 당부한 것처럼 1970년의 시점에서 과거의 기억과 중첩시켜『우주전함 야마토』를 만들고 감상하였다. 이렇듯 이 작품 곳곳에는 제2차 대전 당시의 기억이 남아 있고, 바로 이러한 기억이 어른들로 하여금 만화영화『우주전함 야마토』에 관심을 갖게 하는 동기가 되었다.

그런데 거대한 전함을 타고 모험을 떠난다는 점, 각종 최첨단 과학기술을 구사한다는 점에서『우키시로』와의 관련성을 쉽게 찾아볼 수 있지만, 그 밖에도 두 작품은 다양한 공통점을 지닌다. 예를 들면,『우주전함 야마토』의 목숨을 건 모험에 대원 모두가 자발적으로 참여하는 장면은『우키시로』에서 앞으로의 항해에 대해 구성원 모두가 자발적으로 투표를 하는 장면과 겹쳐진다. 또『우키시로』의 사쿠라나 다치바나와 마찬가지로『우주전함 야마토』의 주인공 고다이 스스무(古代進)의 고다이(古代)나 막말(幕末) 신센구미(新選組)의 오키타 소지(沖田總司)를 연상시키는 오키타(沖田) 함장의 이름 등, 두 작품은 모두 '일본'을 연상시키는 작명법(作名法)을 사용한다.

그리고『우키시로』의 등장인물과 비슷한 캐릭터가『우주전함 야마토』

에도 등장한다. 대표적인 예가 선의(船医) 사토 사케조(佐渡酒造)다. 그는 우키시로마루의 의사 기쿠가와(菊川)나 전장에서 희귀한 식물을 채집했던 지질겸 식물전문(地質兼植物專務) 마쓰모토 도이치와 유사하다. 전체적으로 심각하게 전개되는 스토리 속에서 이들은 코믹 연기로 감상자들에게 웃음을 준다. 특히 마쓰모토가 네덜란드와의 전쟁에서 결정적인 순간에 우키시로마루의 맹장 다치바나를 구함으로써 전체적인 판세를 바꿔놓은 것처럼, 『우주전함 야마토』의 사토도 평상시에는 늘 술만 마시다가 결정적인 순간에 함장 오키타의 생명을 유지시켜 준다.

이처럼 두 작품은 소재나 인물 조형에서 많은 유사점을 지니고 있다. 그런데 더 중요한 것은 이러한 것 외에도, 앞서 지적한 것처럼 『우주전함 야마토』는 『우키시로』와 마찬가지로 상상의 한 지점에서 지구와 우주, 나아가 그들 스스로를 상대화한다.

상상의 시선을 통한 상대화 과정은 영화 속에 삽입된 제2차 대전 당시의 전함 야마토의 침몰 장면에서도 찾아볼 수 있다. 미 항공기 편대의 공격으로 당시 일본 최고의 전함인 야마토가 침몰하는데, 선장이 선체에 자기 자신의 몸을 밧줄로 묶고 배와 함께 침몰하는 장면이 등장한다. 그 장면 바로 뒤에 미군 조종사가 비행기 안에서 야마토를 향해 경의의 뜻을 표하며 경례를 붙인다.

여기서 마쓰모토 레이지 감독은 비록 적이지만 장렬하게 전사하는 야마토 선장에 대한 미군 조종사의 '연민의 정'을 그리고 있다. 이러한 연민의 정은 『우키시로』에서 가미이가 해적의 시체에게서 느낀 연민의 정과 통한다. 가해자인 가미이가 패배자의 위치에 설 수 있었던 것처럼 미군 조종사로 하여금 적인 야마토 선장과의 자기동일화를 이루게 한 것이다. 다만 가미이와 달리 미군의 경례는 야마토에 대한 '연민'의 범주로만 머물렀고, 자기반성으로까지 이어진 것은 아니라는 점에 주의해야 할 것이다.

적에 대한 동정의 시선이 자기상대화와 자기반성의 계기로 진전하는 모습은 주인공 고다이를 통해 드러난다. 고도의 문명을 구축하였던 적 혹성 가미라스 제국을 완전히 파괴하고 난 다음, 주인공 고다이는 눈물을 흘린다. 그리고 수많은 전사자들과 화려했던 가미라스 제국의 폐허를 내려다보면서 스스로를 되돌아본다.

우리들은 어렸을 때부터 남과 경쟁하여 이기는 것을 배우면서 자랐다. 학교에 들어갈 때도, 사회에 나가서도 다른 사람과 경쟁하며 이길 것을 요구받는다. 그러나 이기는 자가 있으면, 지는 자도 있는 법이다. 패배한 자는 어떻게 하란 말인가. 패배한 자는 행복해질 권리가 없다는 것인가. 지금까지 난 그것을 생각해 본 적이 없었다. 나는 슬프다. 그것이 분하다.

패배자의 입장에 서 본 적이 없는 고다이는 완전히 파괴된 가미라스의 폐허를 자기 눈으로 직접 확인하면서 '패배한 자'의 입장에 설 수 있었고, 그동안 전쟁에 대해 자각이 없었던 자신에게 분노한다. 그리고 총을 내버리면서 전쟁의 허무함과 폭력성을 전달하고자 한다. 그러나 그는 그 반성의 눈물 끝에 "유키, 가자! 이스칸달에. 이 이상 뭔가 더할 수 있는 것이 없지 않은가!"라며 현실을 방치한 채 그대로 떠나간다.

『우키시로』와 『우주전함 야마토』는 전쟁 반대와 평화에 대한 희구에서 정도 차이는 있겠지만 지향하는 바는 동일하다. 한 가지 다른 점이 있다면 『우주전함 야마토』에는 히로시마와 나가사키의 피폭 경험, 제2차

대전 패배의 경험이 작품 원경에 위치한다는 점이고, '반핵' 이슈가 포함
된다는 점이다.

즉 가미라스 제국의 유성폭탄으로 방사능에 오염된 지구는 곧 미국의
원자폭탄으로 폐허가 된 일본과 오버랩되어 패전국 관객으로 하여금
'절실한 체험'을 상기시킨다. 피폭 체험자로서의 '절실한 체험'이야말로
가미라스 제국에 대한 동정으로 이어졌고, 패전국 일본 스스로가 그러했
듯이 '어쩔 수 없다'는 체념까지 이끌어 낸다. 즉, '절실한 체험'과 '어쩔
수 없다'는 체념과 현상 긍정의 감수성이 『우주전함 야마토』의 리얼리티
를 빚어내는 것이다.

그러나 여전히 남는 문제는 이 작품이 일본의 거대 전함 '야마토'를
부활시킨다는 점이다. 대미성전의 상징인 전함 야마토의 부활이 곧바로
화려했던 군국주의의 부활을 의미하지는 않을 것이다.

다만, 피폭체험, 전쟁 패배자라는 피해의식은 침략전쟁에 대한 자기반
성의 계기를 상쇄시키거나 망각시킬 우려가 있다. 더 이상 어쩔 수 없다는
현실 긍정, 나아가 안이하게 현재를 수용해 버리는 고다이의 현실인식
태도는 결국 『우키시로』의 가미이가 견지했던 철저한 자기성찰의 계기를
잃어버릴 가능성을 잉태하고 있는 것이다.

4) 만화 『침묵의 함대』

애니메이션 『우주전함 야마토』의 모험과 전쟁, 그리고 반핵을 소재로
한 이야기를 계승하여 전쟁반대와 세계평화를 주장한 현대 공상과학
만화가 가와구치 가이지(かわぐち かいじ)의 『침묵의 함대』(沈默の艦隊)
다. 가와구치 가이지는 소위 정치만화의 선두주자로 그의 만화는 주로

정치를 다루고 있다. 특히 그의 정치성향을 대표하는 이 작품은 1989년부터 1996년까지 7년여에 걸쳐 잡지 『주간 코믹 모닝』(週刊コミックモーニング) 지에 연재된 작품으로 1998년 2월에 완결 단행본이 나온다.

7년여라는 오랜 시간 동안 연재된 작품이지만, 버블 경제 붕괴 이전, 일본의 대미 무역마찰을 비롯하여 미국과의 알력이 심화되었던 시기에 나타난 작품으로 반미 의식을 노골적으로 드러내곤 한다. 또 1990년 5월 20일 중의원 내각위원회에서 공명당(公明党)의 야마구치 나쓰오(山口那津男) 의원이 당시의 방위청 장관 이시카와 요조(石川要三)에게 이 만화를 아느냐고 질문하여 화제가 되기도 한 이 작품은 현 도쿄 도지사 이시하라 신타로(石原愼太郎)의 격찬을 받았다. 즉 1990년대 후반부터 부상한 일본의 네오 내셔널리즘의 부상과 함께 이 작품이 각광을 받기 시작한 셈이다.

미국과 일본이 극비리에 제작한 핵잠수함을 일본 자위대 출신의 함장 가이에다 시로(海江田四郎)가 반란을 일으켜 탈취한다. 가이에다는 원래 시배트(Sea-Bat)란 이름의 이 핵잠수함을 '야마토'로 명명한다. 그리고 일본 국적을 버리고 그 자체로 하나의 독립국가임을 선언한다. 이를 인정하지 못하는 미국과 소련은 함대와 잠수함을 보내 전쟁을 벌이는데, 가이에다의 천재적인 전략전술과 야마토 선원들의 우수한 기술과 정신력으로 강대국 전함과 잠수함을 차례차례 격파해 나간다.

마침내 뉴욕에 입항한 가이에다는 유엔에서 세계의 비핵화와 세계정부의 수립을 주장한다. 한편 유엔 회의장에서 가미에다의 최대 정적(政敵)인 미국 대통령 니콜라스 J. 베네스와 직접 대면하는 순간, 그는 베네스를 보호하고 그 스스로 테러리스트의 총에 맞는다. 이로 인해 가이에다는 생존 가능성이 없는 식물인간 상태에 놓이게 된다.

가이에다가 유엔에서 행한 연설과 그의 죽음은 전 세계에 큰 감동을 주었고, 야마토의 이상에 공감한 각국 잠수함들은 가이에다의 친구 후카마쓰(深町)를 중심으로 새로운 '침묵의 함대'를 구성하여 「신 독립선언」을 하면서 이야기는 끝난다.

총 32권이나 되는 방대한 양과 약 7년이라는 시간이 들어간 만화지만, 작품 속의 시간은 핵잠수함 탈취부터 유엔에서의 연설 장면까지 약 2개월에 불과하다. 그것도 주로 전투 장면을 중심으로 전개되는데, 이것을 제외하면 일본 국적을 버린 자위대원들이 핵잠수함을 무기 삼아 세계열강과 싸우며 세계평화를 지향한다는 간단한 구성으로 이루어져 있다.

따라서 스토리상의 재미는 물론, 박진감 넘치는 해전과 실사에 가까운 잠수함에 대한 묘사와 전문 지식, 거대 강국 미국과 소련을 상대로 통쾌한 승리가 주는 만화적 상상력이 이 작품의 가장 큰 매력이다. 100여 년이 지난 시점에서도 바로『우키시로』나『우주전함 야마토』의 메커니즘적 요소에 대한 감상자들의 열띤 호기심과 감수성이『침묵의 함대』로 이어진 것이다.

『침묵의 함대』에 직접, 간접적으로 영향을 끼친 선행 작품은 다양하겠지만,[117] 이 작품은 일본 국적을 버린다는 점, 새로운 국가를 건설한다는 점, 최신 전함으로서 잠수함을 탈취한다는 점, 미국이나 소련과 같은 강대국에 대해 저항의식을 노골적으로 드러낸다는 점, 세계평화를 지향하는 공상과학물이라는 점에서『우키시로』의 기본 골격을 그대로 답습하

---

117) 田崎弘章,「'原爆文學'の周辺」,『原爆文學研究』2002. 8. 참조. 여기서『침묵의 함대』에 영향을 끼친 것으로 쥘 베른의 소설을 비롯하여 오자와 사토루(小澤さとる)와 지바 데쓰야(ちばてつや), 모로호시 다이지로(諸星大二郎)의 만화, 마쓰모토 레이지(松本零士)의『우주전함 야마토』, 톰 클랜시의 소설『붉은 10월』(1984년 간행. 원제 *The Hunt for Red October*, 1990년 영화화) 등을 들고 있다.

고 있다. 마찬가지로 핵잠수함의 이름이 '야마토'라는 점은 본 작품이 국민적 애니메이션이었던 『우주전함 야마토』와 무관하지 않다는 것을 쉽게 짐작케 한다.

이렇게 만화 『침묵의 함대』는 선행 공상과학물의 뒤를 잇고 있지만, 이전의 작품과 달리 본 작품이 지니는 또 다른 재미로 '캐릭터들의 심리적 전투'118)를 들 수 있다. 가이에다를 중심으로 일본의 정치가를 비롯하여 미국과 소련의 함장 및 정치가, 그리고 미국 대통령이 내거는 다양한 논리의 싸움이 이 작품의 재미를 증폭시킨다.

청장년 남성들이 소설을 경원시했던 메이지 시대와 마찬가지로 『우주전함 야마토』와 『침묵의 함대』 이전의 애니메이션이나 만화는 분명 어린 감상자들의 전유물이었다. 그러나 『우키시로』가 소설 독자층을 청장년층으로 끌어올렸던 것처럼 『우주전함 야마토』와 『침묵의 함대』는 청장년 남성에게도 커다란 재미를 부여한다. 즉 『우주전함 야마토』가 1945년 이전의 과거 경험을 통해 그들의 향수를 자극했다면, 『침묵의 함대』는 국제관계에 관한 일국 중심의 '논리 싸움'을 통해 청장년 독자층을 만화 세계 속으로 끌어들였던 것이다.

그런데 『침묵의 함대』가 그리는 핵 잠수함 야마토의 적 함대 공격은 독특한 형태로 이루어진다. 즉 가이에다의 야마토는 절대로 선제공격을 하지 않는다. 일본의 함대나 잠수함이 취하는 전수방위(專守防衛) 차원에서의 공격, 또는 정당방위 차원에서의 공격만을 행하는 것이다.

바다 속을 종횡무진 움직이는 핵 잠수함이 '전수방위'의 원칙을 고수한다는 것은 사실 실질적인 의미는 없다. 독립국가를 선언한 핵 잠수함

---

118) 김상우, 「군국의 혐의, 애국의 공모」, 『모색』, 갈무리, 2004. 4.

야마토의 영해는 자신이 위치한 곳에서 12해리에 해당되는 수역이다. 다시 말해 끊임없이 움직이는 야마토가 지켜야 할 영해는 변화하는 것이고, 이는 외국 국적의 선박이나 잠수함과 충돌할 가능성이 상존한다는 것을 의미한다. 유동적인 전수방위의 영역 설정은 야마토의 적 공격을 위해 도발적으로 영해를 구축할 수 있다는 것을 의미한다.

그럼에도 불구하고 『침묵의 함대』는 시종 일관 명목상의 전수방위를 고수한다. 이는 상대방의 선제공격을 유도하여 전쟁을 불러일으키는 경우에도 마찬가지다. 가이에다가 각 국의 반대에도 불구하고 핵을 무기로 도쿄 만에 입항하는 과정도 그렇고, 뉴욕을 향하는 과정 또한 적들의 공격을 유도하는 행위다. 다시 말해, 가이에다와 핵 잠수함 야마토가 견지하는 전수방위의 논리, 또는 정당방위 차원에서의 전쟁은 공격을 위한 '논리'에 불과한 것이다.

이러한 가이에다의 고집스러운 전수방위의 논리는 『우주전함 야마토』에서 언뜻 내비친 피폭 피해자로서의 피해의식과 상통한다. 다시 말해 『우주전함 야마토』가 가미라스 제국의 선제공격에 대한 보복으로 그 문명 전체를 파괴하고, 스스로의 무지에 대해 '어쩔 수 없다'며 자신의 폭력행위를 정당화했던 것과 마찬가지 방식으로, 핵 잠수함 야마토도 미국이나 러시아의 폭력으로 피해를 입었고, 그에 대항하기 위해 가이에다는 새로운 폭력을 행사한다. 당연히 그러한 살상행위는 '어쩔 수 없는' 행위가 되는 것이다.

이렇게 『우주전함 야마토』와 『침묵의 함대』에는 『우키시로』와는 달리 전쟁 피해자로서의 피해의식이 작품 저변에 흐르고 있다. 특히, 피폭 경험이라는 세계에서 유래를 찾아볼 수 없는 일본만의 독특한 체험은

『침묵의 함대』의 모든 행위를 전면적으로 시인하고 정당화하는 최대의 근거가 된다. 작품 속에서 침묵의 함대의 전투와 살상 행위는 피폭 체험과 같은 선제공격에 대한 정당방위라는 이유 때문에 면죄부를 얻으며, 나아가 세계적인 공감까지 얻는 것으로 설정된다.

지금까지 '원폭 문학'의 정전(正典)인 하라 다미키(原民喜)나 이부세 마스지(井伏鱒二) 등의 피폭자 체험 기록은 과거의 기억으로서, 현대 일본의 핵문제에 관한 수동적 입장을 대변한다. 일본의 피폭 체험이라는 피해 의식만으로는 더 이상 대중적 설득력을 얻을 수 없고 '반핵'의 이슈는 형해화하는 상황인 것이다.

이 때 피폭 경험을 화두로 삼아, 적극적이고 공세적으로 핵문제를 제기한 것이 『침묵의 함대』다. 『침묵의 함대』는 핵문제와 관련하여, "극화로서의 파탄을 문제 삼지 않으면서 과잉이라고 할 만큼 '외부'에 대해 도전하고자 하는 창작 태도"[119]를 견지한다. 그렇기 때문에 작품 속에서 쉽게 찾을 수 있는 군국주의적 정서란, 작가인 가와구치에게 "과거의 망령이 되살아난다는 식의 수사"[120]에 불과한 것이라고 여겨졌던 것 같다. 세계평화의 구현이라는 거대한 이상을 실현해 나가는 데 군국주의의 기억은 두려워할 대상이 아니고, 때때로 군국주의적 독단도 필요할 수 있다는 것이다.

『우키시로』나 『우주전함 야마토』의 폭력에 수반되었던 자기반성의 계기가 『침묵의 함대』에서 전무하다는 점은 주목할 필요가 있다. 이는 앞서 언급한 핵 잠수함 야마토의 전투와 살상 행위에 대한 암묵적 시인에

---

119) 田崎弘章, 앞의 논문, 55쪽.
120) 김상우, 앞의 논문, 192쪽.

서도 나타나지만, 특히 주인공 가이에다의 형상화 과정에 잘 드러난다.

가이에다는 모든 전투 장면에서 실수하는 경우가 없다. 적함의 동태나 향후의 작전 방향까지 정확하게 읽어내며, 일본정부의 움직임은 물론, 미 행정부와 유엔의 움직임까지 잠수함 속에서 정확하게 파악해 낸다.

이러한 가이에다는 '극화로서의 파탄'을 초래하면서도 '반(半)신의 형상', '그리스도의 형상'121)으로 나타난다. 제25권(VOYAGE269 결단의 시기)에서 공개처형의 위기에 처한 가이에다가 새떼의 보호를 받는 장면과 그 다음 컷에 등장하는 헬기 조종사의 "저 남자를 죽이면 안 된다는 신의 목소리가 아닐까요?"라는 외침은 가이에다의 절대적 위상을 표현한다. 전지전능한 반(半) 신적 존재로서의 가이에다에게는 불안이나 모순이 있을 수 없고, 당연히 자기반추의 계기도 없다.

가이에다의 반 신적 형상화야말로 만화적 상상력의 극치라 할 수 있다. 특히 그의 시선은 이전까지의 공상과학물에 나타났던 상상의 시선과 마찬가지로 어떠한 시간적·공간적 제약에도 구애받지 않는다. 일본이나 미국, 유엔의 각 국 지도자들의 심리, 또는 적함의 심리를 자유롭게 파악할 수 있는 전지전능한 신적 시선이야말로 앞에서 언급한 『우키시로』나 『우주전함 야마토』의 상상력에 의한 '부감시선'에 다름 아닌 것이다.

그런데 이러한 만화적 상상력은 만화의 영역에만 머물지 않는다.

일전에 우연히 신주쿠에 있는 한국물산 슈퍼마켓에서 한 권만 입수한 이현세의 『남벌』이라는 한국의 히트 망가가 있다. 한국을 취재하는 동안 이 작품이 실은, 일본의 횡포에 참지 못한 한국이 북한과 일치 협력하여

---

121) 위의 논문, 189~190쪽.

일본에 원폭을 떨어뜨리고 정벌하는 이야기라고 들었다. 말하자면 『침묵의 함대』 한국판 같은 것이다. …… 이런 작품이야말로 대중의 잠재적인 바람이 드러난 것이라고 생각한다.[122)

원폭에 민감하게 반응하는 만화비평가 나쓰메 후사노스케(夏目房之介)의 이 에피소드에서 피폭의 전제 위에 그려진 『침묵의 함대』가 지니는 위험한 발상을 엿볼 수 있다. 물론 이 나쓰메 후사노스케의 언급은 이 현세의 『남벌』에 대한 우려지만, 『남벌』을 통해 자극받는 한국 대중의 잠재적 바람과 마찬가지로 『침묵의 함대』의 인기에 내재하는 일본 대중의 잠재의식 또한 간과할 수는 없는 것이다. 즉 『침묵의 함대』는 "일본이 경제적으로나 기술적으로 승승장구하고 있었던 1989년에 …… 일본 대중의 민족의식을 또렷하게 대변"[123)한다. '대중의 잠재적인 바람'과 그들의 '민족의식'의 일체화가 만화라는 형식으로 구체화된 것이다.

자기성찰의 계기가 없어진 피해의식과 "과잉이라고 할 만큼 '외부'에 대해 도전"적인 만화적 상상력이 결합되었을 때 원자폭탄으로 세계를 위협할 수 있는 '대중의 잠재적인 바람'을 자극할 수 있는 것이다. 바로 이 점이 『우키시로』의 가미이나 『우주전함 야마토』의 고다이 스스무에서 볼 수 있었던 자기반추의 계기를 상실한 『침묵의 함대』의 한계라 할 것이다.

5) 미적 거리와 상상력

122) 나츠메 후사노스케 지음, 박관형 외 옮김, 『망가세계전략』, 시공사, 2002. 11.
123) 프레드릭 L. 쇼트 지음, 김장호, 박성식 옮김, 『이것이 일본만화다』, 다섯수레, 1999. 10.

브레히트는 예술작품과의 미적 거리를 제공함으로써 관객 또는 독자로 하여금 예술작품을 상대화시켜 감상하도록 만들었다. 이러한 미적 거리를 통한 예술작품의 상대화는 대상에서 벗어나 제3의 지점에 위치했을 때 비로소 가능해진다. 바꿔 말하면, 대상 세계를 자유롭게 바라볼 수 있는 상상의 시선, 즉 상상력이야말로 대중문화의 대중성, 또는 문화예술의 재미를 만들어 낸다고 할 것이다.

정치소설가 야노 류케이는 『우키시로』의 삽화나 문장을 통해 의식적으로 소설 독자 대중의 상상력을 적극적으로 추동한다. 그와 동시에 상상의 시선을 통해 끊임없이 작중 세계와 거리를 유지케 함으로써 작품의 재미와 독자의 인기를 획득한다. 이 『우키시로』와 같이 문화 수용자의 상상력이 적극적으로 개입된 현대 대중문화의 대표적 공상과학물이 애니메이션 『우주전함 야마토』와 만화 『침묵의 함대』다.

상상력에 기반을 둔 일본의 전통적인 모험이나 전쟁의 이야기는 서구 근대과학 기술과 결합되면서 현대 일본 대중문화의 기층을 형성한다. 특히 세계를 조감하는 시선과 상상력, 일본 중심의 내셔널리즘, 반전(反戰)과 코스모폴리타니즘, 그리고 새롭게 경험한 핵에 대한 위기의식과 피해의식이 거대한 용광로 안에 녹아 현대 대중문화를 형성하는 것이다.

물론 각 시기마다 모험과 전쟁의 모티프는 문화예술의 전 영역에 걸쳐 다양하게 나타난다. 특히 일본의 피폭 경험은 현대 일본의 반전평화운동의 한 축을 형성하면서 절대적 가치를 지닌다. 그런데 이러한 피폭과 패전의 피해의식은 대외 공격의 정당화 논리와 연결될 가능성을 끊임없이 내포한다.

『우주전함 야마토』에서 볼 수 있었던 자기반성은 마찬가지 피폭의 체험을 기반으로 한 『침묵의 함대』 속에서는 더 이상 찾아볼 수 없다. 자기반추의 노력과 의식이 매개되지 않은 모험과 전쟁 이야기는 침략과 폭력으로 전화하기 쉽다. 『우키시로』나 『우주전함 야마토』에서는 절제된 자기규제의 가상 시선이 있었기 때문에 스스로를 상대화할 수 있었다. 그러나 자기반성이 없는 피해의식과 무절제한 상상력은 결국 『침묵의 함대』에서 보이는 공격의식의 자기 정당화라는 한계를 드러낼 수밖에 없었던 것이다. 이것이 현대 일본이 빠지기 쉬운 자기합리화의 동기가 될 수 있다는 점 또한 주의해야 할 것이다.

Ⅲ. 메이지 30년대 제국주의

류케이 자신도 일본의 실정에 맞춰 실제적인 사회개혁을 지향했기 때문에『신사회』는 역대 유토피아 작품 가운데 예술적으로 가장 '추'하다고 지적한다. 그러나 작품세계는 어디까지나 류케이가 꿈꾸는 이상 사회고, 상상으로 구축된 가상공간이다. 류케이는 이러한 허구적 가상공간의 설정을 통하여 근대 일본의 '유일한 유토피아' 작품을 만들어 낸 것이다. 그렇지만『신사회』의 사회적·문화적 중요성에도 불구하고 여기에 그려진 이상사회가 어떠한 세계고, 당시의 문화환경과 어떤 관련성을 맺고 있는지는 거의 알려져 있지 않다.

1. 유토피아의 공공성

1) 사회소설과 『신사회』

류케이의 『신사회』124)가 출판된 1902년(메이지 35)은 그 전후하여 다카야마 초규(高山樗牛)의 「미적 생활을 논함」125)을 중심으로 한 개인주의적 실천론이 문단을 휩쓸던 시기다. 국가와 천황의 절대적 권위 하에 일사불란한 전체주의가 사회 전반에 팽배해 있던 일본 사회에 초규의 개인주의는 젊은이들을 중심으로 절대적 긍정과 지지를 받는다.

'개인'의 가치가 초미의 관심사로 부상하던 이 시기에 『신사회』는 불과 5일 만에 재판을 출판한다. 이처럼 커다란 반향을 불러일으킨 것은 이 작품이 일반 독자에게 초규의 개인주의와는 또 다른 새로운 사상적 지평으로서 사회주의적 이상세계를 제시했기 때문이다. 또한 작품에 그려진 사회주의 사회가 현실적으로 건설 가능한 사회로 그려졌기 때문이기도 하다.

『신사회』가 출판된 후, 누구보다도 먼저 신사회의 실현 가능성에 관해 공감과 찬동을 보인 이는 바로 고토쿠 슈스이(幸德秋水)다. 슈스이는 「『신사회』를 읽는다」126)에서 "나 이 책을 읽고 공곡공음(空谷跫音)"을 느낀다며 감격한다. 그는 신사회에서 유일하게 인정하는 사유재산인 영구거치공채(永久据置公債)를 문제시했지만, "나 어찌 이를 찬성하지 않을 수

---

124) 矢野龍溪, 『新社會』, 大日本図書, 1902. 7. 5.
125) 高山樗牛, 「美的生活を論ず」, 『太陽』 1901. 8.
126) 幸德秋水, 「『新社會』を讀む」, 『万朝報』 1902. 7. 7.

있겠는가"라고 하면서 작품세계에 대해 전면적인 동의를 나타낸다.

또 신사회 건설에 큰 기대를 걸었던 마쓰노 스이(松野翠)는 「류케이 씨의 『신사회』」127)에서 "저자의 목적은 이미 자신이 사회주의자임을 알리는 데 있는 것이 아니라 어떻게 하면 일본을 사회주의화할 수 있는지에 관한 실행 계획에 있다."고 간파했다. 토지자본의 유상매입, 사유재산 인정, 군주제 잔존이라는 『신사회』의 특징은 작가의 '실행적 고심'에서 나왔고, 그것은 실제 사회에서 구현할 목적으로 썼기 때문에 생긴 '모순'이라 설명한다.

류케이 자신도 일본의 실정에 맞춰 실제적인 사회개혁을 지향했기 때문에 『신사회』는 역대 유토피아 작품 가운데 예술적으로 가장 '추'하다128)고 지적한다. 그러나 작품세계는 어디까지나 류케이가 꿈꾸는 이상사회고, 상상으로 구축된 가상공간이다. 류케이는 이러한 허구적 가상공간의 설정을 통하여 근대 일본의 '유일한 유토피아'129) 작품을 만들어 낸 것이다. 그렇지만 『신사회』의 사회적·문화적 중요성에도 불구하고 여기에 그려진 이상사회가 어떠한 세계고, 당시의 문화환경과 어떤 관련성을 맺고 있는지는 거의 알려져 있지 않다.

이러한 과제를 푸는 단서를 모리 오가이(森鷗外)의 「신사회 합평」130)에서 찾을 수 있다. 대부분의 문학자들이 『신사회』를 단순한 우화소설 내지 사회학 논문으로 읽었음에도 불구하고, 오가이만큼은 "신사회는 하나의 작품(KUNSTWERK)으로서 그다지 큰 가치를 지니지 않을지"

---

127) 松野翠, 「龍溪氏の『新社會』」, 『每日新聞』 1902. 7. 9.
128) 田川大吉郎 編, 『龍溪矢野文雄先生講話·社會主義全集』, 現代社, 1903. 9.
129) 木村毅, 「明治の社會主義小說」, 『新潮』 1925. 10. 인용문은 『文芸東西南北－明治·大正文學諸斷面の新研究』, 平凡社, 1997. 11.
130) 森鷗外, 「新社會合評」(이하 「合評」), 『万年草』 1903. 2. 21.

모르나 이 작품은 하나의 '사회소설(SOCIALER ROMAN)'이고, '유토피아(UTOPIA)'라고 규정한다. 그리고 스스로 「합평」에 이 작품을 추천하여 이상(理想)의 내용에 관해 비평한다.

『신사회』는 사회주의 소설의 효시로 일컬어지고 있다. 그러나 '사회주의 소설'이라는 개념이 희박했던 그 시대에는 '사회소설'이라는 범주에 속했다. 청일전쟁 이후 발달하는 자본주의 사회에 대한 모순과 그러한 사회적 모순을 적극적으로 드러낸 사회소설로 인식된 것이다.

이러한 의미에서 류케이의 『신사회』는 메이지 30년 전후의 '사회소설 논쟁'의 관련 속에서 역사적으로 파악해 볼 필요가 있다. 또한 그 연장선상에서 출판 당시 많은 화제를 뿌렸던 초규의 '미적 생활론'과의 관련성도 염두에 두어야 한다. 이러한 작품의 외연에 대한 다각적이고 총합적인 인식을 전제로 『신사회』의 '사회주의'를 살펴보고자 한다. 거기서 메이지 10년대 정치소설에서 출발한 류케이의 세계인식이 궁극적으로 어떠한 이상사회에 도달했는지 그 구체상을 파악해 낼 수 있을 것이다.

2) 사회의 죄(社會の罪)

『신사회』에서는 "구(舊)사회의 사람들 반드시 불선인(不善人)만은 아니다. 다만 그 조직이 그들로 하여금 불선인으로 만들었고, 그들로 하여금 악인이 되게 만들었을 뿐"(제7회)이라며 완전하지 못한 사회시스템이 사회적 악을 양산한다고 규정한다.

초범으로 방면되면 사람들 모두 이를 꺼려하며, 설령 잘못을 뉘우치고 행동을 바르게 하고자 하여도, 의식(衣食)을 얻기 어려워 다시 범죄를 저지른 이후 마침내 진짜 악인이 된다. 만일 초범만으로 방면된 후, 의식을 얻는 데 어려움이 없다면 범죄자의 수는 상당히 줄어들 것이다. 구사회의 범죄자는 대부분 재범 이상의 범죄를 저지를 수밖에 없다. 그러나 지금의 사회에서는 불행한 범죄자도 초범 방면 이후는 곧바로 이를 수용하여 의식을 제공하고 직업을 부여한다. 이것이 형사(刑事)에서 범죄자 수가 예전보다 크게 줄어든 이유다. (제8회)

여기서 류케이는 기본적인 생활을 유지하기 위해 범죄를 저지를 수밖에 없는 구사회의 사회체제나, 그러한 범죄자를 소외시키는 사회적 폐쇄성이 범법행위를 조장한다고 주장한다. 특히 이런 사회적 부조리의 근본 원인을 류케이는 자본주의적 경제시스템에서 찾고, 그 구체적인 해결방안으로서 『신사회』식의 사회주의 사회를 제안한다. 자본주의적 자유경쟁의 원칙으로 의식주와 같은 기본적 생활 유지조차 불가능한 사회체제에 의해 발생한 범죄를 체제 자체의 근본적인 재구축을 통해 해소해 간다는 구상이다.

그런데, 사회적 환경이 사회적 개체의 인성(人性)을 규정한다는 발상이 근대 일본문학 속에 본격적으로 나타난 것은 모리타 시켄(森田思軒)의 빅토르 위고(Hugo Victor Marie) 소개, 그 중에서도 『레 미제라블』(*Les Miserables*)과 같은 작품 속에 나타난 '사회의 죄'(社會の罪)란 이념에서 출발한다. '사회의 죄'란 의식은 청일전쟁 직후, 사회적으로 소외당한 사람들의 비일상적인 모습을 그린 관념소설(觀念小說)과 비참소설(悲慘小說)로 이어지고, 러일전쟁을 전후해 하층사회의 실정을 그린 르포문학으로 전개된다.[131]

---

131) 林原純生, 「'暗中政治家'の位相－明治二十年代の文學に關しての試論」, 『國文

또한 메이지 20년대 후반에 나타난 사회소설에 대한 문단의 요구도 그 연장선상에 있다. 1896년(메이지 29) 10월 31일,『국민의 벗』의 '사회소설' 출판 예고 광고문은 작가들에게 사회의 '이면(裏面) 소식'만이 아니라, '실재 사회'나 '사회, 인간, 생활, 시세(時勢)'에 착안할 것을 주장한다. 기왕의 비참소설과 관념소설에서 다루는 사회의 이면세계라는 특수공간만이 아니라, 그러한 세계를 포함한 '실재 사회', 사회 전체를 작품 속에서 다루도록 요구한 것이다.

이와 같은 사회소설의 의의에 관한 논의는 여러 입장에서 활발하게 진행된다. 그 논의과정 중에 사회문제에 중점을 두는 사회소설의 주장은 자본주의의 사회체제 자체를 일종의 '죄'로 인식하고, 근대화나 자본주의 시스템에 대한 비판의 논리로서 사회주의의 출현을 필연적으로 잉태해 간다.

이와 동시에 사회소설을 비판하는 쪽에서도 사회소설이 총체적 사회 혼란을 조장할 수 있다며, 사회주의적 급진성을 예로 들면서 우려의 목소리를 높여 간다. 당시의 많은 문예비평가들은 사회소설을 사회주의 이념의 프로파간다로 인식한 것이다.

예를 들면, 시마무라 호게쓰(島村抱月)는 「사회소설론」[132)에서 빈민을 위한 사회소설은 "시(詩)를 방편으로 삼아, 다른 실제적 목적"을 달성하고자 하는 것이라며, 사회소설의 경향성을 문제시한다. 나아가 "문학이라도 좋고, 정치라도 좋고, 상공업이라도 좋다. 기량 있는 자는 자유롭게 무리에서 벗어나 매진"하라고 주장한다. 우승열패(優勝劣敗)의 자유방임

論叢』11, 1984. 3.
132) 島村抱月, 「社會小說論」,『新著月刊』1897. 4.

을 전제로 자유경쟁의 자본주의 원리를 문학적으로 수용한 언설로서 자유경쟁을 '사회악'으로 상정한 사회소설의 입장과 정면으로 대립한다.

호게쓰의 사회소설 비판과 마찬가지로 자유주의적 개인주의의 입장에서 사회주의의 발흥을 경고했던 것이 초규다. 그는 「이른바 사회소설을 논한다」133)에서 사회소설을 "사회적 세력의 불평균한 분배에 대한 약열자(弱劣者)의 반항"을 제재로 삼는 소설이라 정의하고, "사회의 불행한 계급에 동정하면서, 이와 같은 불행의 인연(因緣)을 외부의 경우로 귀착시키고자 하는 자"들의 목적의식적인 선전물이라고 비난한다. 사회적 불평등을 '외부의 경우'로 귀착시킨다는 지적은 앞서 언급한 '사회의 죄' 이념을 의식한 발언으로 초규는 사회체제의 '피할 수 없는 몇 가지 결점'은 인정하지만, 개인의 불행은 결국 각 개인의 문제로 귀결된다고 설명한다.

더 나아가 초규는 사회의 결점에 관한 부강자(富强者)의 반성도 "빈약자(貧弱者)의 복종에 의해 비로소 얻을 수 있는 것"이라고 주장한다. 국가주의를 주창하던 시기의 초규에게 가장 부강한 존재로 여겨졌던 것은 국가고, 국가의 자기반성은 빈약자인 국민의 '복종'에 의해 가능하다는 논리다.

그의 반(反)사회소설론에는 이후에 주창한 것처럼 부강자로서의 천직(天職)을 자각한 니체(Friedrich Nietzsche)나 니치렌(日蓮)과 같은 초인이 반영되어 있다. 이미 이 시점에 한없는 자기반성이나 자기만족적인 '미적 생활론'의 개인주의가 그의 정신세계에 뿌리를 내리고 있었던 것이다.

이렇게 '사회의 죄' 이념 및 사회소설과 초규의 개인주의적 주장을 시야에 넣으면, 1900년대 초반에 맹위를 떨쳤던 '미적 생활론'과 1902년

---

133) 高山樗牛, 「所謂社會小說を論す」, 『太陽』 1897. 7.

(메이지 35)에 출판된 『신사회』의 등장은 상호 밀접한 관련을 맺고 있다는 것을 알 수 있다.

"미적 생활은 인성(人性) 본연의 요구를 만족하는 곳에 있는 까닭에 생활 그 자체에 있어 이미 절대의 가치를 지닌다"[134)는 '미적 생활론'의 주장이 '도학(道學)선생'의 허식으로 가득찬 '도덕과 지식'을 비판의 표적으로 삼은 것은 주지의 사실이다. 그러나 이러한 문제의식은 초규에 국한된 것이 아니라 류케이의 사회주의 주장에서도 쉽게 찾아볼 수 있다.

> 도덕가들은 타인에게 아부하지 말라, 권귀(權貴)에 아첨하지 말라고 가르치지만 안 될 말이다. 현 사회에서는 대자본을 가진 사람에게 아부하지 않고, 그 밖에서는 행복을 얻을 수 없다고 해도 감히 과언은 아니다. 도덕가가 싫어하는 사회의 죄인은 대부분(아니면 거의 모두가) 오늘날의 사회조직이 불완전하기 때문에 생긴다.[135)

기성의 윤리나 도덕에 대한 류케이와 초규의 비판의식은 동일하다. 그러나 그 해결방법에는 커다란 차이가 나타난다.

초규는 개인적 '본능의 만족'을 향한 '미적 생활'에서 기존의 가치체계를 극복하고자 한다. 한편, 류케이는 개개인의 내면세계가 아니라 개인을 둘러싼 외부의 기제(機制)를 재구축함으로써 개인의 행복을 획득하고자 하였다.

개인주의에 입각한 초규의 사회소설 비판의식은 오가이의 『신사회』 비판의식과도 연결된다. 오가이는 「합평」(合評) 속에서 『신사회』의 열광

---

134) 高山樗牛,「美的生活を論ず」,『太陽』1901. 8.
135) 矢野龍溪,「倫理上より見たる社會主義」,『社會主義』1903. 4. 8.

적인 붐에 대해, "최근 때때로 인용하고 있는 르낭(Joseph-Ernest Renan)이나 니체의 사회관을 지적하여, 너무 사회주의 방면으로 뜨거워진 두뇌를 식히는 재료"로 삼고 있다. 오가이가 말하는 르낭이나 니체에게서 초규의 '미적 생활론'을 연상하기는 어렵지 않다.

빈부의 차나 사회적 부조리의 근원을 자유주의 경제체제에서 발견하는『신사회』의 이상세계를 비판하기 위해 오가이도 사회와 단절된 개인의 자유에 절대적 가치를 두는 르낭이나 니체의 개인주의를 들고 나온 것이다. 류케이의『신사회』등장으로 '사회'라는 구체적인 생활의 장과 불가분의 관계에 있는 '개인'의 생(生)의 문제가 개인주의와 '사회의 죄' 이념에서 생겨난 사회주의의 대립이란 형태로 나타난 것이다.

젊은 시절 가와카미 하지메(河上肇)도「야노 류케이 선생 저 신사회를 읽는다」136)에서, 오가이와 마찬가지로 '개인'과 '사회'라는 이항대립 구도 속에서『신사회』를 논하고 있다. 신사회를 건설함으로써 범죄가 감소한다는 류케이의 주장에 관해 하지메는 "인심의 개량은 사회조직의 결과가 아니다."라고 단언한다.

나는 생각한다, 이는 잘못이다. 그 인심의 개량, 그 중에서도 사회조직을 아무리 변경하더라도 죄악 결코 그 수 줄지 않을 것이다. 탁수(濁水)는 방원(方円)의 그릇에 따라 흐려지는 것이 아니다. 인심 개량은 사회조직 변경의 전제다, 원인이다. 사회조직의 변경은 인심의 결과지 원인이 아니다. …… 시인 말하길, 그들은 굶었다, 때문에 죄를 범했다고. 나는 또한 덧붙여 말하고자 한다. 그는 지루했다, 때문에 죄를 범했다고. 요컨대 인심이 개량되지 않으면 아무리 사회조직을 변경하더라도 결코 급작

---

136) 河上肇,「矢野龍溪著新社會を讀む」,『明義』1902. 9. 15.

스럽게 죄악의 흔적을 단절시킬 수 없는 것이다.

하지메는 사회조직을 개편하기 위해서는 그 인자인 각 개인의 인성을 개량하는 것이 선결 과제라 주장한다. 그도『레 미제라블』의 위고나 모리타 시켄의 '사회의 죄' 이념을 부정한 것이다.

물론 그가 역점을 두고 주장하고 싶었던 것은 개인의 욕망을 사회조직이 제어하는 것이 아니라, 각 개인의 자기규제로 이뤄져야만 한다는 점이다. 그러나 인간의 심성을 사회에서 분리된 객체로서 인식하는 하지메의 인간관도 초규의 '미적 생활론'이나 오가이가 말하는 르낭이나 니체의 '개인'에 관한 인식과 궤를 같이하고 있다.

『신사회』에 대한 여러 평에서 볼 수 있듯이, 메이지 20년대의 '사회의 죄' 이념은 메이지 30년대부터 '사회주의'와 '개인주의'라는 일견 모순되는 듯한 대립구도 안에서 다뤄진다. 초규의 개인주의 또한 사회와 개인을 서로 충돌하는 길항(拮抗)관계로 상정하고, 이러한 모순관계를 해소하고자 '본능 만족'이라는 내면적이고 주관적인 미적 척도를 제시한 것이다. 동시에 초규의 '개인' 중심적 세계인식 태도는 많은 이들에게 일상적 생활 속으로 침잠하는 동기를 부여한다.

초규 등은 쓰보우치 쇼요(坪內逍遙)의 사실주의 제창 이후 일본 근대문학이 거세하였던 개인과 사회와의 관계성을 구체적인 실생활 문제로 부각시켰고, 이로 말미암아 근대문학의 내실을 충실하게 만들었다. 그러나 동시에 근대문학의 사정(射程)을 각 개인의 '생활'이란 범위 안으로 축소시키는 한계를 노정시켰다. 이후에 나타나는 일본 자연주의나 사소설의 문학 양식에서 알 수 있듯이, 그의 개인주의적 생활론 주장으로 말미암아 각 개인은 사회에서 격리된 존재로 전락하고, 문학활동의 공간 또한 '생활' 속으로 협소화하는 결과를 초래한다.

이에 대신하여, 개인의 사회를 향한 적극적 대응을 요구하는 '사회의 죄' 이념이나 이를 이은 『신사회』적 사회주의는 메이지 30년대 개인주의에 대한 상대적 가치를 지닌다. 정치소설에서 출발한 류케이의 문학은 『신사회』라는 새로운 유토피아 문학을 통해 사회와 끊임없이 연동하는 문학세계를 유지, 발전시켜 나간 것이다.

3) 공원의 공공성

원래 유토피아가 그리는 세계는 유토피아[utopia ; u(ou)=not, topos= Place]라는 말 그 자체가 그러하듯이, 현실 속에는 없는 세계다. 유토피아라는 문학양식은 그 허구성으로 말미암아 폐쇄적인 현 사회에서 일탈하고자 하는 욕망을 담고 있으며, 바로 그 때문에 현실에 대한 강렬한 비판의식이 항상 복재(伏在)하고 있다.

예를 들면, 류케이가 제일 아름다운 유토피아 작품으로 든[137] 토마스 모어(Thomas More)의 『유토피아』(1516년)에는 허영의 국가 아네모리아의 사절이 금은으로 장식한 복장을 입고 유토피아를 방문하는 장면이 나온다. 유토피아 사람들은 각종 보물로 장식한 그들을 마치 어릿광대 구경하듯 바라본다. 유토피아에서 금은은 아이들의 장난감이나 죄인의 쇠고랑으로 사용하기 때문에 아네모리아 사람들의 모습은 너무나도 우스꽝스러워 보였던 것이다.

'보물'에 관한 가치관의 전도는 『유토피아』 출판 당시의 배금주의적

---

137) 앞의 『龍溪矢野文雄先生講話・社會主義全集』 참조.

시대풍조에 대한 혐오감을 나타낸다. 현실에 대한 혐오감에서 발한 유토피아 세계는 그 자체가 동시대의 배금주의에 대한 강력한 비판의식을 기조로 한 가상공간인 것이다.

신사회를 방문한 다미노 에쓰조(多美野悅藏)는 공원에서 동행자 가나오 도쿠타로(金尾德太郎)와 해후한다. 류케이는 신사회의 다른 묘사와는 다르게 이 공원에 한해서는 많은 문학적 수식어를 사용한다. 전체 작품 내용 중에서 유달리 눈에 띄는 이 부분은 작품 모두(冒頭)로서 독자의 관심을 환기시킨다는 의미도 있겠지만, 의식적으로 신사회와 구사회의 차별화를 부각시키고자 설정한 것이다.

광대한 공원 안에 청열(淸冽)한 물을 모아 큰 호수를 만들고, 호수 주변을 오르내리는 언덕에는 사계절의 풀과 꽃을 심었다. 만수(萬樹)의 도앵(桃櫻)을 녹수(綠樹) 사이에 섞어 심었는데, 꽃피는 시절의 장관 상상해 볼 만하다. 또 곳곳에 대소(大小) 무수(無數)한 분수를 설치하였고, 조각의 명공이 의장(意匠)을 다한 대리석상은 그 사이 곳곳에 서 있다. 호수를 뛰노는 이상한 모양의 물짐승은 세계의 진귀한 것을 다 모아 두었고, 조금 높은 땅에는 악당(樂堂)을 세워 미묘(美妙)한 음악을 연주한다. 도시 시민들이 팔짱을 끼고 삼삼오오 마음대로 원내(園內)를 소요(逍遙)하는 모양은 진실로 태평한 기상이라, 그 규모의 장굉(長宏)함, 부귀한 운치, 풍취(風趣)의 아려(雅麗)함, 구석구석 깨끗이 청소하여 일체 만물이 구미의 가장 번성한 대도시의 최대최미(最大最美)한 공원조차 이에 비한다면 견줄 만한 것이 못 된다고 평할 수밖에 없을 정도다.
(제1회)

214

신사회의 공원은 서구 여러 나라는 물론, 일본과 같은 구사회에는 없는 공간이다. 류케이는 '장광함'이나 '부귀', 그리고 '아려'함이라는 화려한 수식어를 사용하며 현실 속에서는 볼 수 없는 '최대최미'의 이공간(異空間)을 만들어 낸다. 도심 한 구석에 위치하는 구사회의 편협한 공원과는 달리 신사회의 공원은 도시 그 자체가 마치 '정원' 안에 있는 것과 같은 착각을 불러일으키게 만든다.

거기다 이 곳은 '미묘한 음악'이 항상 흘러, 신사회를 처음 방문한 다미노 에쓰조나 가나오 도쿠타로는 마치 대축제일과 같은 인상을 받는다. 이방인인 두 사람도 아무런 제약 없이 이 미묘한 음악을 자유롭게 즐길 수 있다. 이상할 정도로 개방적인 '공원'이 강한 인상을 주면서 신사회의 초두에 등장한 것이다.

메이지 시대 일본의 공원, 그 중에서도 서민이 가장 애용한 아사쿠사(淺草)나 우에노(上野) 공원 등은 1873년(메이지 6) 1월 15일 태정관(太政官) 포고(布告) 제16호에서 "영구히 만인 모두의 즐거움의 땅으로서 공원이라 정한" 메이지 신정부가 조성하였다. 메이지 유신과 함께 사원 부지였던 이들 공원은 천황의 '은사(恩賜) 공원'으로서 '만인'에게 새롭게 제공된 것이다.

기노시타 나오에(木下尙江)는 「아사쿠사(淺草)의 사회적 관찰」[138]이란 문장 속에서 아사쿠사 공원이 요시와라(吉原)의 유곽과 함께 "허다한 부패, 타락, 죄악이 행해지는 것 자체가 특징"이라고 소개한다. 그리고 여기에 모인 사람들이 "잔학한 경쟁에 상처 받고, 정조를 파는 음란함을 들고 다니면서, 애써 철면피가 되면서도 부끄러워하지 않게 된 것이다.

---

138) 木下尙江, 「淺草の社會的觀察」, 『勞働世界』 1902. 11. 23.

실로 이렇게 파렴치해진 것은 실패의 결과, 실패는 사회의 죄. 말하자면 사회가 정직하고 청정(淸淨)하고 약한 부녀자에게 이러한 잔인한 철면피를 씌우기에 이른 것"이라며 한탄한다. 사회에서 실패한 사람들이 모이는 아사쿠사 공원에서 나오에는 '사회의 죄'의 구체적 실상을 볼 수 있었다.

또, 요코야마 겐노스케(橫山源之助)는 「부랑자」[139]에서 낮 동안의 번잡함과는 전혀 다른 아사쿠사의 아침과 밤 풍경을 그린다.

새벽녘 집을 나와 우에노, 아사쿠사, 유지마(湯島), 구단(九段), 시바(芝) 공원 근처에 이르면 누더기를 뒤집어쓴 이상한 모양의 사람들, 공동 소변소 앞 같은 곳에 쓸쓸하게 늘어서 있는 것을 볼 것이다. 잠시 후에 화창하게 지상에 태양의 광선이 깔릴 무렵, 그들은 어디론가 가는 곳도 모르게 표연하게 사라져 간다. 그러나 하루 종일 이들의 그림자를 거기서 볼 수 없다. 그들이 과연 어디로 갔는지 알 수는 없는 일이다.

해지고 오후 8시, 9시, 10시 정도가 되면, 또 마찬가지로 이런 종류의 사람들 세 명, 다섯 명씩 어디서 오는지도 모르게 형체를 나타내어, 우선 공동의자에 허리를 걸치고 하늘을 바라보고 사람들을 쳐다본다. 구둣소리에 귀를 기울이며 뭔가를 중얼거리다 5분, 10분 지난 뒤 자리를 옮겨, 지붕이 설치된 공동휴게실로 들어가 다시 쉬는 것을 본다.

이렇게 해서 그들은 곧바로 탁자 위나 또는 책상 위에 몸을 눕혀 다른 곳에 쉬는 자들과 이야기하는 듯하다, 어느 순간엔 그 소리도 사라지고, 나뭇가지 흔들리는 소리와 함께 낮게 코고는 소리를 듣는다. 보라, 이처럼 사이비 풍류인들이 칭하는 미(美)의 극치라는 곳의 달은 차갑게 그들을 엿보면서 순사들이 올 것을 기다리는 것과 같다는 것을.

---

139) 橫山源之助, 「宿なし坊」, 『毎日新聞』 1895. 12. 22.

공원에서 단속하는 경찰을 경계하면서 공동휴게실 한 쪽 구석에 잠자리를 얻고자 모여드는 부랑자들의 광경은 비단 아사쿠사만이 아니다. 현대의 부랑자를 연상시키는 장면이기도 하지만, 이는 요코야마 겐노스케가 고발하고 있듯이 메이지 도시공원의 전형적인 풍경이다.

그리고 사람들로 북적거리는 한낮의 공원은 "과거의 실망과 미래의 암흑이 새겨진"[140) 소녀가 구슬 위에서 곡예를 부리며 하루하루의 삶을 영위하는 공간이기도 하다. 상경한 시골 처녀부터 구슬 타는 소녀, 요시와라의 유녀(遊女), 아사쿠사의 악명 높은 인신매매범인 몽롱차부(朦朧車夫), 그리고 부랑자가 메이지의 하층사회를 형성하고, 그들이 삶을 이어나가는 공간이 공원이나 그 주변이었다. '만민 모두의 즐거움'을 위한 공원은 메이지의 하층 계층에게는 '즐거움'과는 거리가 먼 공간이다. 밝은 대낮 동안에는 그들의 그림자조차 찾아볼 수 없는 폐쇄적인 공간이었던 것이다.

분명 공원과 같은 공공(公共) 공간은 '만민 모두의 즐거움'을 위하여 설치되었다. 당연한 것이지만, 이 '만민' 속에는 도시사회의 저변을 형성하는 빈민도 포함되며, 이들에게도 공원은 '즐거움'의 장이어야만 한다. 그러나 현실의 공원에는 각종 범죄나 비참한 삶이 영위될 뿐이다. 메이지의 공원은 '은사 공원', 즉 공(公)적인 정원(園)이었지만 빈부의 차가 심화됨에 따라 '즐거움'은 배타적인 것으로 변질한다.

이렇듯 현실사회에서 모든 종류의 '즐거움'은 경제적 조건에 의해 특화되거나 차별적으로 적용된다. 이러한 의미에서 『신사회』에서 제시하는 공공의 '즐거움'은 메이지 사회의 그것과 선명한 대조를 이룬다.

---

140) 白柳秀湖, 「歲晚の淺草公園」, 『社會主義』 1904. 1. 18.

우리나라의 오락은 가능한 한 이를 공공의 것으로 하여, 무대가(無代價)에 가까울 정도의 염가로 사회 모든 사람이 즐기도록 그 시스템이 상당히 발달해 있어, 두 분이 보는 바와 같이 가능한 범위 안에서 곳곳에 공원을 설치하고 곳곳에 공관(公館)을 만들어, 그 안에는 명공(名工)의 화도조각(畵圖彫刻), 또는 고대 명공의 작품을 진열하여, 인민의 눈을 즐겁게 하고, 마음을 기쁘게 하는 장소를 많이 두었다. 동시에 시내의 공연장 같은 것도 대부분은 공업(公業)에 속하여, 배우, 음악사(音樂師), 여러 예능인 등도 모두 상당한 급료를 국가에서 받고 있다. 또 자치제(自治制)를 잘 운영하는 각지의 도시에서는 현상 공모하여 연극의 각본을 모으고, 또 여러 예능인을 고용하는 등 (제7회)

신사회의 공공시설은 경제적 이유로 사회 구성원이 '즐거움'에서 소외 당하는 일은 없다. '화도조각'에서 '연극'에 이르기까지 모든 '즐거움'은 항상 사회로부터 경제적 지원을 받는다. 예능인들은 국가의 보호 하에 경제적으로 안정되어 있고, 그것을 보고 즐기는 주민도 거의 무상으로 이를 즐길 수 있는 것이다. 그렇기 때문에 신사회의 오락은 "혼자 실내에서 은밀하게 즐기는 경우가 거의 없고, 대체로 다른 사람과 함께"하는 개방적 인 것이다.

「우키시로 입안의 시말」141)에서 문학은 "문학세계의 몇몇 사람만이 즐기게 하기 위해서는 아니"라고 주장한 류케이의 문학관이 『신사회』 속에 계승되고 있음을 발견할 수 있다. 만민에게 개방된 문학이라는 류케이의 문학의식이 내면세계를 향한 자기만족적 '미적 생활론'이 발흥하는 시점에서 다시금 강조된다. 신사회의 '오락'은 명실공히 만인에게 열려

---

141) 矢野龍溪,「浮城物語立案の始末」,『報知新聞』 1890. 6. 28.〜7. 1.

있고, "오락은 구해서 못 얻을 것이 없는" 세계다. 『신사회』가 그리는 세계는 배타적으로 고립해 있는 개인만의 '오락'이 아니다. 대중이 스스로 구할 때 언제든지 무조건적으로 얻을 수 있는 공공의 '오락'인 것이다.

4) 신사회의 개(個)과 공(公)

(1) 신사회의 개인

『신사회』는 유토피아적인 현실 비판에서 한 발 더 나아가 실제로 현재 시행할 수 있도록 설계된 세계다. 따라서 작품 속에서는 현 체제를 유지한 상태에서 새로운 사회의 건설을 지향한다. 또한 그 때문에 현 사회에 대한 직접적인 비판은 가급적 피한다.

『신사회』 안에는 『유토피아』의 예에서 볼 수 있듯이 기성의 가치관을 뒤엎는 혁명적 가치전도는 없다. 가치관의 전도에 의해 형성되는 유토피아 문학의 허구성이 현실세계에 밀착해 있는 『신사회』에는 결여되어 있다.

그런데 이러한 현실 사회와의 긴밀한 유착이야말로 『신사회』를 특징 짓는 또 하나의 요소다. 현실사회와 밀착된 예로 거의 대부분의 산업이 공업(公業)임에도 불구하고 새로운 사회에서 인정되는 몇 가지 '사업(私業)'을 들 수 있다.

이 '사업'에는 이발소, 골동품점, 신문사 같은 종류가 있고, 공업에 속하는 경우도 있지만 '의사와 같은 사람, 화공, 조각가'(제7회)는 '사업'으로 개인이 운영할 수 있다. 이들 직종은 자유경쟁 시장원리에서 비교적 자유로운 직업이기 때문이다.

특히 신문사가 국가나 사회의 지원에 의지하지 않는 '사업'이라는 점은 주목할 만하다. 언론이나 예술에 관여하는 직업은 어떠한 사회적 제어도 받아서는 안 되는 개인의 자유로운 정신활동이다. 그러한 자유로움 때문에 사회에 대한 비판장치로서 제도적인 보장을 받아야만 하는 것이다.

류케이는『신사회』안에서 언론출판이나 표현의 자유와 함께 근대적 기본권리로서 개인의 소유권을 인정하면서, 사유재산도 인정한다. 오가이가 비판한 것이 이러한 사회주의와 사유재산의 인정이라는『신사회』의 모순이다.

그는「합평」속에서 "실제 세간에서 시행하고자 하는 것으로 인정할 만한 것은 아닌" 모든 유토피아 작품과 그러한 유토피아를 실현하고자 하는 류케이의『신사회』를 비교하면서, 다른 작품과 마찬가지로 신사회의 실현 가능성을 강하게 부정한다. 요컨대, 유토피아 세계가 그리고 있는 것과 같이 인간을 사회적 제도에 의해 제어할 수 없다는 것이다.

러셀(ALFRAED RUSSELL WALLACE)은 일찍이 사회주의를 사자를 죽인 헤라클레스(HERAKULES)에 비교하면서, 사회개량가를 호랑이에 자갈을 물려 마차를 끌게 하는 바코스(BAKCHOS)에 비교한 적이 있습니다. 이 마차를 끌게 한다는 것은, 인간의 자산주의(資産主義) 상의 본능(CAPITALISTISCHER INSTINKT)을 보존하면서, 노동자의 지위를 높이고, 개인적인 자유경쟁의 범위를 넓히고자 한다는 것입니다. 사자를 죽일 것이면 죽이는 것이 좋고, 호랑이를 죽이지 않는다면 적어도 마차를 끌게 하는 데 쓰는 것이 좋을 것 같습니다. 야노 군(矢野君)의 신사회에서는 사자나 호랑이가 평범하게 살면서 차손이 번영하는 데 아무런 도움도 되지 않는 것처럼 보이는 것은 대단히 유감으로 여기지

않을 수 없습니다

오가이는 류케이의 『신사회』가 사유재산을 전적으로 부정하는 완전한 사회주의도 아니고, 인간의 '자산주의 상의 본능'을 보존하면서 그 본능에 기초해 사회적 '부'를 구축하고자 하는 '사회개량'도 아니라며 비판한다. 철저하게 자본주의적 원리를 없애던가, 아니면 사회개량가처럼 자본주의를 이용하던가의 그 어느 쪽도 아닌 류케이의 애매한 태도를 비판한다.

물론 이러한 비판이 러셀류의 국가사회주의를 옹호하기 위해서가 아닌 것은 말할 나위도 없다. 여기서 그가 역점을 두고 비판하고자 한 것은 류케이가 자유경쟁에 기초한 각 개인의 '본능'을 무시한다는 점이다. 이 '본능'이란 말에서 초규의 '본능 만족주의'를 쉽게 연상할 수 있다. 오가이도 초규의 '미적 생활론'처럼 절대적 개인주의의 입장에서 『신사회』의 사회주의를 바라보고 있었던 것이다.

또 '본능'이란 차원에서 『신사회』를 비판한 것과 마찬가지로 개인의 근원적 욕망을 비판의 척도로 삼는 『신사회』 비판 논의가 몇 가지 더 있다. 오가이가 「합평」에서 인용한 『마이니치 신문』(每日新聞)의 스에히로 고호쿠(末廣江北)의 경우, 신사회와 같이 의식주에 대한 욕구가 충족된 사회에서는 인구가 증가한다고 주장한다.[142]

의식주 삼자를 드는 것은 요컨대 인성(人性) 필연의 욕(欲)이란 것을 의미하는 것이다. 그런데 인성 필연의 욕은 의식주 삼자 이외에 또 하나 존재한다. 즉, 색욕(色欲)이다. …… 지금 남녀간의 정욕을 필연의 욕으로

---

142) 末廣江北, 「『新社會』に就て矢野先生に質す」, 『每日新聞』 1902. 7. 31.

간주한다면, 의식주와 함께 청년 남녀에게는 반드시 배우자를 줘야 한다. 가령 결혼제도를 시인하고 야노 씨(矢野氏)가 말하는 것처럼 남자 26세, 부인 20세라 규정하더라도 그 번식력은 유년(幼年) 남녀의 결혼에 비해 한층 더 많아져 앞서 내가 계산한 것보다 더 많은 인구증가를 볼 것이다.

그는 인간의 기본적 생존권의 문제인 '의식주'를 무매개적으로 개별적인 인간의 욕망이란 차원으로 연결시키고 있다. '의식주'의 만족을 인간의 '색욕'과 관련지음으로써 인구의 증가를 초래한다고 반박한 것이다.

스에히로 고호쿠의 논리적 정합성이야 어찌되었건, 류케이의 『신사회』를 둘러싸고 인간의 '정욕'이나 '본능'이 직접적으로 문제로 언급되고 있다. 가와카미 하지메도 "의식이 족하면 예절을 안다고 말하는 것은 인류 아직 열리지 않고 그 욕망 단순히 소위 자연적 욕망에 머물렀을 시대에서만 진리다, 의식 족하더라도 또한 그 밖에 무수한 욕망이 있다. 이 욕망 모두 만족되지 않는다면 범죄는 결코 그 뒤를 끊이지 않을 것"[143]이라면서 한없는 인간의 욕망 때문에 류케이가 이상으로 삼는 신사회의 실현은 불가능하다고 주장한다.

오가이가 '본능'적 만족을 시인하는 입장에서 『신사회』를 비판한 것에 대해 고호쿠나 하지메는 '본능'적 '욕정' 자체를 문제시하고 있다. 양측은 논리 전개에서 서로 상이함을 보이지만, '자산주의 상의 본능'이나 무분별한 개인의 '정욕'에 관한 언설에는 초규의 '본능 만족'이라는 '미적 생활론'의 발상법이 깊이 침투해 있음을 알 수 있다.

오가이의 '자산주의 상의 본능'과 고호쿠, 하지메의 '욕'이 동일한

---

143) 위의 「矢野龍溪著新社會を讀む」.

의미를 지니는 것은 아니지만 양쪽 모두 인간 고유의 '욕망'이란 문제 틀 속에서 류케이의 『신사회』적 사회주의를 비판하고 있다는 점에서, 동일한 기반 위에 서 있다고 할 수 있다. 즉, 오가이 등은 초규의 '본능 만족'적 범주를 그 척도로 삼으면서 『신사회』가 실생활 속에서 실질적인 의미를 지니지 못한다고 본 것이다.

그들의 언설 상의 특징은 모든 사회시스템에 관한 논의를 '본능'이라는 개개인의 문제로 환원시키고 있다는 점이다. 그 때문에 개인과 사회의 관계 설정에서 이 둘을 매개하는 필연적 계기는 없어지고 오가이가 말했 듯이 모든 문제가 '개인'의 '결심'에 따른 것이 되어 버린다.

원래 도학선생(道學先生)에 대한 강력한 비판의식에서 출발한 '본능 만족'의 '미적 생활론'이 그 사회적 관계성을 상실해 버렸을 때, 사람들은 주관세계 속에 매몰해 간다. 이 주관세계를 향한 집착의 원경(遠景)에 러일전쟁을 목전에 둔 1902년(메이지 35) 전후의 폐쇄적 사회상황이 존재 하고 있다.

오가이가 '본능'의 문제와 관련시켜 『신사회』를 비판했던 이유는 그가 인용한 분트(WUNDT)의 말에서 찾아볼 수 있다. 신사회와 같은 "이상국 (理想國)이란, 이상은 여러 상황의 협박적 신정돈이란 근거 위에서만 사유 될 수 있는 것이기에 바로 그 덕의(德義) 상의 발전의 공기인 개인의 자유와 위배"된다는 것이다. 오가이는 무엇보다도 개인의 자율성이나 자유를 억압하는 사회의 경직화와 인위적 제어가 전제되는 사회주의 사회로의 변혁, 위에서 언급한 바와 같은 '협박적 신정돈'에 반대했던 것이다. 그 때문에 그는 류케이의 신사회에 "그다지 많은 동정을 표할 수 없"었다.

‘사회’와 ‘개인’의 관계에 관한 오가이 등의 사유방식에 따르면, 한없이 확대되는 인간의 욕망은 사회적 제어력과 첨예한 대항관계에 놓여 있다. 그러한 ‘욕’은 각 개인의 개별적 수행과 성숙을 통해 마침내 제어되는 것이지, 사회의 ‘협박적’ 통제에 의거하여 제어되는 것이 아니다. 사회적 환경이 인성에 영향을 끼친다는 사회주의적 기본발상법을 부정하면서 인간의 본원적 ‘욕’에 대한 외재적 규제를 강력하게 거부했던 것이다.

바꿔 말해, 오가이나 하지메의 『신사회』에 대한 반발은 자본가 세력을 옹호하거나 빈부 격차를 묵인하기 위해서가 아니고, 또한 단순히 사회주의를 부정하기 위해서도 아니다. 사회주의의 이상 실현에 수반하는 국가권력의 팽창과 개인에 대한 구속을 우려한 까닭에 자유방임에 대해 찬동을 표한 것이다.

류케이가 새로운 사회의 이상을 논할 때, 가장 고심한 부분이 이 개인의 자율성을 어떻게 보전하면서 발전시킬 수 있는가에 관한 문제였다.

류케이는 『신사회』 속에서 사유재산을 인정하는 모순을 보여주고 있다. 나아가 사유재산을 창출하는 국가적 기관인 창안국(創案局, 제6회)까지 설치하고 있다. 창안국은 새롭게 창안된 것 중에서 특히 사회에 공헌할 수 있는 것에 대해 연금(年金)으로 보상해 주면서, 이러한 창의적인 활동을 육성시킨다.

류케이는 오가이 등이 우려한 것처럼 인간의 개인적 ‘욕’을 부정하는 것은 아니었다. 오히려 각 개인의 욕망을 인정한 위에 그 욕망이 지니는 건설적 요소, 즉 자기구현의 자발적 의지를 창안국이라는 사회적 장치를 통해 발굴해 내고자 하였다. 『신사회』는 각 개인의 “경쟁방법을 이처럼 개선할 뿐”(제6회)이다. 모든 생산수단을 공유화(公有化)함으로써 경쟁

224

이전의 선험적 특권을 없애버리고 공정한 자유경쟁이 이루어지도록 사회 구조를 개선시킨 것이다.

류케이는 메이지의 자본주의 사회시스템에 나타나는 극단적인 개인주 의를 문제로 삼는 한편, 각 개인의 자기구현의 욕망도 염두에 두고 있었다. 그리고 사회주의 경제시스템에 의해 파생될 가능성이 있는 사회적 경직화 나 각 개인의 억압을 우려하고, 각 개인의 기본적 소유권이나 자율성을 사회조직 안에서도 유지할 수 있는 방법을 고민했다. 나아가 신문사와 같은 대(對) 사회적 견제기구의 자율성을 보장함으로써 사회에 대한 각 개인의 조직적 비판 기제도 준비해 둔다.『신사회』에는 개인의 삶과 모순 하는 모든 사회시스템은 해체되고 그 결과 당연히 생겨나는 이상의 사회 가 그려져 있는 것이다.

(2) 신사회의 공공

『신사회』에 등장하는 노인에게는 두 명의 아들이 있지만, 노인은 혼자 산다. 노인 혼자서 자활할 수 있도록 복지시설이 완비된 사회시스템도 류케이가 이상으로 여기는 사회다. 여기서 주목해야 할 것은 이 노인이 자신의 자식에게서 경제적·정신적으로 자립해 있는 것처럼 자식들 역시 부모인 노인한테서 자립해 있다는 점이다. 가부장 중심의 일가족을 사회 적 기본단위로 설정한 메이지의 시대적 환경을 고려할 때 이러한 설정은 이채롭다.

『신사회』와 같은 시기에 출판된 사회소설에 히사마쓰 기텐(久松義典) 의『사회소설·동양사회당』144)이란 작품이 있다. 이 작품은 부모형제와

---

144) 久松義典,『社會小說·東洋社會党』, 文學同志會發兒, 1901. 5.(이하『동양사회 당』).

같은 도요하라(豊原) 선생이나 시라야마(白山) 학교의 삼천여 학생이 동양사회당을 결성하고 그 중심 인물인 히라이 다키치(平井太吉)가 사회개량을 위해 활약하는 이야기다.

동양사회당의 중심 멤버인 삼걸칠준(三傑七俊, 제5장) 중에서 다키치 이외의 모든 사람들은 부모의 권유나 적극적인 찬동에 의해 동양사회당에 참가한다. 다키치는 부모에게 직접 권유받은 것은 아니지만, 그가 상경하는 배후에는 어머니의 현명한 판단이 있었다. 이처럼 동양사회당의 멤버들은 부모의 강력한 영향 하에 있다.

또 다키치가 사회사업에 전념하는 계기는 오가사하라(小笠原) 집안에서 불행한 대우를 받는 오타 아야코(太田綾子)를 돕기 위해서다. 다키치는 "무릇 가족내 불화와 부부간의 분사(紛事)는 중요한 사회문제"(제2장)라는 사회관을 가지고 있었고, 이러한 신념을 구현하기 위하여 아야코를 돕는다. 그리고 여기서 한 발 더 나아가 "사회 일반의 동포 형제 중, 이러한 경우에 처하여 침륜하는 자"(제4장)를 구하기 위해 '사회변호사'가 된다.

『동양사회당』의 준거점이 되는 것은 가족이고, 이 가족을 상실한 혼다 다케코(本多竹子)는 기타가와 다쓰오(北川辰雄)의 암살기도라는 파행적 행위로 치닫게 된다. "가족은 사회의 단위"(제1장)라고 여기는 가족주의 하에 쓰인 『동양사회당』은 그 가족주의적 발상으로 말미암아 사회주의라는 신사상을 주장하고 있음에도 불구하고, 메이지 국가이데올로기 안에 쉽게 편입해 간다.

동양사회당은 "일본의 헌법, 의원법 등 모든 정치상의 법전은 전부 정부 부내(府內)에서 만들어진 것이지만, 사회적 만반의 규율, 관례는 민간의 지사 스스로 맡아서 이것을 창정(創定)해야 한다"(제5장)고 말한다. 법률로 정해진 각종 사회체제 자체에 대한 문제제기는 사장된 채, 사회적 규범의 개량으로 그 활동 범위는 한정된다. '정부 부내'와의 긴장 관계를 상실한 동양사회당의 주장은 사회의 근본적 개혁에 이르지 못하고 '규율, 관례'라는 일상적인 도덕의 개량에 안주하는 것이다.

한편, 『신사회』에서는 "정년(丁年)에 달한 한 개인으로 일개수(一個數, ユニット)"(제9회)로 간주한다. 신사회에서는 가부장인 노인도 일개수고, 그 자식들도 또한 사회의 독자적인 한 구성원이다. 개별 개인을 기본단위로 삼는 신사회적 사회관은 『동양사회당』과 같이 가족이나 국가 등 집단적 제 관계를 가치기준으로 상정하는 메이지의 동시대적 사회관과 크게 다르다. 이러한 사회관은 나아가 국가와 개인의 관계를 생각할 때, 대단히 중요한 의미를 지닌다.

류케이가 『신사회』의 사회주의를 주창할 때 주의를 기울인 것이 국가권력과 사적 권리 사이의 명확한 구별이다. 류케이는 "사회주의는 한 나라의 부가 많은 것보다도 각 개인이 빈(貧)하지 않는 것, 한 나라의 표면상의 번영보다도 각 개인이 행복한 것"[145]이라면서 추상적인 국가이익보다는 각 개인의 실질적 이익을 우선시한다.

이 점 『신사회』의 또 하나의 특징인데,[146] 류케이는 생산기관의 공유화나 그 운영에 관해 정부주도의 관업(官業)과 노동자의 자주관리적 공업(公業)을 의식적으로 구분한다.

---

145) 矢野龍溪, 「社會主義の経濟」, 『社會主義』 1903. 12. 3.
146) 柳田泉, 「明治に於ける社會主義文學の勃興と展開」; 小田切進, 「解題」, 『明治社會主義文學集』(1965. 7.)에서는 『신사회』의 사회주의를 국가사회주의로 설명하고 있다.

우리나라의 예전이나 귀국의 오늘날의 관업이란 대체 무엇입니까. 관업이란 것은 과연 노력자(勞力者)에게 어떤 이익을 배당하고 있습니까. 그 감독자인 관리는 이에 종사하는 노력자만큼 이해관계, 내 몸처럼 절실합니까. 결코 그렇지 않을 것입니다. 그렇지 않은 이상은 관업이란 것이 항상 좋은 결과가 없는 것, 애초부터 이상하게 생각할 것이 아닙니다. '코 오퍼레이션' 위에 만들어진 우리 신조직의 공업에 생기가 있는 것은 여러 말을 필요하지 않을 정도로 분명합니다.

류케이가 말하는 코 오퍼레이션(Co-operation)이란 유럽 여러 나라에서 성행하던 조합주의운동을 지칭하는 것으로 신사회의 구조는 이 조합주의적 자주 관리 체제를 국가 차원으로 승화시킨 것이다. 이 때 조합주의운동의 기본 지침이 국가권력을 배제한 '자조'와 '협조'란 점은 유의해야 한다.

신사회의 각 작업장에서 주요한 관리자는 노동자들이 노동자들 속에서 직접 선발한다. 국가에 의한 계획경제적인 요소도 있지만, 실제 작업의 계획, 관리, 운영은 각 지역단위의 조합조직에서 자주적으로 행한다. 조합주의적 자조와 협조를 표방하는 신사회에서 국가 그 자체나 정부조직은 생산 활동이나 주민 생활에 실질적 의미를 지니지 않는다.

바꿔 말하면, 구사회의 정치가 통치와 피통치의 법치적(法治的, ポリチカル) 정치였다면, 신사회의 정치는 가사적(家事的, ドメスチック) 정치다. 일상 주민의 '가사'가 그대로 국가의 정치가 된다. '가사' 운영의 주체인 대중이 정치의 주체로서 직접 정치를 운영하는 한편, 대중에 의해 선택된 대인(代人)은 물론 정부의 권한은 어디까지나 '행정'이란 사무적 차원에 머문다. 공적 기제에 관한 대중의 주도적 권한은 사회의 모든 영역에서도 일관한다.

이미 언급한 공원도 '만인 모두의 즐거움'을 위한 공간으로 공적 성격을 지니지만, 이 공적 성격, 즉 공공성(公共性)에는 두 가지 측면이 있다. 공원은 '만인'을 위해 설치되었고 '만인'이 이용한다는 의미에서 '공공'의 장이다. 그 한편으로 행정기관에 의해 제공되고 관리된다는 의미에서 '공공'의 장이기도 한 것이다.

나아가 근대 일본의 경우, '은사'라는 수식어가 나타내고 있듯이 공(公)의 개념에는 행정의 관(官)과는 다른 추상화된 천황의 권위가 포함된다. 구사회인 일본에는 행정기관인 정부 이외에 천황이라는 절대적 권위가 사회적 공공성을 표상하고 있었던 것이다.

류케이는 이상사회의 행정기관인 정부의 공적 권한을 '가사'적 범위로 축소시킴과 동시에 천황이 지니는 공적 성격에 관해서도 다음과 같이 말한다.

때문에 대사(大事)는 즉, 국민의 직의직결(直議直決)로 하고, 그 이하의 사안은 의원(議院)이 결정한다. 이것이 바로 직의제(直議制), 대의제(代議制)를 겸용한 구조다.

의원의 의결은 이를 국제(國帝)에게 상주(上奏)케 한 후, 만일 이것이 잘못되었다고 생각하셨을 때는 이를 다시 의논에 붙이는 습관이 있다. (직의제이기 때문에 해산, 재선 등과 같은 것을 하지 않는다) 다시 의논한 다음, 국민의 의향이 또 전과 같을 때는 제실(帝室)은 여기서 이를 취사(取捨)한다. 또 국제에게서 재심을 요구받았을 때는 인민도 숙고하여 그 의견을 변경하는 경우도 있다. …… 우리 사회에는 여론의 힘, 대단히 크기 때문에 그 잘못을 적발 당할 두려움 때문에 사소한 이익(채용을 바라는 뇌물은 두말 할 나위도 없다)을 얻고자 그 명예를 더럽힐 생각 없는 것은 장관 또한 마찬가지고, 또 의원에게는 거대한 탄핵의 권력이 주어져 있어, 그 다수에게 탄핵받은 관리는 제실이라 하더라도 또한 주저하는 것을 보통으로 여긴다. 때문에 평판이 좋지 않은 자 있으면, 제실은 여론의 공격에 우선하여 항상 이를 임면(任免)한다. (제9회)

귀족으로 대우받는 제실(帝室)이지만, "우리나라의 귀족에게는 모든 일에 있어 보통 인민의 권리를 침해하는 특권은 하나도 없다"(제9회). 그리고 국가의 중요한 사안은 '일개수'의 인민이 '직의직결'로 정한다. 그 결정에 관해 '국제'는 이의를 제기할 수 있으나, 그 의결된 사항을 강압적으로 전복시킬 수는 없다. 또한, 인사결정에서도 '제실'은 '여론'에 좌우된다.

류케이의 『신사회』는 천황제의 부정에까지 이른 것은 아니나, 구사회에서 절대적 권위인 천황의 권한에 대해 국민의 '직의직결'이란 직재적(直截的) 정치 참여를 정면에서 주장하고 있다. 신사회는 구사회의 '관'이나 '천황'이 지니는 '공공성'에 대해 각 개인에 의해 형성되는 '공공'의 권위가 절대적 의미를 지니는 사회인 것이다.

총체적으로 현실의 메이지 일본에서 말하는 '국가권력'은 신사회 안에서는 극히 한정된 범위 내에서밖에 작용할 수 없다. 여기에 러셀류의 독일식 국가사회주의나 『동양사회당』의 사회주의와 『신사회』 사이에 커다란 차이가 생겨난다.

모든 우리 신사회의 조직은 사회 전원 스스로가 이를 감독하고, 스스로가 이를 행한다는 본의(本義)에서 생긴 것으로 본인은 아무런 의사도 없는데, 은혜(恩惠) 상 타인이 사회주의에 유사한 일을 행하는 것을 보고 이를 '퍼터널리즘'이라 한다. …… 인민 자치의 기상에서 이를 이룬 것이 아니라 사회주의의 도금을 씌운 것일 뿐이다. 때문에 그 사항은 반드시 나쁜 것은 아니라 하더라도, 그 본성 및 출처에 있어 이미 부패, 위험의 분자를 포함함을 어찌하리오.

신사회의 '공공성'은 국가권력이나 천황의 권위가 절대적 의미를 지니는 온정주의(Paternalism)적 권위와 완전히 정반대의 의미를 지닌다. 신사회의 '공공성'은 한사람 한사람의 개인이 '자치의 기상'과 코 오퍼레이션에 의해 구축해 가는 자발적 자기의지를 무엇보다 중시한다.

신사회의 정치는 각 개인의 일상적 '가사'로서 모든 이들에게 열려 있다. 개인의 삶이 정치 그 자체가 되고, 국가 운영이 개인의 생활이 된다. 주민에게는 자유로운 정치활동이 보장되어 있고 국정에 관한 책임과 의무가 부여된다. 그리고 정치상의 치자와 피치자의 대립구조나 경계는 철폐되어 정치에서 파생하는 권력관계 상의 상하관계, 우열관계는 해소되는 것이다. 이처럼 『신사회』는 각 개인에 의해 구성되는 '만인'과 '국제'나 정부로 대표되는 추상적 국가권력, 즉 개인과 국가가 서로 조화하고 있는 것이다.

5) 공공성(公共性)의 회복

류케이가 말하는 새로운 사회의 전제가 되는 것은 개인들의 자발적 자주성과 각 개인끼리의 협조에 의해 형성되는 공공적 권리의 회복이다. 구사회의 '공공'이란 단어가 국가를 정점으로 하는 위정자 중심의 권위주의적 발상을 근저에 두는 반면, 류케이의 신사회가 지향하는 공공의 사회란 국가보다 개인의 주체적 주도권을 전제로 하는 사회다. 이렇듯 원래 근대적 의미에서의 '공공성'은 개개인의 권리를 기반으로 해야 하는 것이었다.

류케이가 『신사회』에서 그리는 세계는 오가이가 우려하는 것과 같이 개인의 권리를 속박하는 것도 아니고 국가권력 그 자체가 절대적 의미를 지니는 것도 아니다. 각 개인의 자발적 자기의지가 사회의 모든 방면에서 구현할 수 있는 '공공'의 공간이다.

후일 하지메는 『근세 경제사상사론』[147) 안에서 류케이의 『신사회』를 카베(Etienne Cabet)나 푸리에(F. M. Ch. Fourier) 등과 마찬가지로 공상적 '초기사회주의'로서 마르크스 사회주의와 구별한다. 그리고 그 초기사회주의자의 특징에 관해 다음과 같이 말한다.

초기의 사회주의자가 그 이상을 실현하기 위해 취한 바, 주요한 방법은 사람들의 이지(理知) 또는 도덕적 감정에 호소하여 움직이려고 하는 것이었다. …… 이처럼 전 세계 사람들을 도덕적으로 교화한다는 것은 더할 나위 없이 곤란한 사업이지만, 그래도 그들은 그 이상의 실현을 대단히 용이한 것으로 생각하였다. 이는 그들이 이미 인간성에 대해 낙관주의를 가지고 인간을 일반적으로 선한 자 또는 선해질 수 있는 자로 신용했기 때문이다.

그리고 초기 사회주의자의 구체적 방법으로 '언론'에 의한 사상의 전파, 유력자에 대한 헌책(獻策) 또는 스스로의 실험 등을 들고 있다.

---

147) 河上肇, 『近世経済思想史論』, 岩波書店, 1920. 4. 10.

나아가 하지메는 일본에서의 실험으로 무샤노코지 사네아쓰(武者小路實篤)의 '새로운 마을'(新しき村) 운동을 든다.

'새로운 마을' 운동은 "첫째 협력주의고, 둘째 공산주의고, 셋째 형제주의"[148]라는 특징을 지닌다. 형제주의란 '부부주의 또는 가족주의' 정신을 '타인끼리'도 가질 수 있다는 발상을 기본으로 한다. 무샤노코지 사네아쓰의 '새로운 마을'은 혈연관계를 넘어 개별적으로 성숙한 '타인'의 연대, 즉 사회적 개별자로서의 '개인'을 기반으로 형성된 공동체다.

류케이의 신사회나 무샤노코지 사네아쓰의 '새로운 마을'은 메이지 사회의 기본적 가치개념인 부부주의 또는 가족주의와는 달리 '타인'들의 공동체 건설이라는 '낙관주의'에 입각한다. 이러한 각 개인의 '타인'에 대한 개방성이야말로 메이지 이후 근대 일본이 걸어간 길과는 전혀 다른, 또 하나의 가능성이 잠재되어 있다.

이는 문학에서도 마찬가지로 개인주의에서 출발한 초규가 사회와의 몰교섭적 일상으로 매몰해 가는 속에서, 그 영향을 받아 일본 자연주의의 배타적 개인주의가 등장하였고, 그와는 또 다른 문학세계가 류케이의 작품세계 속에서 구현되었음을 의미한다. 류케이의 『신사회』는 초기 사회주의가 지향한 바와 같이 근대적 개인에 기반을 둔 공공적 커뮤니티의 건설 가능성을 그렸고, 이후 시라카바(白樺) 파의 이상주의적 세계관으로 이어진다.

2. 코스모폴리타니즘의 간이(簡易)

---

148) 河上肇, 「'新しき村'の計畫に就て」, 『政治學経済學論叢』 1919. 1. 1.

1) 『신사회』에서 『불필요』로

정치소설 『경국미담』에서 출발한 류케이의 문학은 1902년(메이지 35) 7월에 사회주의 소설 『신사회』에 이르렀다. 곧바로 러일전쟁이 발발하고, 일본 사회는 탐욕스러운 제국주의 국가로 변모해 간다.

현재 『신사회』 이후 류케이의 구체적 행보에 관해서는 거의 알려져 있지 않다. 그러나 『신사회』에서 "사회주의야말로 실로 장래 세계 대평화의 견고한 연쇄가 될 것"(第11회)이라고 한 세계연대와 평화에 관한 그의 염원은 적어도 1907년(메이지 40)의 『불필요』[149]에서도 찾아볼 수 있다. 그러한 의미에서 류케이의 세계평화에 대한 바람은 『경국미담』에서 출발하여 1931년(쇼와 6) 6월 그가 죽기까지 필생의 과제였다고 할 수 있다.

'국가'라는 개념 자체에 대해 인식의 전환이 이루어지고, 나아가 그의 말년 저술인 「일본의 국시」[150]에서 "인간은 그 나라의 한 사람일 뿐 아니라, 또한 세계의 한 사람"이라는 세계주의적 세계관을 구체적으로 인식하기 시작한 것은 1897년(메이지 30)부터 1899(메이지 32)년까지 청국주재 특명전권공사(駐淸特命全權公使) 시대의 중국체험에 기인하는 것 같다.

류케이는 청국공사의 임무를 마치고 귀국해, 청국의 개혁이 늦어지는 이유가 중국인들의 독특한 국가관에 기인한다고 주장한다.[151] 중국인이

---

149) 1907년 4월 15일부터 5월 24일까지 『毎日電報』에 연재된 것을 같은 해 9월 단행본으로 출간하였다.

150) 「日本の國是」, 『東京日日新聞』 1920. 10. 16.

151) 「支那事情一斑」(『早稻田學報』 1900. 3. 25.)과 「支那人と愛國心」(『慶応義塾學報』 1900. 7. 10.) 등이 있고, 러일전쟁 기간 중의 『世界ニ於ケル日本之將來』(近事畫報社, 1905. 2.)에서도 마찬가지로 중국인들이 '속'을 중요시한 나머지 서구 문물에 의한 '개화'를 받아들이려 하지 않는다고 설명하고 있다.

서구문명을 받아들이려 하지 않는 것은 전통적인 '속(俗)'을 타국과 구별되는 중국의 실체로 인식하면서, 서구문명과 상충되는 '속'의 보존에 전념하기 때문에 개혁이 더디다고 보았다.

그리고 '네이션'란 말에 관해서도 다음과 같이 설명한다.

> 네이션이란 말이 있다, 국민이란 말이 있다. 그 국민이란 것은 어떤 토지에 살면서, 그 토지에 서식하고 동시에 그 토지를 지키는 것, 온전하게 지키는 것이 네이션. 토지와 인민을 떨어뜨리면 네이션이란 말이 성립할지 어떨지 한 가지 의문이 될 것 같다. 그렇지만 중국 사람들은 토지에 관계하는 바의 관념이 암만 해도 별로 없는 것 같다.

또한 류케이는 중국 사람들처럼 국토 개념이 없는, 즉 국가를 국토와 직접적으로 관련시키지 않는 사람들로서 인도인, 유태인, 아랍 유목민, 중앙아시아 유목민 등을 그 예로 들고 있다. 그들이 외부세력으로부터 지키고자 하는 것, 즉 자기규정의 중심에 있는 것은 종교고, 풍속이다.

이들 민족에게 국가란 종교나 풍속과 동일한 개념으로 영토적 국가 관념을 지니는 세계 제국주의 여러 나라와 일본의 그것과는 사뭇 다르다. 류케이는 국경을 둘러싸고 끊임없이 지속되는 국제분쟁을 종식시키고, '세계 대평화'에 이르는 한 방법으로 영토상의 경계를 떠난 새로운 '국가' 개념에 착목한다. 그리고 이러한 세계주의적 연대가 앞 장에서 살펴본 『신사회』 안에서는 '노력(勞力)의 한도'를 협정하여 각국의 경쟁을 조율하는 국제연약(國際聯約)의 형태로 나타난다.

한때 문단을 휩쓸었던 '미적 생활론'의 초규가 사망한 1902년 9월을 전후하여 문단에서는 일본 자연주의가 발흥하고, 이 새로운 조류의 문학은 류케이의 『불필요』가 쓰인 1907년을 전후하여 절정에 달한다. 그 사이 러일전쟁을 계기로 초규의 '미적 생활론'이 지녔던 대(對) 사회적 공격성은 점차 퇴색하여 개인적 일상과 내면적 정신세계에 천착 또는 매몰되어 가는 일본 자연주의가 등장한다.

다시 말해, 자연주의로 대표되는 일본의 근대문학이 일본 내셔널리즘의 발흥과 제국주의적 팽창주의 속에서 현실의 일상에 안주 또는 좌절하는 형태로 나타났을 때, 류케이 문학은 이를 극복할 대안으로서 세계대평화와 연대를 작품 속에서 구현한 것이다.

류케이의 『신사회』에서 『불필요』에 이르는 5년간은 시마자키 도손(島崎藤村)의 『파계』(破戒)나 다야마 가타이(田山花袋)의 『이불』(蒲団)을 정점으로 하는 일본 자연주의 문학의 탄생 및 발전 과정 시기와 겹친다. 따라서 류케이의 각 작품에 일관하는 세계주의적 인식태도는 사회와의 관계성을 상실하고, 개인 생활로 침잠해 간 일본 자연주의 문학에 대한 상대적 기축으로서의 가능성을 지닌다.

이하 이러한 류케이의 코스모폴리타니즘적 발상과 그 문학표현을 동시대의 문학적 상황과 관련시켜 고찰해 보고자 한다.

2) 『신사회』의 간이(簡易)

류케이가 그렸던 『신사회』의 유토피아는 모든 생산수단이 공유화된 사회로 번잡한 자본주의 경제시스템이 간략화된 사회다. 생산기관이나 자본, 그리고 유통기구와 같은 각종 사회적 기제(機制)는 생략되거나 단순하게 정리된다. 이상화된 사회시스템은 사람과 사람 사이에 놓인 경제적·사회적 장애물을 제거하여 개방적인 커뮤니티를 창출하는데,

바로 이러한 사회시스템의 '간이'화가 신사회를 특징짓는다.

> ① 구사회(旧社會) 및 귀국(일본 | 인용자)의 현 사회 등의 공장과 우리 신사회의 공장을 비교하면 우리 공장은 대단히 <u>간이단순(簡易單純)</u>합니다. (제5회)
> ② 귀국과 같이 번잡한 조례 법률 같은 것이 신사회에 무슨 필요가 있겠습니까. 다만 민법 중에서 친족 편과 같은 것이야 필요하겠지만 그 밖의 것은 있어도 없는 것과 마찬가지로 우리 신사회 법률이 <u>간이한 것</u>은 새삼스럽게 설명할 필요조차 없습니다. (제8회)
> ③ 제5 <u>간이교육(簡易敎育)</u>의 법을 설치하여 그 지식을 개발합니다. (제11회)

위에서 인용한 것 이외에도 류케이는 신사회를 설명하는 여러 장면에서 '간이'라는 용어[152]를 빈번하게 사용한다.

근대 이후 새롭게 생긴 이 용어에 관해서는 다음 해인 1903년 6월에 간행한『통속·신사회』(通俗·新社會, 大日本図書 간행)를 통해서 그 의미를 보다 구체적으로 이해할 수 있다.『통속·신사회』는『신사회』의 한자어를 보다 알기 쉬운 고유어로 풀어쓴 것으로, 위의 인용문은 다음과 같이 적혀 있다.

①의 '간이단순'한 것은 귀찮음이 적고 편한 장치(面倒の少なき氣樂なる仕組み), ②의 '간이한 것'은 법률을 덜 필요로 하는 것(法律の入用少なき事), ③의 '간이 교육'은 수고가 들지 않는(手間のかからぬ) 교육 등으로

---

152) 岡野幸江의「解題」(『復刻·簡易生活』, 不二出版社, 1983. 3.)에 의하면 이 '간이'라는 용어가 근대 이후 일반화된 것은 1900년대 초다. 다시 말해『신사회』에서 쓰인 '간이'라는 용어는 류케이가 의식적으로 선택한 용어라고 생각된다.

해석해 놓았다.

간이란 '귀찮음(面倒)', '필요함(入用)', '수고(手間)'와 같이 일상의 번잡함에 대한 상대적 개념이다. 『신사회』에서 사용하는 '간이'라는 용어는 경제, 정치, 법률 등 인간 생활의 외연을 형성하면서, 인간 일상을 규제하거나 제어하는 기성 제도를 최소화시키는 준거 기준으로 설정된 것이다. 이러한 준거 기준의 제시는 현실을 객관화시켜 상대적으로 바라볼 수 있는 시선을 제공한다.

유토피아라는 제재 상의 참신함이 사회경제적 불평등 관계를 심화시켜 가는 현실 자본주의 사회체제를 상대화하면서, 기성의 문학 표현에 대한 반가정(反仮定)의 의미를 지니듯이, '간이'라는 생경하고 인상적인 용어는 구사회 또는 일본 사회의 기성 가치를 이화(異化)시킨다. 바꿔 말하면, 신사회의 '간이'는 현존하는 자본주의적 번잡함을 배제해 나감으로써 도달할 수 있는 이상사회인 것이다.

이 신사회의 '간이'와 관련하여, 가미쓰카사 쇼켄(上司小劍) 등에 의해 창간된 『간이생활』(簡易生活, 1906년 11월 창간)이란 잡지와 이를 중심으로 전개된 '간이생활운동'이 주목된다. 프랑스의 자유주의 기독교인 샤르르 와그넬(Charles Wagner)의 사상을 빌어 전개된 간이생활운동은 간소한 생활이 "인생에서 행복을 얻는 지름길"153)로서 "공동생활을 동반하였을 때 비로소 완전한 지경(域)에 도달한다"154)고 선언한다.

와그넬의 사상은 개인적 · 정신적 생활상의 지침으로서 기성체제에 대한 구체적인 비판이나 조직적인 행동을 수반하는 것은 아니었다. 이로

---

153) 上司小劍, 「告白」, 『簡易生活』, 1906. 11.
154) 上司小劍, 「簡易生活主義」, 『簡易生活』 1906. 11.

인해 현실사회와 긴장관계를 유지할 수 없었던 반면, 쇼켄의 간이생활은 번잡한 접대의 허식성을 '생활' 속에서 근절시키기 위해 '현관'의 폐지를 주장하였다.

생활상의 구체적 실천을 수반한다는 점이나 사회주의적 공동체를 전제로 한다는 점은 와그넬 사상의 관념성을 넘어선 일본 '간이생활주의'적 특질이라 할 수 있다. 또 그 한편으로 이 운동의 논리는 『신사회』의 사회주의적 간이함과 닮았지만, 사회 전체의 기본구조나 시스템 그 자체의 간이화를 추구한 류케이에 비해, '생활'이라는 신변적 일상에 국한되었다는 점에서 큰 차이를 나타낸다.

류케이와의 차이는 쇼켄의 간이생활운동과 초규의 '미적 생활론'의 관련성을 상기시킨다. 실제로 쇼켄의 간의생활주의가 개인 생활상의 구체적인 생활론이란 점에서 초규의 '미적 생활론'의 연장선상에 위치한다.

미적 생활론이 '미적'이란 주관적 자기 기준에 의거한 생활론인 것과 마찬가지로 간이생활주의에서 말하는 '간이' 또한 개인적·주관적 준거 기준에 의거한다. 둘다 허식적인 관습이나 생활규범에 대한 윤리적 반발을 기반으로 한 '생활실천론'이라는 점에서 공통점을 갖는 것이다.

그러나 초규의 미적 생활론의 실천이 점차 정신적 영역으로 국한되면서 마침내 니치렌(日蓮)과 같은 종교적 생활로 귀의한 반면, 쇼켄의 간이생은 사회와 끊임없이 관계하는 개인, 그리고 그러한 각 개인의 간이생활이 '공동생활'과 '공산제도의 실현'(간이생활주의)을 통해 완전히 구현된다는 점에서 큰 차이가 나타난다. 이는 쇼켄이 개인의 종교적·정신적 생활을 주창하는 와그넬에 대해 "와그넬에게는 와그넬의 간이생활주의가 있을 것이다. 우리들에게는 우리들의 간이생활주의가 있다."며, 자기류의 간이생활주의를 선언했을 때 이미 시작된다. 와그넬이나 초규가 말하듯이, 사회에서 유리되어 개별적으로 존재하는 '개인'이 아니라 사회적 존재로서의 '개인'이 그 발언의 배후에 상정되어 있는 것이다.

즉 쇼켄의 간이생활과 그 "공동생활의 완전한 실현은 공산제도의 실현"을 기다려야만 하는데, 현재 할 수 있는 것은 일상 속에서 "소극적으로 간이생활을 실행"하는 것이다. 이처럼 간이생활운동은 현 사회의 전면적인 변혁을 주장하는 사회주의적 실천운동과도 다른 양상을 나타냈다.

그렇지만 사회주의자 고토쿠 슈스이(幸德秋水)는 '무형적 간이생활 또는 사상적 간이생활'155)이란 차원에서 러시아 아나키스트들의 실천운동과 간이생활주의의 동질성을 찾아내고 있다. 그는 이를 투루게네프의 『아버지와 아들』에 나오는 아나키스트들과 간이생활운동을 관련시키면서 다음과 같이 설명한다.

투루게네프의 소위 허무주의 청년 남녀는 첫 번째로 이 문명사회의 습속적 허위를 향해 대담한 전투를 개시했다. 절대의 진지질박(眞摯質朴), 이것이 그들의 유일한 척도였다. …… 그들은 도리 이외에는 어떠한 권위에도 굴하는 것을 인정하지 않았다. 그들은 일체의 사회적, 제도적 습속을 해부하여 티끌만큼의 허위를 포함하는 것이 있으면, 극력 이것을 배척했다. 그들은 철학적 관념에서는 실험파(實驗派)였다. 무신론(無神論)이었다. 스펜서 파의 진화론자, 또는 과학적 유물론자였다. 그들은 극히 단순 진지한 종교적 신앙을 공격하지 않았으며, 동시에 위선교식(僞善矯飾)의 승려나 교회에 대해 격렬하게 접전(接戰)했던 것이다.

---

155) 幸德秋水, 「虛無党の簡易生活」, 『簡易生活』, 1906. 11.

슈스이의 아나키즘관에서 '습속적 허위'에 대해 '절대의 진지질박'함
이라는 코어(core)를 향한 집념을 볼 수 있다. 동시에 '실험파'나 '무신론'
이란 단어에서 자연주의 문학이 지향했던, 또는 지향해야만 했던 '습속적
허위'를 전복시키는 '진지질박'한 실천력을 읽어낼 수 있다.

어떠한 허위도 배척하고, '있는 그대로'의 절대적 '도리'를 추구하고자
하는 태도는 메이지 자연주의자를 연상시킨다. 바로 이 점이 일본 자연주
의와 사회주의의 접점이 될 수도 있을 것이다.156)

그러나 양자 사이에는 결코 넘을 수 없는 벽이 가로놓여 있음도 잊어서
는 안 된다. '진지질박' 그 자체를 목적으로 하는 자연주의자들과는 달리,
쇼켄이나 슈스이가 말하는 '진지질박'은 일상생활 속에서 '도리'를 실현
하기 위한 가치평가의 척도에 불과하다. 자연주의자도 사회적 허식을
향해 문제를 제기하지만, 사회와의 구체적 관계를 단절시킨 채, 자기완결
적인 무이상(無理想), 무해결(無解決)이라는 결론에 귀착한다.

이에 대해 간이생활주의는 집안의 '현관'을 허물어 '창고 겸 아이들
놀이터'로 삼는 구체적 대안을 모색하고, 사회주의는 천황제의 절대적인
국가권력을 극복하고자 했다. 자연주의의 자기완결적 내면세계로의 안주
와는 달리 간이생활주의와 사회주의의 실천적 대안 제시라는 결과상의
상이함을 초래한 것이다.

이는 '문학과 사회' 또는 '문학과 실천'이라는 근대문학의 중요한 테마
를 생각할 때, 시사하는 바가 크다. 즉, 자연주의의 대사회관에 비해 쇼켄
이나 슈스이의 문제의식은 사회에 대해 보다 공격적이고 적극적인 실천성
을 수반하고 있으며 그것이 그들이 추구했던 근대적 문학인 것이다.

---

156) 西田勝, 「解題」, 『復刻・簡易生活』, 不二出版社, 1983. 3.

메이지 30년대 종반이라는 시점에서 자연주의나 슈스이를 비롯한 사회주의자들에게 '간이'라는 단어 자체나 그 함의는 다양한 형태로 나타난다. 그러나 이상에서 보아온 바와 같이 진지한 '질박'함이라는 '진실'을 향한 '간이'성의 추구가 동시대적인 보편 논리로서 문단 저변으로 파급되었고, 개개인의 생활의식에 적지 않은 영향을 끼친다.

메이지 후반의 많은 문학자들은 세계나 사회와 대면하였을 때, 협소한 개인생활 속에서 번뇌하거나, 혹은 정신적인 종교생활을 통해 종교적 보편가치와 개인적 삶을 융화시키고자 노력하곤 하였다. 또는 폭압적 권위를 향해 과감하게 도전하기도 했다.

이 때 '간이'의 논리는 각각의 내면에 내재하는 '진리'나 '도리'라는 코어를 현실 세계에서 구현하도록 추동하는 원동력이 되었고, 그러한 노력은 사회적 부조리나 추상적 권위에 도전하는 비판으로 드러난다. '간이'적 준거에 의해 모든 권위의 추상성은 벌거벗게 되고, 사회적 부조리는 구축된다. 그리고 이러한 '배제'의 결과, 대상의 본질만이 남아 각각의 실체를 드러내는 것이다.

물론 간이생활운동 이외의 자연주의자나 사회주의자 등이 '간이'의 논리를 체계적으로 인식하고 실행에 옮겼다고는 말할 수 없다. 다만, 자연주의자가 개인의 일상에서 허구적인 권위를 배척하며 사회 자체를 '배제'한 것과 마찬가지로, 쇼켄이나 슈스이도 사회적 허식이나 공허한 권위를 자신의 삶과 사회에서 축출해 나간 것이다.

이러한 동시대적인 사회사상적 흐름을 시야에 넣었을 때, 『신사회』는 기성의 사회조직이나 국가조직 그 자체를 궁극적인 지점까지 '간이'화한 선구적 작품이라고 할 수 있다. 류케이는 신사회의 국가조직에 관해

"무릇 한 나라 정치의 본령은 사회 인민의 의식주를 만족시키는 것 이외에
는 아무것도 없다."(제9회)고 단언하면서 다음과 같이 말하고 있다.

구사회에서 정치라는 것을 대단히 고상한 것처럼 말하고 있지만 이는
단지 불완전하고 복잡한 사회를 통치하고자 쓸데없는 고생, 불필요한
논리를 늘어놓는 것에 불과하다. 세상 사물의 진용(眞容)을 노정시키면
모두 우리 사회의 의사(議事)와 마찬가지일 뿐. 원래 전쟁이란 무엇인가,
노골적으로 말한다면 싸움일 뿐. 대전쟁은 큰 싸움일 뿐. …… 정부라
하면 고상한 것처럼 들리지만 그 실은 인민의 의식(衣食)을 보살피는
곳이다.

류케이는 정부기관을 '의식을 보살피는 곳'이라 하고, 전쟁을 '큰 싸움'
이라고 표현함으로써 사상(事象)이 지니는 허구적 고상함을 탈각시킨다.
비근한 단어를 작품 속의 언어표현으로 사용함으로써 러일전쟁을 목전에
두고 확대해 가는 국가권력의 가치 개념을 가장 원초적인 차원으로 끌어
내린 것이다.

이와 동시에 전쟁이나 국가기구의 본질적 의미를 다시 한 번 환기시키
면서 복잡하게 뒤얽힌 사회구조의 '쓸데없는 고생'과 '불필요한 논리'를
제거하고, 그 '진용'을 단순화시켰다. 류케이는 이러한 '간이'의 방법으로
현란한 수식어로 현혹되기 쉬운 모든 사회적 사상의 본질적 의미를 『신사
회』 안에서 확인시키고자 한 것이다.

3) 러일전쟁과 『데타라메의 기』

1903년(메이지 36) 3월 10일 발간된『동양화보』(東洋畫報)는 류케이가 구니키다 돗포(國木田獨步)를 편집장으로 불러들여 출판한 화보 형식의 잡지다.『동양화보』에서『근사화보』(近事畫報), 러일전쟁 중에는『전시화보』(戰時畫報), 종전 후에는 다시『근사화보』로 시세에 맞춰 잡지 이름을 변경(이하, 모두『화보』)하는데, 1907년(메이지 40) 3월 15일 폐간될 때까지 류케이는「데타라메의 기」(出鱈目の記)라는 제목으로 662편의 장편과 단편 수필을 연재한다. '데타라메'라는 비속한 언어표현에서 알 수 있듯이 이 일련의 기사 속에도 류케이의 '간이'화 의식은 강하게 작용하고 있다.

『화보』에「데타라메의 기」가 연재중이던 1905년(메이지 38) 9월, 류케이는 그 때까지 썼던 기사 가운데 219편을 골라 단행본으로 출판한다. 단행본「서문」에서 '데타라메의 기'라는 독특한 제목에 관해 그는 다음과 같이 설명하고 있다.

데타라메의 기는 '데타라메'하게 적어놓은 기록이다. 순서도 없고, 유별(類別)도 없으며, 마음에 떠오른 사항을 그대로 적어 나열한 것일 뿐, 원래 '데타라메'라는 속어는 책임도 지지 않으며, 깊이 생각도 않고, 입에서 나오는 대로 마음껏 내뱉는다는 의미에 가깝다. 과연 그렇다면 이 수필에는 합당한 제목이다. 엄격하게 고상한 이름을 선택하기보다 역시 데타라메라고 하는 것보다 더 나은 것은 없을 것 같아 또 엉터리로 (デタラメに) 이렇게 이름 붙인다.

류케이는 자신의 자연스러운 의식의 흐름을 좇아 자유롭게 연상하고 생각나는 대로 이 문장에 적어놓았다.

예를 들어 창간호의 「데타라메의 기」는 '총쏘기'라는 사냥의 추억담에서 시작한다. 그리고 새사냥의 기억에서 지도리(千鳥), 지도리의 행(鴴)이라는 속자(俗字)에서 만요슈(万葉集)에 나오는 '고마치의 언니'(小町の姉)의 와카(和歌), 그리고 '고마치'(小町), '나리히라'(業平), '노래의 제목 및 이름'(歌の題及び名前) 순으로 연상되는 바를 연이어 기술해 간다.

머리 속에 떠오르는 대로 적어내려 간 「데타라메의 기」에는 수필적 기사뿐 아니라, 동시대의 시사적 내용도 많이 수록하고 있다. 특히 러일전쟁중에는 전쟁 관련 기사도 싣고 있어 당시의 일본 사회 및 전쟁에 관한 류케이의 생각을 엿볼 수 있다.

그런데 이상하게도 류케이는 이러한 전쟁과 관련된 시평(時評)적 기사는 단행본을 발간할 때 거의 삭제한다.

전쟁 관련 기사가 수필이라는 문학 양식과 어울리지 않기 때문에 생략했다고도 생각할 수 있으나, 그것만으로는 충분한 설명이 되지 않는다. 왜냐 하면, 1904년(메이지 37) 9월 10일의 「데타라메의 기」에 게재한 「함상(艦上)의 웅계(雄鷄)」나 「육도삼략」(六韜三略) 같은 여러 편의 전쟁 관련 기사는 단행본에 삽입했기 때문이다.

물론 「함상의 웅계」를 비롯한 전쟁 관련 기사는 시평적 의미보다는 일화(逸話)적 요소가 강하다는 특징을 갖고 있다. 또 단행본 안에는 러일전쟁과는 무관한 시평적 기사도 포함되어 있어서 전쟁 관련 기사라든가 시평적 기사라는 단일한 선별기준에 의해 단행본이 제작된 것은 아닌 듯하다. 즉 단행본 발간 때, 삭제 대상이 된 기사는 전쟁을 다룬 기사 중에서도 특히 러일전쟁에 관한 것이었다고 추정할 수 있는 것이다.

오랫동안 저술활동을 해온 류케이가 "책임도 지지 않으며, 깊이 생각도 않고” 글을 쓴다면서, 결코 긍정적이지 못한 ‘데타라메’함을 오히려 당당하게 들고 나온 것은 특이한 일이다.『경국미담』이나『우키시로』,『신사회』와 같은 소설 제목은 물론,「데타라메의 기」이전에 쓰여진『서유만기』(西遊漫記),『상기록』(想起錄),『수필잡찬』(隨筆雜纂), 그리고 이 이후에 쓰게 되는『류케이 수필』(龍溪隨筆),『류케이 한화』(龍溪閑話)와 같은 진지한 제목들과 비교해 보면, ‘데타라메의 기’는 대단히 돌출된 표현이다.

류케이가 러일전쟁 발발이 예상되던 시기에 일부러「데타라메의 기」라는 제목을 붙였을 때, 거기에는 러일전쟁의 ‘데타라메’함에 대한 류케이의 인식태도가 표현되어 있었던 것이다.

앞에서 지적한 바와 같이 전쟁을 ‘싸움’이라는 비근한 단어로 ‘간이’화한 류케이에게 러시아와 일본 간의 ‘전쟁’은 한낱 ‘싸움’에 불과하다. 이는 정부나 일반 국민이 성전(聖戰)이라 부르는 그런 ‘고상’한 것이 아니다. 복잡한 국제관계에 의해 발발한 전쟁이라 하더라도 이데올로기적인 허상을 벗겨내는 ‘간이’의 기준에 의거하면, 러일전쟁은 향후에 남길 만한 가치도 없는 ‘데타라메’한 사건에 불과했던 것이다.

단행본에 수록되지 않은 기사 중에는 러일전쟁에서 여순 함락이나 발틱 함대 격파, 러일전쟁에서의 승리를 기뻐하는 류케이의 모습도 포함되어 있다. 세계 최강의 러시아를 무찌른 일본 국민으로서 당연히 자국의 승리를 자랑스럽게 여길 법한 이러한 기사들은 단행본에서 전부 삭제된 것이다.

류케이는 기사 내용뿐 아니라 그러한 시류에 편승하였던 자기 자신조차 남기려 하지 않았다. 사회 일반에서는 탐욕스러운 제국주의 국가로 전화해 가는 일본의 승리를 지당하게 여겼지만, 류케이는 이 전쟁에 희열

246

하는 자기 자신의 행각조차 일본의 승리와 마찬가지로 '데타라메'한 사건으로 쓸어냈다. 현실의 거대한 시류에 역행할 수 없었던 류케이의 자포자기적인 감상마저 느껴지는 이 「데타라메의 기」라는 글과 그 단행본의 간행과 관련된 기사 선별의 의식 속에는 하나의 '싸움'에 불과한 러일전쟁 중의 모든 사건을 배제하고자 하는 류케이 나름의 의지가 포함되어 있었던 것이다.

그런데, 단행본에서 삭제된 기사 가운데는 황화론(黃禍論)에 관한 것이 포함되어 있다. 황색 인종이 세계 불안의 화근이 된다는 황화론은 청일전쟁 말 독일의 빌헬름 2세에 의해 퍼졌고, 결국 삼국간섭을 초래했다고 일컬어진다. 이 황화론이 러일전쟁 기간 중에 다시금 퍼지게 된 것이다. 빌헬름 2세에게 종용 받은 러시아의 니콜라이 황제가 러일전쟁 때 황화 저지의 전위(前衛)를 자칭한 것은 널리 알려진 사실인데, 이에 대한 일본 쪽 반응도 다양했다.157)

예를 들면, 오가이는 『황화론 경개』(黃禍論梗槪, 1904. 5. 3.)의 「예언」(例言)에서 "우리 군 앞으로 승리하면 황화론의 세(勢) 점점 더해질 것이다. 황화론의 연구는 실로 목하의 급무"라면서 전쟁 후 인종차별주의적 황화론의 세계적 풍미를 예고한다. 오가이의 예언은 불행하게도 맞아들었고, 러일전쟁 이후 황화론은 유럽의 여러 나라는 물론 미국이나 호주로까지 퍼져나간다.

일반적으로 '황화'란 일본과 중국의 제휴에 의한 유럽 침공을 의미하는데, 이러한 황화론의 출현으로 말미암아 국가를 기본단위로 하였던 세계 단절의 경계선은 마침내 국경을 넘어 인종 중심의 대립구조로 전화해

---

157) 橋川文三, 『黃禍物語』, 筑摩書房, 1976. 8./岩波現代文庫, 2000. 8. 참조.

갔다. 이는 제국주의 국가간의 식민지 쟁탈을 위한 근거로 작용한다.

특히, 오가이가 『황화론 경개』의 「예언」에서 주장하듯이 "나는 세계에 백화(白禍) 있음을 안다. 그러나 황화 있음은 알지 못한다."며 러시아를 포함한 구미 열강에 대한 인종적 대항의식을 노골적으로 드러낸다. 이러한 서구 제국주의에 대한 적대의식은 러일전쟁에 관한 일본인들의 가장 일반적인 인식이었다. 그리고 이러한 '황화'를 둘러싼 대립의식의 이면에서 이후의 '대동아공영권'의 논리가 싹터 나오게 된다.

황화론 그 자체는 말할 나위도 없겠지만, 인종차별적 언설을 비판한 오가이조차 '인종'이라는 기준으로 다른 인종을 배척하는 악순환에 빠진다. 이러한 악순환은 결국 팽창해 가는 일본 제국주의를 비판적으로 객관화하려는 많은 노력들을 무산시켰고, 그 속에서 일본 근대문학은 무기력했다.

이에 비하면, 1904년 8월 10일의 「데타라메의 기」에 실린 류케이의 황화론이나 박황화론(駁黃禍論)은 주목할 만하다. 이 문장도 단행본 출판 시 삭제되는데, 이 기사에 전쟁 상황임에도 불구하고, 앞서 살펴보았던 류케이의 코스모폴리타니즘적 지향을 엿볼 수 있어 그 의미는 더 크다.

류케이는 일본과 중국이 연합하여 '백인'국가를 침공하는 것은 각국의 민의(民意)에 위반되기 때문에 '도저히 불가능한 일'이라고 단언한다. "일본은 입헌국이고," "중국인은 평화를 바라며 전쟁을 싫어하는 민족"이라는 점을 근거로 들면서, 민의에 역행하여 다른 나라를 침략하는 행위는 있을 수 없다고 주장한 것이다.

나아가 세계에서 침략전쟁을 일으키는 국가는 인종 그 자체가 문제가 아니라, 전제국(擅制國)이라는 정체(政体)상의 부족에 원인이 있다고 반

248

박한다. 일반 국민의 의향과는 상반되게 러시아 같은 "전제 군주는 자기 자신의 만심(慢心)과 자기의 욕(欲)을 만족시키기 위해 침략주의를 취했다."는 것이다. 일본의 민주제에 대한 러시아의 전제제(專制制)라는 대립구도는 러일전쟁을 정당화하기 위한 일본 측의 대의명분이었다. 따라서 류케이의 황화론 비판도 이와 마찬가지의 관점에 서 있는 셈이지만, 그는 '민'이라는 세계적 보편가치를 기준으로 삼고 있다는 점, 그리고 백인종에 대한 편견 내지는 인종적 장벽을 찾아볼 수 없다는 점에 그 특징이 있다.

여론에 의해 좌우되는 일본의 국정이나 평화를 희망하는 중국인의 기질이란 설명에는 류케이의 낙천적 원망(願望)이 포함되어 있다. 그러나 류케이가 위정자가 아니라 '민'의 의사나 기질을 전면에 내세우고 있다는 점, 그것이 자국중심의 선험적 고유성이라는 선민의식을 극복한 발상이라는 점, 즉 당시로서는 특이하게도 자민족 중심의 편협한 사고에서 벗어나 있다는 점은 주목할 만하다. 또한, 그 기저에 평화주의와 민주주의를 깔아둠으로써 오가이의 언설이나 러시아 등의 제국주의적 황화론이 지니는 인종적 배타성을 극복하고 있다는 점도 크게 평가할 만하다.

구미와의 교통, 무역 점점 증대하고 그 접촉 점점 밀착함에 따라 일본인은 최근 점점 코스모폴리탄(인종무차별) 주의에 들어갔다. 이도 당연한 것으로 이렇게 되는 이유로서 구미와 아시아 인종 사이, 별로 친소(親疏)의 감이 없는 반면, 그 도리정형(道理政刑)을 동일하게 하는 자를 특별하게 형제처럼 여기는 정이 있다. 즉 우리들과 같이 자유의 권리를 얻어 입헌의 정치를 행하며, 평화의 사업을 즐기는 국민은 모두 동포, 붕우로서 이를 친애한다.

류케이는 인종을 척도로 삼는 전제주의 국가의 황화론에 대해, 자유와 입헌, 그리고 평화라는 보편적 이상인 '도리정형'에 의해 코스모폴리타니즘적인 세계 연대와 세계평화 실현이 가능하다고 주장한다. 바로 이러한 민주적이고 평화적인 세계 연대의 추구야말로 당대의 시대적 상황을 극복할 수 있는 발판이 되었다고 할 것이다.

단행본에 수록된 기사는 주로 자신의 경험을 기반으로 각종 자연이나 사물에 관계하는 고사, 유래 등을 한시나 와카와 같은 운문을 섞어 가면서, 가볍게 기술해 나간 것들이다. 그 중에서 특히 관심을 끄는 부분은 일본문화의 원천을 중국문화에서 찾는 기사가 많다는 점이다. 그 한 예로서 다음과 같은 문장을 볼 수 있다.

> 이 스고로쿠(双六)는 그 유래한 바 극히 오래된 것 같아, 어쩌면 수당(隋唐)과 교통이 있을 당시 우리 궁정에 들어와 거기서 민간으로 퍼졌고, 오늘날에 이른 듯하다. …… 우리나라에서 행해지는 마스고로쿠(眞双六)는 당대(唐代)에 일컬어졌던 장행(長行)인 것 같다. 그런데 장행은 쌍육(雙六)으로 한 번 변하였고, 나아가 쌍육의 총칭으로 일본에서는 스고로쿠라 일컬어지면서 후세에 그 명칭이 전해진 것이다.
>
> 무릇 우리나라에서 이러한 유희의 도구, 그 밖에 오늘날에 전해지는 것은 대부분 수당시대에 들어온 것 같다. 그 때문에 일본 사물의 기원을 알고자 하는 사람은 중국 송·명 시대의 글보다도 오히려 이것을 수·당의 글에서 찾는 것이 지름길일 것이다.[158]

류케이는 '스고로쿠'라고 하는 메이지 일본의 대표적 놀이조차 중국

---

158) 「双六の伝來」, 『戰時畫報』 1903. 2. 1.(이후 『出鱈目の記』에 수록).

문화, 그 중에서도 수·당과의 '교통'에 의한 것이라고 설명한다. 그 밖에도 주청공사 시절의 풍부한 경험과 중국문화에 관한 해박한 지식을 동원하여 일본 문화의 구석구석까지 뿌리내린 중국문화의 영향을 「데타라메의 기」 안에 기록하고 있다. 다만, 이러한 기술은 역사적 근원을 탐구하고 거기에 신비적인 의미나 가치를 부여하기 위한 것이 아니다.

「데타라메의 기」에서 중점을 두고 있는 것은 중국과의 문화적 친화성으로 이는 양국의 '교통'에 의한 것이라고 본다. 애써 수·당을 그 예로 든 것은 다른 시대에 비해 수·당 시절에 견수사(遣隋使)나 견당사(遣唐使) 같은 직접적이고 공식적인 왕래가 있었고, 이를 통해 많은 선진문물이 수입되었기 때문이다.

메이지 시대의 각 국 간 상호 '교통'을 뒷받침하는 것은 근대과학의 발달과 교통수단의 발전이다. 류케이는 『신사회』 안에서 "상호경쟁을 할 수 있는 것은 교통의 불편"(제2회) 때문이라고 말한다. 고립해 있는 각 지역의 교통 불편이 소비와 수요의 불균형을 야기하고 그로 인해 '자유경쟁의 경쟁원리'가 생겨났다는 것이다. 그 한편으로 공유화된 신사회의 교통기구가 사회의 간이화나 균형화를 촉진시켰고, 전국 각 지역의 발전을 초래하고 있다고 주장한다.[159]

「데타라메의 기」에서는 전 세계 문물에 대한 감상과 각종 과학적 이기(利器)에 관한 소개를 다루면서, 현재 일본과 세계와의 문화적 교류가 얼마나 광범위한가를 빈번하게 강조한다. 예를 들면, 당시 세계 최대의

---

159) 예를 들면 『신사회』 제6회의 「新社會に於ける農業及び創案局」에서 사철(私鐵)인 경우, 이익이 나오는 곳에 철도가 부설되는 데 대해 철도를 공유화하는 것으로 이익이 적은 곳에도 철도를 깔아 "전국 각지에 충분한 발달"을 이룰 수 있다고 한다.

선박으로 알려진 큐너드 선박회사(CUNARD-LINE)의 4만 톤급 25만 노트의 여객선을 소개하면서, "이러한 속력, 이러한 광대한 선박을 가진다면 지구의 해면을 왕래하는 것은 도카이도(東海道) 여행과 같아질 것이다. 이제 세계는 실로 좁아졌다. 세계의 사물은 이미 다 내다볼 수 있게 되었다."160)고 말한다.

과학문명의 발달로 국가간 물리적·심리적 거리가 좁혀졌고, 확실하게 인식할 수 없었던 세계도 이해할 수 있게 되었다는 것이다. 그리고 과학의 발달은 지금까지와는 전혀 다른 세계상(世界像)을 제공하여, 외국이나 다른 인종에 대한 새로운 인식을 초래할 것이고, 나아가 국가나 인종적 편견을 떠난 보편적 이념에 의한 연대를 가능케 해줄 것이다.

4) 필요와 불필요

1907년 4월 15일부터 『매일전보』(每日電報)에 연재된 「불필요」(不必要)는 같은 해 9월 단행본으로 출판되었다. 원래 『매일전보』 연재소설을 지인(知人)에게 부탁하고 싶었는데 그 지인이 병에 걸려 류케이가 대신하여 집필(『불필요』 「서문」)한 작품으로 신문의 재미있는 잡보적인 내용을 소설 재료로 삼았다고 한다. 그러나 『신사회』나 「데타라메의 기」와 마찬가지로 '불필요'라는 제목에서 현실에 대한 강한 '배제' 의식을 다시금 엿볼 수 있다.

이러한 배제 의식은 『불필요』의 안목인 순선(純善)이나 시선(時善)의 설명에서도 알 수 있다. 예를 들면, 현실에서 불필요하다고 여기는 모든 것을 배제하는 주인공 요시노(吉野)는 순선과 시선에 관해 다음과 같이

---

160) 「見え透きたる世界」, 「出鱈目の記」, 『戰時畵報』 1902. 10. 20.

말한다.

> 서로 여러 나라가 빈틈을 엿보는 시대에서야 침입해 들어오는 적을 교묘하게 많이 죽이는 것은 선한 일이다, 어쩔 수 없는 일이다. 왜냐하면 이러한 시대에는 이렇게 하지 않으면 자국의 안전을 지키는 것이 불가능해서다. 이들은 모두 시선의 일종이다. 천백 년 후, 열국 사이에 싸움이 없어지는 시대에서 보면 어떨까. 옛날에는 사람을 교묘하게 죽이는 것이 찬미되었다고 한다, 이상한 일이라고 평하게 될 시대도 올 것이다. (제32회 시선)

인용문에서 말하는 침입해 오는 적에 대해 자국의 안전을 지킨다는 논리는 러일전쟁에서의 일본측 주장이다. 또한 황화론의 입장에서는 러시아의 논리도 될 수 있다. 그러나 전쟁이란 본질적으로 사람을 죽이는 살인행위라는 인식은 약육강식의 논리로 장식되고 자국의 안전이란 단어로 합리화된 러일전쟁의 본질을 꿰뚫고 있다. 적이라 하더라도 "사람을 교묘하게 죽이는 것이 찬미"되었던 러일전쟁의 승리는 류케이에게 '이상한 일'에 다름 아니다. 살인행위를 찬양하는 현재적인 '시선'은 결국 '천백 년 후'라는 시간과 공간을 초월해 객관적으로 바라보았을 때 '불필요'한 것이었다.

기성 가치의 불필요함을 주장하는 요시노에 대해, 그의 친구인 닷타 신(立田新)은 "인간답지 않다."(제30회)면서 요시노를 "잔인과 냉혹, 무치(無恥)에 가깝다."고 평한다. 「제31회 대소」 이후의 요시노의 설명이 없는 한, 닷타의 요시노에 관한 평가는 정당한 것으로, 요시노는 말 그대로 화석화된 인물이다.

그러나 요시노의 인간관과 세계관을 살펴보면 그가 반드시 세상과 단절된 채 초속(超俗)적으로 사고하는 인간이 아님을 알 수 있다. 예를 들면 요시노는 다음과 같이 자신을 설명한다.

세상을 동격의 인간이라고 생각하기 때문에 화도 나고 열도 나는 것이지만, 커다란 자신감과 포부를 가진 사람의 입장에서 보면, 그들은 구더기에 불과해. 나에게 결투를 신청하거나 음식점에서 나를 모역하거나 하는 놈들은 내 눈으로 보면 좀 거창한 듯하지만, 구더기처럼 보인다.

요시노는 연인인 요시코(淑子)와 관련하여 요고지마 가네우에몬(黃島金右衛門)의 음모나 모략에 초연하게 대처한다. 또 요시코의 친척인 오카자키 도라지로(岡崎虎次郎)에게 받은 결투 신청을 고사하며 사죄하는 요시노는 실은 마음속으로 그들을 '구더기' 같은 놈들이라 여겼고, 같은 격의 인간으로 여기지 않았다.

외부에서 보면, 요시노는 사회의 부조리나 불합리에 대해 태연한 것처럼 보이지만, 내심 그들을 '구더기'로 보고 있었다. 요시노는 사회에 기생하는 구더기 같은 인간들을 '구더기'라고 확실하게 인식하였고, 그들을 '구더기'라는 구체적인 언설로 표현한다. 류케이의 문장 표현에서는 보기 드물게 혐오감으로 가득찬 이 '구더기'라는 표현에서 요시노의 '인간'다운 일면을 볼 수 있고, 종교적으로 탈속한 인간과는 달리 사회에 대한 강한 비판의식을 엿볼 수 있다.

여기서 문제가 되는 것은 류케이가 『불필요』의 「서」에서 이미 제시했듯이, "도쿄 메이지 40년 만춘(晚春) 초하(初夏)의 풍물인사(風物人事),

추억 회고의 재료"로 할 만큼 『불필요』에서 그려진 여러 문제의식들이 동시대적인 의미를 지닌다는 점이다.

이시카와 다쿠보쿠(石川啄木)는 1909년(메이지 42) 5월 8일자 『로마자 일기』에서 긴다이치 교스케(金田一京介)에게서 빌려 읽은 『불필요』에 관해 다음과 같이 언급하고 있다.

오늘밤 긴다이치 군 방에 가자 여자 이야기가 나왔다. 머리가 산란하여 아무것도 쓸 수 없다. 돌아와서 야노 류케이의 『불필요』를 읽으면서 자기로 했다. 시선과 순선! 그 순선이란 것도 과연 무엇인가?

나는 지금 나의 마음에 어떠한 자신도 없고 아무런 목적도 없다. 아침부터 밤까지 동요와 불안에 쫓기고 있다는 것을 알고 있다. 무엇하나 정해진 것이 없다. 앞으로 어찌될까?

딱 맞지 않는 무용(無用)한 열쇠! 어디에 가지고 가더라도 내가 잘 맞는 구멍은 보이지 않는다!

요시노는 「순선」(제33회)과 「평화」(제34회)라는 원대한 포부를 지니고 세상을 멀리서 조망할 수 있었다. 그러나 불안한 일상 속에서 아무런 자신도 포부도 갖지 못했던 다쿠보쿠 자신에게 『불필요』의 '순선'이라는 것은 실생활 속에서 무의미한 것이었다.

"현재의 사회조직을 고치기에는 방해가 너무 많기 때문에 불편하나마 이대로 지내고 있다."(『불필요』 제33회)는 『불필요』의 요시노나 '아무런 목적' 없이 지내는 다쿠보쿠는 '폐쇄적인 메이지'라는 동일한 사회 환경 속에서 생활하고 있었다. 이러한 환경 속에서 사회변혁을 지향했던 많은 사람들은 정신세계나 종교세계 또는 극히 신변적인 개인의 생활로 침잠해 갔다.

이 때 다쿠보쿠는 대역사건(大逆事件)을 계기로 국가권력과 과감하게 대항하는 「시대 폐색의 현상」(時代閉塞の現狀)이라는 문장을 쓴다. 이 문장을 류케이의 『불필요』와 관련시켜 생각해 보았을 때, 다쿠보쿠가 그 문장에서 말하는 '내일의 고찰!'(明日の考察！)은 결국 류케이가 말하는 '순선'이란 관념적 이상을 보류한 '오늘날'의 '필요'를 추구하는 것이었다.

　　　즉, 우리들의 이상은 더 이상 '선(善)'이나 '미(美)'에 대한 공상은 아니다. 일체의 공상을 준거(峻拒)하고 거기에 남는 유일한 진실 - '필요'! 이것은 실로 우리들이 미래를 향해 추구해야 할 모든 것이다. 우리들은 지금 가장 엄밀하게, 대담하게, 자유롭게 '오늘날'을 연구하고 거기에서 우리들 자신에게 있어서의 '내일'의 필요를 발견하지 않으면 안 된다. 필요는 가장 확실한 이상인 것이다.

이 '필요'라는 말은 현실을 기반으로 미래를 상정한 귀납적 표현이다. '필요'라는 현실적 실천성에 대한 구애는 그만큼 치열한 현실미를 지니고 있고 설득력도 있다. 미래를 향한 '필요'가 현재의 무해결에 안주하는 일본 자연주의를 극복하는 원동력이 되었다. 그리고 '필요'에 대한 추구가 기성 체제와 날카롭게 대립하면서 강력한 공격성까지 갖추게 되었다. 이 '오늘날'의 '필요'라는 준거는 앞서 보아왔던 거짓과 허상을 준엄하게 거부하겠다는 '배제' 의식과 진실 추구에 대한 강한 신념과 맥을 같이하는 것이다.

국가권력이라는 적을 명확하게 인식한 다쿠보쿠지만, 긴다이치 교스케가 편찬한 그의 「연표」161)에 따르면, 다쿠보쿠는 말년에 사회주의적 제국주의에 도달하였다. 나카노 시게하루(中野重治)가 지적하고 있듯이162) 사회주의적 제국주의란 말이 최소한 '사회주의'를 방기한다는 의미가 아니라는 것은 잘 알 수 있다. 그리고 다쿠보쿠 자신이 서로 모순된 용어임을 인식한 상태에서 규정한 이 사회주의적 제국주의라는 결론의 반대 쪽에 슈스이 등이 추구한 '아나키즘의 중대한 과오'가 있다는 것도 이해할 수 있다.

그러나 이 사회주의적 제국주의란 결론에 '오늘날'의 일본, 즉 제국주의 국가로 돌입하는 일본을 인정한다는 점은 중요하다. 국가권력과 첨예하게 대립한 젊은 시인이었지만, '오늘날'에서 출발하였던 그는 일본 제국주의라는 현실을 시인할 수밖에 없었다. 제국주의적 현실에서 한 발 더 나아간 지점, 즉 현실을 상대화하는 지점에 서지 못한 채, 현실의 거대한 국가 이데올로기 속에 매몰될 수밖에 없었던 것이다. 또한 바로 그러한 이유 때문에 다쿠보쿠 자신조차 이질감을 느꼈던 '사회주의적 제국주의'란 말을 받아들여야만 했던 것이다.

이에 비해, 류케이가 『불필요』에서 말하는 '순선'은 '세계평화'라는 보편성의 지반 위에 서 있다. 보편적 가치에 대한 신념은 앞서 인용한 「데타라메의 기」의 세계인식과 깊이 관련되어 있다. 류케이는 교통의 발달이 각 국가 간 인적교류를 왕성하게 촉진시키며 각 지역의 거리를 좁힐 것이고, 그로 인해 "전쟁을 끝내려고 하는 일들을 도모하게 된다."(34회 평화)고 생각했다.

---

161) 『石川啄木全集・第5卷』, 改造社, 1928. 수록.
162) 中野重治, 「啄木に關する斷片」, 『驢馬』, 1926. 11.

언제까지 죽지 않는 정의(情意)는 마침내 백 년이 지나면 죽는다고 하는 도리(理屈)에 지는 것이다. 도리 상에서 판단한 세계의 평화는 마침내 올 것이다. 세계 대평화는 아직까지는 먼 훗날의 일이다. 한 나라의 사리(私利)를 경영하는 것이 중요하다고 말하거나 생각하는 동안, 어느새 모르는 동안에 세계 대평화의 기회는 마침내 다가올 것이다. 이 때부터가 실로 식자(識者)의 힘이 쓰일 때다. 또 국제관계에서 말하면, 한 나라의 이익을 꾀하는 것은 그 시대만의 공업(功業)이다. 앞에서 말했던 시선의 하나다. 그러나 세계 대평화는 인류의 행복, 만세 불후(不朽), 불멸의 순선이다.

여기에서 다쿠보쿠가 말하는 '오늘날'의 '필요'와는 다른 류케이의 보편원리로서의 '도리'적 '불필요'의 가능성을 엿볼 수 있다. 전자는 현재에서 귀납하여 시대적 '폐쇄감'을 느꼈고, 국가권력이란 적을 발견할 수 있었다. 또한 일본 자연주의 문학의 무력함과 '주의'라는 '도리'의 허위와 공허함을 인식하였다.

이에 대해 류케이의 세계관은 극히 연역적이다. 과학문명의 발달에 관한 절대적 신뢰와 '세계 대평화'에 대한 희구, 그리고 합목적적인 역사 발전에 대한 신념이 다쿠보쿠가 부정한 '도리'에 대한 확신과 연동하고 있다.

다쿠보쿠의 '필요'라는 적극적이고 공격적인 '배제'의 태도에 비해 류케이의 '도리'에 의한 '불필요'라는 소극적인 '배제'의 태도는 현실상의 치열함에서는 훨씬 뒤떨어진다. 그러나 그의 '도리'에 대한 신념은 다쿠보쿠가 생각하는 것처럼 관념적이고 추상적인 것이 아니다. 왜냐하면, 류케이가 주장하는 순선으로서의 여러 '도리'는 류케이 자신이 자유와 민권을 주장하면서 겪었던 직접적인 경험에 근거한 것이었고, 그만큼 그에게는 확실한 것이었기 때문이다.

'도리'라는 명확한 근거에 의한 연역적 사고양식은 '순선'적 이상세계 건설의 원동력으로 류케이의 내부에서 끊임없이 작용하였고 오랫동안 그 생명력을 유지하고 있었다. 그리고『신사회』에서『불필요』에 이르기까지의 코스모폴리타니즘적인 세계인식은 현상에서 출발하는 일본 자연주의나 다쿠보쿠조차 도달할 수 없었던 세계평화라는 보편가치를 문학작품 속에서 그려낼 수 있었던 것이다.

5) '순선'의 세계 평화

류케이는 교통수단의 발달이나 지역간의 교류에 의해 세계관이 크게 변할 것이라는 기대를 갖고 있었다. 예를 들면, 적국인 러시아에 관해서도 다음과 같이 말하고 있다.

서러시아 철도가 개량되고, 나아가 동서왕래의 대로(大路)로 변하거나 하여 인권이 신장된 각국 무수의 인민이 이 철도편을 이용하여 사방팔방에서 모여들고 러시아 국내를 빈번하게 왕래한다고 가정해 보자. …… 그런데 지금은 그 나라는 변하여 동서 각국 군중의 왕래하는 거리가 되었거늘 그 인민은 다른 국가의 사람들과 빈번하게 접촉할 기회는 몇 배나 늘었고 국내의 사물이 그 구태의연함을 지킬 수 없게 됨은 당연하다. (『세계에 있어서의 일본의 장래』, 1903년 2월)

류케이는 러일전쟁의 책임은 러시아의 재상자(在上者)에게 있고 소박한 '인민'에게 문제가 있는 것은 아니라고 주장한다. 러시아의 전제정치도 시베리아 철도와 같은 교통의 발달로 인하여 타국과의 접촉이 빈번해짐으로써 극복할 수 있다고 확신한다. 과학문명의 발달이란 현실 여건의 변화와 인류의 자생적인 자기구제의 노력이 세계 대평화와 연대를 촉진시키리라 생각한 것이다. 그리고 이러한 신념을 작품 속에서 끊임없이 환기시키면서 구체화시켜 나갔던 것이다.

류케이는 『불필요』 속에서 두 개의 가치개념을 들고 있다. 하나는 '순선'이고 또 다른 하나는 '시선'이다. 적어도 류케이에게 이 두 가지 가치개념은 서로 모순하는 것이 아니다. 특히, '시선'적 현실 인식은 다쿠보쿠의 '오늘날'의 '필요'와 서로 통하고 있다. '오늘날'의 '필요'가 현실에 뿌리를 두고 있는 한, 그것은 강력한 현실 변혁의 가능성을 지니고 있다.

그러나 '오늘날'에서 귀납되는 '미래'에는 모든 시대나 전체 인류를 상대화할 수 있는 계기는 포함하지 않는다. 다쿠보쿠가 생각하는 것보다 일본이란 현실은 훨씬 더 탐욕적으로 변해 있었고, 개인의 능력으로는 귀납할 수 없을 만큼 이미 번잡한 세계와 관련되어 있었던 것이다.

다쿠보쿠의 문학은 '오늘날'의 '필요'에 집착함으로써 일본 자연주의 문학이 넘어설 수 없었던 국가권위와 대립할 수 있었다. 그러나 그의 의지와는 관계없이 일본은 제국주의 국가로 변모해 버렸고, 이 때 요절한 이 젊은 시인은 일본의 '국민'이라는 현실에서 벗어나 자국을 조망할 수 있는 시선을 가질 수 없었다. 환언하면, 현실에 밀착한 '시선'적 현실인식과 그러한 현실을 부감할 수 있는 '순선'적 이상이라는 류케이의 삼차원적 세계인식이 결여되어 있었던 것이다.

근대 과학문명의 필연적 발달을 기축으로 하는 류케이의 '배제' 논리는 『신사회』를 비롯하여 그의 다른 저작들에서 읽을 수 있다. 류케이는 항상 세계평화라는 낙관적 전망 속에서 세계를 조망하고 있었고, 이러한 거시적 시선이야말로 일본 제국주의라는 '현실'을 극복할 수 있는 가능성을 담지하고 있다. 이는 또한, 현실에 천착하는 일본 근대문학의 사실주의적 표현방법과는 이질적인, 그래서 끊임없이 사회와 연동하면서 비전을 제시하는 류케이 문학의 특질이 되었던 것이다.

맺으며

　많은 사람들이 메이지 유신 이후 일본 근대문학의 가장 큰 특징으로 흔히 사소설적인 성격을 들고 있다. 창작주체인 작가의 일상적 신변 이야기를 주제로 하는 사소설은 쓰보우치 쇼요가 인정과 세태를 '있는 그대로' 그려내야 한다는 논리로 문학에서 정치적 언설을 축출하면서 시작되었다. 정치나 여타 학문으로부터 독립된 문학의 독자성을 주장하기 위해 문학의 효용적 측면을 배제해 버린 것이다.

　이러한 사실주의의 주장은 후타바테이 시메이(二葉亭四迷)나 기타무라 도코쿠(北村透谷), 그리고 다카야마 초규의 '미적 생활론'을 거치면서 겐유샤의 문학이나 자연주의 문학으로 정착하였고, 다이쇼(大正)기에 들어서면서 사소설로 완결되었다.

　'진선미' 중 사실주의가 추구한 '진'의 세계는 결국 창작주체인 자기 자신과 그 주변에 대한 집요한 사실추구 형태로 정착되어 버린 것이다.

　문학의 '선'과 '미'라는 윤리적, 철학적 범주는 소실된 채, 이성적 '진'

만이 전부인 세계가 되었고, 이 전통은 일본 문학 전반에 걸쳐 깊숙이 자리를 잡는다. 일본 자연주의의 출발, 혹은 그보다 훨씬 이전인『소설신수』의 사실주의가 등장할 때부터 다양한 형태로 반사실주의, 반자연주의, 반사소설적 문학이 주창되었다. 특히 일본문단에 유미주의(唯美主義)가 풍미하던 다이쇼 시대의 문학이나 사회적 '선'을 추구한 프롤레타리아 문학조차도 결국 '진'에 의한 속박에서 결코 자유롭지 못하였고, 이는 오늘날까지도 이어지고 있다.

특히 자기 자신에 관한 '진'의 세계를 추구하고자 하는 사소설적 지향 의지에는 자기 자신만큼은 그 누구보다도 잘 안다는 소박한 신념과 자신이 바라본 세계야말로 '진'의 세계라는 자기중심적 세계인식의 태도가 내포되어 있다. 또한 개인을 기본 단위로 하는 서구적 가치관이 '진'에 대한 추구와 결합되면서 일본의 문학은 '자아'와 그 내면세계에 집중하게 된 것이다.

분명 데카르트가 사유하는 '나'를 선언하였을 때, 근대는 단독자로서의 '자아'와 함께 존재했다. 그러나 세계에서 격리된 내가 나 자신의 전부가 아닌 것처럼 '자아'는 끊임없이 대상세계와 관련을 맺고 있다. 근대사회를 살아가는 '자아'는 사회라는 외연, 국가라는 외연과 불가분의 관계에 있으며, 이에 대한 냉철한 자기인식이 뒤따르지 않으면 진정한 '자아'는 명확하게 인식할 수 없다.

그럼에도 불구하고, 사회와 격리된 '자아'가 '진'의 세계 구현 여부를 결정짓는 척도가 되었고, 문학에 대한 가치평가의 절대적 기준이 되었다.

　현재 류케이의 문학을 비롯한 '상상'의 세계는 일본의 문학사 속에서는 부수적인 의미를 지닐 뿐이다. 그러나 일본의 근대가 '타자'에 대한 존중이라는 자기 상대화의 계기를 상실함으로써 제국주의로 전락한 것처럼, 근현대 일본 또한 스스로를 객관적으로 상대화해서 바라볼 수 있는 상상의 시선을 망각해 버렸다.

　스스로의 한계에도 불구하고 야노 류케이 문학은 일본 근현대 사회를 상대화할 수 있는 균형감각을 내포하고 있다. 그의 문학과 언설은 자유롭게 신축할 수 있는 가상시선을 제시함으로써 대상세계에 대한 입체적인 접근을 가능케 하고, 단절된 타자와의 관련성을 회복시켜 준다.

　사실주의의 단선적이고 평면적인 세계인식에 대한 구체적 대안으로서 3차원적이면서도 복안(複眼)적인 시선을 제공한 것이다.

　향후 해결해야 할 연구과제는 산적해 있다. 우선 그동안 배척된 일본 근·현대 문학의 '상상력'을 복원해야 한다. 사실주의적 문학 전통에 의해 배척된 수많은 문학, 이른바 '대중문학'에 대한 진지한 고찰이 반드시 필요하다.

　대중문학이야말로 현대 일본과 일본인의 생활양식, 사고방식에 가장 직접적이고 구체적인 영향을 끼쳤다. 다양한 형태의 대중문화 양산의 토대가 되었으며, 인접하는 여타 지역과 문화권의 대중문화 형성과도 밀접한 관련성을 지닌다.

　메이지 일본의 '가정소설'과 같은 대중문학은 일본의 가부장적 천황제 이데올로기와 제국주의적 팽창논리와 맞물려 국가권력에 순응하는 국민을 육성시킨다. 그뿐이 아니라 가부장적 위계질서를 중시하는 전통적

유교논리와 부합되면서, 한국과 중국의 계몽운동 및 근대문학의 형성과 긴밀하게 연동하는 것이다.

상상으로 만들어 낸 이상주의적 언어표현이 구체적인 문화현상으로 나타난 비근한 예다. 이는 비단 '가정소설'에 국한되는 것이 아니다. 기성의 모든 문학적 담론과 언어표현은 오늘날 현대 일본의 문화, 나아가 한중일 동아시아 국가의 기층문화를 형성하는 데 큰 의미를 지닌다. 단순히 수용사적인 측면에서만이 아니라, 각 지역 고유의 문화형성에 주요한 자양분이 되고 있다. 따라서 이에 대한 진지한 고찰과 연구는 우리들의 현재 삶을 이해하는 과정이고, '자아'와 타인을 알아가는 방법이 될 것이다.

끝으로 이 책이 잊혀진 '상상'의 세계를 조금이라도 복원시킬 수 있기를 감히 바라며, 이를 읽는 여러분들의 아낌없는 질책과 관심을 바란다.

참고문헌

1. 단행본 및 논문

■ 작품 및 작품집

『矢野龍溪資料集』, 大分縣立先哲史料館 編, 大分縣敎育委員會, 1996. 3.
『明治文學全集5 明治政治小說集(1)』, 筑摩書房, 1966. 10.
『明治文學全集6 明治政治小說集(2)』, 筑摩書房, 1967. 8.
『明治文學全集15 矢野龍溪集』, 筑摩書房, 1970. 11.
『明治文學全集83 明治社會主義文學集(1)』, 筑摩書房, 1965. 7.
『明治文學全集84 明治社會主義文學集(2)』, 筑摩書房, 1965. 11.
『內田魯庵全集』, ゆまに書房, 1983~1987.
『鷗外全集』, 木下杢太郎 ほか 編, 岩波書店, 1971. 11.~1975. 6.
『樗牛全集－增補縮刷』, 博文館, 1914.~1916.
『蘆花全集』, 蘆花全集刊行會, 1928.~1930.
東海散士(柴四郎), 『佳人之奇遇』, 博文堂出版, 1885. 10.~1903. 11.
久松義典, 『小說東洋洋社會党』, 文學同志會發兌, 1901. 5.
トマス・モーア, 平井正穗 譯, 『ユートピア』, 岩波書店, 1994. 9.
田川大吉郎 編, 『龍溪矢野文雄先生講話・社會主義全集』, 現代社, 1903. 9.

■ 연구서 및 연구논문

『シンポジウム日本文學・近代文學の成立期』, 學生社, 1977. 11.

家永三郎 編,『植木枝盛選集』, 岩波書店, 1974. 7.

岡野幸江,「解題」,『刻簡易生活』1983. 3. 15., 不二出版.

小川武敏,「『經國美談』の構造－想實論の前段階として」,『文藝研究』第41號,
　　　　明治大學文學部紀要, 1979. 3.

小栗又一,『龍溪矢野文雄君傳』, 春陽堂, 1930. 4.

小田切進,「解題」,『明治文學全集83 明治社會主義文學集(1)』, 筑摩書房, 1965. 7.

小野忠重,『日本の石版畫』, 美術出版社, 1967. 6.

越智治雄,『近代文學の誕生』, 講談社, 1975. 9.

越智治雄,「『小說神髓』の母胎」,『國語と國文學』第33卷2號, 1956. 2.

越智治雄,「『浮城物語』とその周圍」,『明治文學全集15 矢野龍溪集』, 筑摩書
　　　　房, 1974. 11.

越智治雄,「怪男兒と快男兒」,『文學の近代』, 砂子屋書房, 1986. 3.

越智治雄,「『浮城物語』から『海底軍艦』まで」,『國文學』臨時增刊号, 1975. 3
　　　　/『文學の近代』, 砂子屋書房 재록.

小野忠重,『日本の石版畫』, 美術出版社, 1967. 6.

加藤弘之,『人權新說』, 山城屋佐兵衛, 1882. 10. /『明治文化全集5卷 自由民權
　　　　篇』, 日本評論社, 1927. 11.

上笙一郎,「日本兒童文學におけるナショナリズムの系譜－『浮城物語』から
　　　　山中峰太郎へ－」,『日本文學』第10第9號, 1961. 10.

河上肇,『近世經濟思想史論』, 岩波書店, 1920. 4. 10.

木村毅,「明治の社會主義小說」,『新潮』,1925. 10. /『文藝東西南北－明治・大
　　　　正文學諸斷面の新研究』, 平凡社, 1997. 11.

陸羯南,「報知新聞の條約改正論」,『日本』1889. 7. 28.

志賀重昂,『南洋時事』, 丸善商社書店發兌, 1887. 3.

志賀重昂,「'日本人'が懷抱する處」,『日本人』2888. 4. 18.

島村抱月,「社會小說論」,『新著月刊』1897. 4.

白柳秀湖,「歳晩の淺草公園」,『社會主義』1904. 1. 18.

末廣江北, 「‘新社會’に就て矢野先生に質す」, 『毎日新聞』 1902. 7. 31.

末廣鐵腸, 『小說南洋の大波亂』 / 『明治文學全集6 明治政治小說集(2)』, 筑摩書房, 1967. 8.

末廣鐵腸, 『雪中梅』 前編, 1886. 8. ; 後編, 1886. 11., 博文堂出版.

關良一, 「『小說神髓』考」, 『逍遙・鷗外一考證と試論』, 有精堂出版, 1971. 3.

高垣眸, 『語版浮城物語』, 1943. 8.

高野靜子, 『蘇峰とその時代』, 中央公論社, 1988. 8.

田崎弘章, 「‘原爆文學’の周辺」, 『原爆文學研究』 2002. 8.

中野重治, 「啄木に關する斷片」, 『驢馬』 1926. 11.

中村忠行, 「月報」 / 『明治文學全集 明治政治小說集(1)』, 筑摩書房, 1966. 10.

西田勝, 「解說」, 『刻簡易生活』, 不二出版, 1983. 3. 15.

橋川文三, 『黃禍物語』, 筑摩書房初出, 1976. 8. / 岩波現代文庫, 2000. 8.

橋秀文, 「喜ばしき近代插繪」, 酒井忠康・橋秀文, 『描かれたものがたり』, 岩波書店, 1997. 6.

布袋敏博, 「二つの朝鮮語譯『經國美談』について」, 『近代朝鮮文學における日本との關連樣相』, 綠蔭書房, 1998. 1.

三宅雪嶺, 「自分の思想の由來」, 『我觀』 1924. 9.

三宅雪嶺, 『同時代史』 岩波書店, 1949. 7. 10.

柳田泉, 『政治小說研究 上・中・下』, 春秋社, 1967. 8. ～1968. 12.

柳田泉, 『若き坪內逍遙』, 春秋社, 1960. 9.

柳田泉, 『明治初期の文學思想 上・下』, 春秋社, 1965. 7.

柳田泉, 「『浮城物語』について」, 『浮城物語』, 岩波文庫, 1940. 11.

柳田泉, 「明治に於ける社會主義文學の勃興と展開」, 『明治文學全集83 明治社會主義文學集(1)』, 筑摩書房, 1965. 7.

藪禎子, 「『經國美談』論」, 『國語國文研究』 第65卷, 北海道大學國文學會, 1981. 2.

吉田漱, 「近代日本版畵史稿(1)－龜井至一」, 『岡山大學敎育學部研究集錄』, 1979. 7.

林原純生, 「『奇事花柳春話』から『名士經國美談』へ－近代文學形成期への一視

點」,『日本文學』第29卷 第11號, 1977. 11.

林原純生,「西南戰爭と文學」,『日本近代文學』第58號, 1998. 5.

林原純生,「'暗中政治家'の位相－明治二十年代の文學に關しての試論」,『國
　　　文論叢』第11號, 1984. 3.

若林幹夫,『地圖の想像力』, 講談社, 1995. 6.

William Smith, *A history of Greece; from the earlist times to the Roman
　　　conquest*, New York : Harper & Brothers, 1870.

김상우,「군국의 혐의, 애국의 공모」,『모색』, 갈무리, 2004. 4.

김창남,『대중문화의 이해』, 한울 아카데미, 2003. 9.

나츠메 후사노스케 지음, 박관형 외 옮김,『망가세계전략』, 시공사, 2002. 11.

노광우,「일본 애니메이션의 연구시각 분석」, 한국만화애니케이션학회 엮음,
　　　『일본 애니메이션의 분석과 비판』, 한울 아카데미, 1999. 5.

오오쯔카 에이지・사카키바라 고 지음, 최윤희 옮김,『망가・아니메』, 열음사,
　　　2004. 12.

프레드릭 L. 쇼트 지음, 김장호・박성식 옮김,『이것이 일본만화다』, 다섯수레,
　　　1999. 10.

황의웅,『아니메를 이끄는 7인의 사무라이』, 시공사, 1998. 12.

2. 참고자료(잡지 및 신문 기사 등)

石橋忍月,「近頃の三希」,『國民之友』1890. 2. 13.

石橋忍月,「想實論」,『江湖新聞』1890. 3. 20.～30.

石橋忍月,「報知異聞(矢野龍溪 氏 著)」,『國民之友』1890. 4. 3.

尾崎行雄,「序」,『雪中梅・後編』, 1886. 11.

河上肇,「矢野龍溪著新社會を讀む」,『明義』1902. 9. 15.

河上肇,「'新しき村'の計畫に就て」,『政治學經濟學論叢』, 1919. 1. 1.

木下尚江,「淺草の社會的觀察」,『勞働世界』1902. 11. 23.

幸德秋水, 「『新社會』を讀む」, 『萬朝報』 1902. 7. 7.

坪內逍遙, 「明治二十二年文學上の出來事月表」, 『讀賣新聞』 1890. 1. 13.~14.

坪內逍遙, 「明治二十二年の文學界(重に小說界)の風潮」, 『讀賣新聞』 1890. 1. 14.~15.

坪內逍遙, 「明治二十二年の著作家」, 『讀賣新聞』 1890. 1. 15.

坪內逍遙, 「今年初半文學界(小說界)の風潮」, 『讀賣新聞』 1890. 8. 4.~5.

坪內逍遙, 「明治二十二年の著作家」, 『讀賣新聞』 1890. 8. 15.

德富蘇峰, 「文學者の目的は人を樂ましむるに在る乎」, 『國民之友』 39호, 1889. 1.

德富蘇峰, 「言論の不自由と文學の發達」, 『國民之友』 48호, 1889. 4. 22.

復軒居士, 「浮城物語」, 『出版月評』 23호, 1890. 5. 30.

松野翠, 「龍溪氏の『新社會』」, 『每日新聞』 1902. 7. 9.

橫山源之助, 「宿なし坊」, 『每日新聞』 1895. 12. 22 /立花雄一 編, 『下層社會探訪集』, 社會思想社, 1990. 6.

依田學海, 『學海日錄』(學海日錄研究會 編), 岩波書店, 1990. 11.~1993. 6.

『近代文學評論大系』, 角川書店, 1971. 10.~1975. 11.

『繪入自由新聞』(마이크로필름, 林原純生 소장).

慶應義塾學報發行所, 『慶應義塾學報』 復刻版, みすず書房, 1987.

國民新聞復刻刊行會 編, 『國民新聞』 復刻版, 日本圖書センター, 1986.

明治文獻資料刊行會 編, 『國民之友』 復刻版 明治文獻, 1966.~1968.

勞働運動史研究會 編, 『社會主義』 復刻版 明治文獻資料刊行會, 1963.

『出版月評』 / 明治文獻資料刊行會 編, 『明治前期書目集成』, 明治文獻, 1971. 9.~1975. 6.

『東京曙新聞』(마이크로필름, 林原純生 소장).

『日本』 復刻版, ゆまに書房, 1988.

『日本人』 復刻版, 日本圖書センター, 1983.~1984.

『刻簡易生活』 復刻版, 不二出版, 1983. 3. 15.

『評論しがらみ草子』 複製版, 明治文獻, 1968. 12.~1971. 6.

每日新聞社, 『每日新聞』 復刻版, 不二出版, 1993.~1999.

めさまし草・藝苑・藝文・萬年草複製刊行會　編,『萬年草』複製版, 臨川書店,
　　　　　1968. 7.
郵便報知新聞刊行會　編,『郵便報知新聞』復刻版　柏書房, 1989.~1999. 3.
勞働運動史研究會　編,『勞働世界』復刻版, 明治文獻資料刊行會, 1960.
『早稻田學報』, 早稻田學會刊, 1897.~1944.

■ 야노 류케이의 연보

1850년(嘉永 3)

12월 1일 豊後國 佐伯에서 태어나다. 아버지는 光儀, 어머니는 에도 막부의 家老 佐久間儀右衛門의 딸 고마(コマ)다.

1857년(安政 4)

藩校인 四敎堂에 들어가다. 漢學을 秋月橘門(廣瀨淡窓 문하생)과 橘文蔚(帆足萬里 문하생)에게 배우고, 검을 松岡小太夫에게 배우다. 할아버지 光暉에게 엄격한 유교적 교육을 받고, 아버지 光儀에게 서양 신지식 교육을 받다.

1868년(明治 1)

메이지 유신이 일어난 이 해 3월 11일 藩主와 함께 入京하여 조정 親兵에 참가하다. 4월 26일 軍防局에 出仕하나 1개월 후 귀향을 명령 받다. 12월 20일 아버지 光儀가 東京에 出仕하도록 명령 받다.

1869년(明治 2)

1월 29일 아버지 光儀 葛飾縣의 判事로 임명되다.

1870년(明治 3)

1월 12일 아버지 光儀가 葛飾縣의 知事로 임명되다. 6월 9일 할아버지 多門의 隱居와 함께 류케이가 家督을 相續하다. 6월 29일 大參事 佐久間儀右衛門의 손녀이자 佐伯藩士 佐久間衛의 딸 레쓰(レツ)와 혼약하다.

10월 28일 龍溪 일가, 住德丸를 타고 佐伯를 떠나 11월에 東京에 도착하다.

1871년(明治 4)
1월 田口江村塾에서 古學派의 한학 공부를 하면서 妻木賴矩와 알게 되다. 그러나 한학공부를 그만두고, 3월 4일 莊田平五郎의 소개로 福澤諭吉의 慶應義塾에 入社하여 서구 학문을 공부하다. 11월 3일 류케이의 소개로 그의 절친한 친구 林(藤田)茂吉가 慶應義塾에 入社하여 함께 고학하다.

1873년(明治 6)
8월 慶應義塾을 졸업하여 同塾의 初級 교사로 임명되고 10월 10일 그동안 혼인을 약속했던 레쓰와 결혼하다.

1874년(明治 7)
2월 『西洋偉人言行錄(上 · 下)』(甘泉堂) 출판하다.

1875년(明治 8)
1월 慶應義塾 大阪分校에 교장으로 부임하지만, 7월 23일에는 大阪分校가 德島分校로 이전하면서 그 교장으로 부임하다. 이 때 법률, 경제, 역사, 정치 등 면학에 전념하며 森田思軒을 만나다.

1876년(明治 9)
1월 7~8일까지 『郵便報知新聞』에 「社說政略篇第一社會の焦點」으로 언론계에 등장, 3월 12~14일까지 「社說政略篇第三貧富等均ヲ論ス」를 게재하다. 3월 31일 상경하여 『郵便報知新聞』의 부주필이 되고, 5월부터는 三田演說會에 출장하다. 6월 8일 『郵便報知新聞』에 「貧民救助法を論ず」와 8월 9일의 「救貧金は國稅縣稅を偏用す可らざるを論ず」와 같이

빈민문제에 관한 논설을 『郵便報知新聞』에 연이어 게재하다.

1877년(明治 10)

2월 서남전쟁이 발발하자, 沼間守一·島田三郎와 함께 東京府民으로 형성된 자치조직 自衛盟社를 만드는 데 노력하다. 그 해 하순에 京都에 내려가 木戸와 면접하고 大江卓와 접촉하다.

1878년(明治 11)

3월 19일 福澤諭吉가 大隈重信에게 龍溪를 추천하다. 5월 미국과 영국과 같은 서구사회의 예절에 관한 안내서 『英米禮記』(丸屋善七)를 발간하다. 7월 23일 大藏省(少書記官·檢査局勤務)에 들어가다.

1879년(明治 12)

8월 4일 交詢社 設立을 위해 福澤諭吉의 집에서 집회가 열렸는데, 이 때 小幡篤次郎, 小泉信吉, 馬場辰猪 등과 함께 規則起草委員이 되다.

1880년(明治 13)

1월 25일 交詢社 發會式이 있었고, 이 때 常議員(二十五名)으로 선출되다. 3월 5일 太政官少書記官에 임명되고, 같은 달 10일 會計檢査院三等檢査官을 겸임하다. 5월 6일 太政官權大書記官 겸 二等檢査官에 임명되다. 9월 13일 아버지 光儀 서거하다.

1881년(明治 14)

3월 龍溪가 執筆한 것으로 알려진 大隈重信의 國會早期開設意見書가 제출되다. 5월 20일 『郵便報知新聞』에 「私考憲法草案」을 발표하다. 6월 21일 統計院幹事 겸 太政官大書記官으로 발령 받다. 10월 13일 明治 14년 정변이 일어나 大隈重信의 사퇴와 함께 류케이도 곧바로 사직하다. 12월에 報知新聞社를 매수하다.

1882년(明治 15)

1월 『郵便報知新聞』의 사장에 취임하다. 2월 12일 藤田茂吉, 犬養毅, 尾崎行雄, 矢野貞雄, 枝元長辰 등과 함께 東洋議政會를 결성하다. 4월 1일 立憲改進党 발기회에서 위원으로 선출되다. 晩春 병으로 쓰러지고 이 때 그리스 역사를 읽다. 4월 16일 立憲改進党 결당식이 있었지만, 류케이는 결석하다. 10월 21일 大隈重信에 의해 창설된 東京專門學校開校式에 참석, 그 議員이 되다. 11월 2일부터 18일까지 『郵便報知新聞』에 「加藤弘之氏ノ人權新說ヲ讀ム」(10회)를 연재하여, 무매개적으로 자연법칙인 진화론을 사회에 적용하며 천부인권설을 부인하는 것은 부당하다고 주장하다. 12월 18일 明治協會 결성과 함께 그 발기인이 되다. 12월 21일 『人權新說駁論』(畑野林之助)을 발간하다.

1883년(明治 16)

3월 15일 『經國美談前編』(報知新聞社 · 丸善)을 발간하다. 3월 26일 松林伯円이 「經國美談」을 口演한다는 광고가 나오다. 이 해에 전국을 돌면서 연설회를 개최하다. 11월 14일 『譯書讀法』(報知社)을 발간, 11월 『經國美談』 후편을 구술하기 시작하다.

1884년(明治 17)

2월 18일 『經國美談』(報知社) 후편이 발간되다. 『경국미담』의 선풍적인 인기에 힘입어 그 인세로 외유를 결정하고 4월 20일 橫浜를 출발하다. 4월 30일 홍콩에 도착하여 循環日報社를 방문하고 洪土偉와 필담을 나누다. 5월 『演說文章組立法』(丸善)이 발간되다. 6월 5일 프랑스 마르세유, 6월 25일 런던에 도착하여 본격적으로 서구의 선진문물을 배우다.

1885년(明治 18)

영국 체재중 10월에 문체에 관한 『日本文體文字新論』의 구술필기를 시작하여 11월에 끝내다. 12월 21일 森田思軒이 런던에 도착하다.

1886년(明治 19)

1월『周遊雜記』의 구술필기를 시작하여 4월 중순 상권 분량을 완료하다. 3월 22일『日本文體文字新論』(報知社)이 출간되다. 4월 29일 森田思軒과 함께 런던을 출발, 유럽 전역을 거쳐 베를린에 도착, 외유하다. 7월 10일 뉴욕에 도착, 미국 각지를 돌다가 7월 31일 샌프란시스코를 출발하여 8월 18일 橫浜에 도착하다. 9월 16일「改良意見書」를『郵便報知新聞』에 게재하다.

1887년(明治 20)

9월 10일 大隈의 상담을 받아 入閣 조건에 관한 서한을 보내다. 11월 21일 依田學海, 森田思軒, 德富蘇峰를 자택으로 초청하여 환담하다.

1888년(明治 21)

1월 20일「日本人が最も不注意なる政治上の要訣」(『國民之友』)을 발표하고, 2월 1일 大隈重信는 伊藤內閣에 외상으로 입각하다. 9월 8일 森田思軒, 德富蘇峰 등과 제1회 文學會(芝三綠亭)에 출석하다. 12월 28일『郵便報知新聞』의 개량광고가 등장하여, 보다 대중적인 신문을 지향하여 석간 간행, 면수 증대, 무휴, 류케이의 복귀 등을 알리.

1889(明治 22)

2월 17일 개진당 대회(淺草鷗游館)에 참여하여 사무위원에 선출되다. 5월 13일 森林太郎(森鷗外)를 동반하여 大隈重信에게 소개하다. 7월 3일부터『郵便報知新聞』에「條約改正問答」등을 연재하기 시작하여, 大隈重信의 조약개정을 측면에서 지원하다. 10월 18일 玄洋社 사원인 來島恒喜의 폭탄 투척에 의해 大隈外相이 遭難을 당하면서 류케이가 공을 들인 조약개정이 중단되다.

1890년(明治 23)

1월 1일 『郵便報知新聞』에 「歲首書懷」를 발표하면서 정계 은퇴를 선언하다. 오늘날 통신사의 원형이라고 할 수 있는 新聞用達會社 설립의 광고문을 1월 11일자 신문에 싣다. 1월 16일부터 3월 19일까지 『報知異聞』(63회)이라는 공상과학 소설을 『郵便報知新聞』에 연재하다. 4월 16일 위의 신문연재소설을 단행본 『報知異聞·浮城物語』(報知社)로 간행하다. 6월 17일 德富蘇峰, 依田學海, 坪內逍遙, 森鷗外, 森田思軒을 자택으로 불러들여 환담을 나누다. 8월 5일 개진당을 탈당하다. 11월 25일 국회가 소집되고 이 날 宮內省 出仕의 辭令을 받다.

1891년(明治 24)

3월 25일 皇族令取調委員會(井上毅 委員長) 위원에 임명되고, 5월에는 爵位規定取調委員에 임명되다. 11월 17일 수필집 『西遊漫記, 想起錄, 隨筆雜纂』(長島書房)을 발간하다.

1892년(明治 25)

7월 錦城中學校 교장으로 취임하다.

1893년(明治 26)

2월 6일 궁내성 式部官에 임명되다. 9월 6일 德富蘇峰의 소개로 國木田獨步가 류케이를 방문, 이후 돗포는 류케이의 소개로 그의 고향 佐伯에 교사로 부임하다.

1895년(明治 28)

12월 「今の文學社會に對する希望の一條」(『帝國文學』)를 발표하다.

1896년(明治 29)

11월 18일 궁내성 諸陵頭로 임명되다.

1897년(明治 30)

3월 11일 淸國駐劄特命全權公使에 임명되어 北京에 부임하다.

1898년(明治 31)

3월 10일 러시아에 대항하기 위하여 일본은 청정부에 대해 침략의도가 없다는 보증을 하도록 일본정부에 具申하다. 4월 24일 福建省 부할양에 관한 청일 공문의 교환, 5월 7일 철도부설권 요구와 일본으로의 청국 유학생 유치를 적극적으로 청일 양국에 제의하다. 6월 15일 勳三等 旭日中綬章을 받는다. 9월 11일 東邦協會 강연회에서 「支那舊來の治術」을 강연하다. 11월 5일 西太后와 光緖帝를 알현하다.

1899년(明治 32)

10월 12일 청국 공사에서 해임되어 귀국하다.

1900년(明治 33)

8월 本山彦一가 류케이를 大阪每日新聞의 編集總理로 초빙하고자 하나, 原敬의 반대로 무산되다.

1902년(明治 35)

1월 25일부터 2월 5일까지 「矢野龍溪時事意見」(『大阪每日新聞』)을 발표하다. 3월에 片山潛이 『新社會』를 집필중이던 류케이를 방문하여 환담을 나누다. 7월 5일 『新社會』(大日本圖書)를 발간하고, 社會主義協會 例會에 출석하다. 7월 12일 社會主義協會에서 주최하는 勞働問題學術講演會에서 「四級團改善の急務」를 연설하다. 10월 15일 일반인 대상의 사회주의 연구회인 社會問題講究會의 규약을 결정하다. 11월 17일 社會問題講究會 발회식 및 연설회가 개최되고, 11월 23일 『社會講演』(秀英社, 阿部磯雄와의 공저)을 발간하다.

1903년(明治 36)

1월 5일 關西지역을 유세중이던 片山潛과 西川光次郎를 방문하여, 이 두 사람과 함께 神戶神港俱樂部(12), 大阪土佐掘靑年會館(13), 京都四條協會(15)에서 사회주의에 관한 연설회를 개최하다. 1월 30일 鐵工組合 신년회에 참가하여 연설하다. 3월 10일 『東洋畵報』(東洋畵報, 國木田獨步 편집) 창간호를 발간하고 「出鱈目の記」를 연재하기 시작하다. 6월 『通俗 新社會』(大日本圖書)를 발간하다. 9월 23일 『社會主義全集』(古今堂, 現代社)을 발간하고 곧바로 제2판을 발간하다. 11월 22일 社會學會 발표연설회에서 幸德秋水 등과 함께 연설하다.

1904년(明治 37)

3월 『近時畵報』를 『戰時畵報』로 바꾸다. 7월 2일 堺利彦의 출옥을 축하하며 '커다란 카스테라'를 보내다.

1905년(明治 38)

2월 『世界に於ける將來之日本』(近時畵報社)을 발간하다.

1906년(明治 39)

6월 近時畵報社를 해산시키고 獨步社를 열다. 9월 大阪每日新聞에 자본금 30만 엔을 증자하여 出資社員이 되다. 12월 12일 『閑話集』(獨步社)을 발간하고, 12월 19일 大阪每日新聞社 相談役에 취임하다.

1907(明治 40)

4월 獨步社 파산하다. 4월 15일부터 5월 24일까지 獨步에게 부탁하려 했던 신문연재소설이 獨步의 병환으로 어려워지자, 류케이가 대신하여 「不必要」를 『每日電報』에 40회 연재하다. 5월 25일 臨時假名遣調査委員會 위원으로 임명되다. 9월 17일 『不必要』(春陽堂) 단행본이 출간되다.

1911(明治 44)

9월 23일 『龍溪隨筆』(東亞堂書房)을 발간하다.

1916(大正 5)

貴族院勅撰議院으로 추거되나 사퇴하다.

1918(大正 7)

12월 21일 大阪每日新聞이 주식회사로 상장됨에 따라 監査役으로 취임하다.

1920(大正 9)

10월 16일 「日本の國是」를 『東京日日新聞』에 게재하다.

1922(大正 11)

6월 宮內大臣 牧野伸顯를 방문하여 선거 공정화에 관한 의견을 제시하다.

1923(大正 12)

9월 1일 關東大震災으로 扇橋製藥工場이 소실되고, 동생 東爲雄가 죽다.

1924년(大正 13)

6월 2일 대정부 질의서인 「公開狀」(『東京日日新聞』 & 『大阪每日新聞』)을 발표하다. 10월 10일 大阪每日新聞의 取締役 및 副社長으로 취임하다. 11월 10일에 수필집 『龍溪閑話』(大阪每日新聞社)를 발간하다.

1925년(大正 14)

7월 28일 『安田善次郎傳』(安田保善社發刊)을 발간하다.

1926년(昭和 1)

10월 27일 타고 있던 자동차와 京王電鐵이 충돌하여 중상을 입다.
12월 22일 大阪每日新聞 副社長織을 사임하고 相談役에 취임하여 일선
에서 물러나다.

1930년(昭和 5)

1월 25일 交詢社 50주년기념식전에서 金杯를 받다. 3월 5일 당시 수상
犬養毅에게 선거 공정화에 더 한층 매진하라는 서한을 보내다. 4월
『龍溪矢野文雄君傳』(春陽堂)이 발간되다.

1931년(昭和 6)

6월 18일 82세로 서거하다.

찾아보기 |

ㅇ

지은이 **표세만**

1967년 서울 출생. 고려대학교 일어일문학과 및 동 대학원 석사과정 졸업.
일본 고베(神戸) 대학 석·박사 과정 졸업. 현 상명대, 강원대 강사 및 경원대 연구교수.
주요 논문 |「다카야마 쵸규와 니치렌(日蓮) 사상」, 「한일 근대문학의 <정치>수용 양상에 관한 연구」 외 다수.

정치의 상상 상상의 정치

보편인(普遍人) 야노 류케이의 세계

표세만 지음

2005년 11월 1일 초판 1쇄 인쇄
2005년 11월 7일 초판 1쇄 발행

펴낸이 · 오일주
펴낸곳 · 도서출판 혜안
등록번호 · 제22-471호
등록일자 · 1993년 7월 30일

㉾ 121-836 서울시 마포구 서교동 326-26번지 102호
전화 · 3141-3711~2 / 팩시밀리 · 3141-3710
E-Mail hyeanpub@hanmail.net

ISBN 89-8494-258-8 93830
값 19,000원